LIZA KARAN

LIZA KARAN

# AMALIA
## JURNALUL UNEI IUBIRI
Volumul 1

Timișoara, 2018

Descrierea CIP a Bibliotecii Naţionale a României
KARAN, LA
    Amalia : jurnalul unei iubiri / Liza Karan.
Timişoara : Stylished, 2018.
    2 vol.
    ISBN 978-606-94670-8-4
    Vol. 1. - 2018. - ISBN 978-606-9017-03-6

821.135.1

Editura STYLISHED
Timişoara, Judeţul Timiş
Calea Martirilor 1989, nr. 51/27
Tel.: (+40)727.07.49.48
www.stylishedbooks.ro

# AMALIA

*Cel ce nu şi-a împlinit niciun vis,
înseamnă că nu a visat îndeajuns.*

# CAPITOLUL I

Luna septembrie aducea ca de obicei cu ea un pic de nostalgie pentru cei de vârsta mea. Acest sentiment care nu se îndura să ocolească pe nimeni, nu-mi era nici mie străin. Un lucru firesc, de altfel, pentru că era vremea în care vacanța se termina – și gata cu trândăveala!, după cum spunea mama. Trebuia să mă pun iarăși cu burta pe carte, mai ales că eram în ultimul an de liceu. Cu asta mă obișnuiam mai repede, dar trezitul de dimineață mă făcea câteodată să-mi blestem nopțile în care somnul întârzia să apară. Însă ceea ce mă întrista și mai mult era că uneori zilele calde ne părăseau exact când începeam școala. Atunci, toamna își intra în drepturi și aducea cu ea dimineți răcoroase, care, de multe ori, se prefăceau în zile întunecoase și ploioase, ce-ți tăiau cheful să mai privești pe geam. Din fericire, de data asta sfârșitul lui septembrie nu mai era așa. Deși începuse școala de vreo săptămână, în București vremea era la fel de frumoasă ca o zi însorită de vară. Era vineri și majoritatea aveam zi scurtă la școală.

M-am dus acasă, m-am schimbat și am anunțat-o pe mama că plec la Ina, prietena mea. Voiam să profităm de vremea caldă și să petrecem după-amiaza în aer liber. Ne-am tot gândit unde să mergem și până la urmă am pornit spre Herăstrău, un parc frumos, unde aveam obiceiul să visăm cu ochii deschiși și cu voce tare.

Tocmai ieşiserăm de pe strada pe care locuia Ina.

„Dau viaţa mea pentr-o iubire / Supremul preţ pe care-l poate-un om plăti / Dau viaţa mea pentr-o iubire / Să mor iubind şi să mă nasc pentru-a iubi..." fredonam eu un şlagăr al anilor '90 care-mi venise atunci în minte, în timp ce mergeam pe bulevard. Reveria mi-a fost, însă, brusc întreruptă de hohotele de râs aproape isterice ale prietenei mele, care apucase să-şi acopere gura cu palma. Deoarece avusese un mic accident în urma căruia îşi pierduse jumătate dintr-un dinte de sus şi văzând că-şi pune şi cea de-a doua palmă în dreptul gurii, am bănuit că am descoperit de ce se amuza, aşa c-am întrebat-o zâmbind:

— De ce râzi, ţi-a căzut cumva şi cealaltă jumătate?

— Nu, Amy, mi-a răspuns ea la fel de veselă. Numai că...

Nu a mai apucat să-şi termine fraza, că a fost din nou zguduită de alte hohote. Dar nici eu n-am mai apucat să-i pun vreo întrebare, deoarece calea ne-a fost tăiată de o maşină neagră, al cărei şofer zănatic s-a oprit chiar în faţa noastră, pe strada pe care tocmai voiam să o traversăm. Din automobil a coborât un bărbat cu înfăţişare plăcută. Era înalt, impunător şi purta o ţinută lejeră, dar care-i venea ca turnată: blugi şi o cămaşă suflecată cu o neglijenţă studiată, de culoare albă. Era brunet, avea o barbă nerasă de vreo două-trei zile, dar cu aspect îngrijit, iar în jurul lui se simţea un parfum discret şi plăcut.

— Bună ziua, domnişoarelor, ne-a salutat el

respectuos, în timp ce mă fixa cu privirea.

Fire amabilă, l-am salutat la rândul meu, ignorând modul straniu în care oprise în fața noastră. Credeam că este vreun străin rătăcit, zăpăcit de străzile întortocheate nevoie mare ale cartierului și care nu dorea decât să ne ceară vreo informație. În următorul moment, bărbatul mi-a întins mâna și s-a prezentat, curtenitor:

— Numele meu este Zain.

N-aș putea spune de ce, dar în clipa în care mâinile ni s-au atins, am avut impresia că simt mici și delicioase furnicături în palmă, de parcă un curent electric de mică și încântătoare putere ar fi trecut de la el înspre mine.

I-am răspuns, ca o domnișoară bine crescută, că sunt încântată de cunoștință, dar am omis, strategic, să mă prezint la rândul meu, așa că întrebarea lui a urmat firesc:

— Dar nu mi-ai spus, pe tine cum te cheamă?

Bulversată de tot ceea ce se întâmplase până atunci – râsul Inei, mașina oprită brusc în fața noastră, Zain, străinul cu nume ciudat, furnicăturile din palmă –, dar și nesigură în legătură cu ceea ce avea să se întâmple, m-am trezit că n-am chef să-i spun misteriosului cine sunt, așa că i-am șoptit un nume ales la întâmplare: Ana.

— Vă invit să bem un ceai împreună, dacă nu vă deranjează, ne-a invitat tipul.

Numai că, dintr-o dată, mi s-a părut că îndrăznește cam mult. Am apucat-o în grabă pe Ina de mână și-am strâns-o ușor, în semn de: „hai să ne vedem de drum"

— Nu se poate, ne grăbim, i-am răspuns, și-n următoarea secundă ne-am urnit.

Dar n-am apucat să fac doi pași mai încolo, că el m-a prins de mână și m-a rugat să mai aștept o clipă.

Ce mitocan! Pentru gestul pe care l-a făcut, nu era exclus să-i dezmierd auzul cu această remarcă, însă din fericire pentru el, nu obișnuiam să gândesc cu voce tare. Chiar și Ina a fost surprinsă. La ce tupeu avea ea, bănuiam că-i venea să zică vreo două. Cu toate astea, n-a scos nicio vorbă în prezența lui. Știam că nu i-ar fi convenit să i se vadă ceea ce-i lipsea.

— Scuză-mă că te rețin, mai ales în felul acesta, dar, te rog, dă-mi un număr de telefon. Poate că altă dată nu vei mai fi la fel de grăbită, a dres-o el imediat.

Pentru câteva secunde, am rămas pierdută în privirea lui și, ca și cum aș fi avut parte de o revelație, i-am spus să-și noteze numărul, dictându-i-l. Apoi am plecat. Eram debusolată, însă m-am recules repede și m-am grăbit să-mi întreb prietena ce anume o amuzase mai devreme. Mi-a zis că tipul ăsta, care ne zărise de cum ieșiserăm de pe strada ei și care nu ne mai slăbise din priviri, era gata să-și croiască drum cu mașina pe dincolo de carosabil. Din neatenție, lovise bordura, iar când a simțit impactul, tresărise într-un fel care-a făcut-o pe Ina să râdă.

Ina avea un fel de a povesti care mă făcea s-o ascult până la sfârșit, chiar și atunci când nu mă interesa prea tare povestea. Vorbea repede, gesti-

cula mult, iar când voia să înveselească pe cineva, nu-i venea prea greu să facă pe bufonul. Îşi moştenise tatăl, într-o oarecare măsură. Cu Ina alături, nu-i de mirare că n-am realizat când am ajuns în parc. Ne-am aşezat pe o bancă şi, cât timp ne-am odihnit, am savurat câte o îngheţată pe care o cumpărasem de la un chioşc de pe drum. Ina nici când mânca nu se putea abţine să nu vorbească. Aşa fusese dintotdeauna. Şi o ştiam, copilărisem împreună. Până nu de mult, locuiserăm în acelaşi cartier. Ne împrieteniserăm pe când nu eram decât nişte copile. Mama ei, asistentă medicală, venea să ne facă injecţii, mie şi surorii mele, de fiecare dată când ne îmbolnăveam. Şi tot de fiecare dată o aducea pe Ina cu ea. Mă bucuram când o vedeam: amândouă ne jucam atât de frumos! Cu sora mea, de obicei, nu reuşeam decât să mă cert. Probabil că şi din cauza asta m-am ataşat de Ina. Încet-încet, am ajuns să fim cele mai bune prietene. Cu aproape un an în urmă, însă, mama vânduse vila în care locuiam. Cu banii de pe vilă a cumpărat, într-un alt cartier, două apartamente pe care le-a închiriat şi încă unul în care ne-am mutat noi. Dar asta n-a afectat cu nimic prietenia dintre mine şi Ina. Ne vizitam aproape zilnic şi ne simţeam minunat una în compania celeilalte. Aveam visuri comune, gândeam pozitiv şi prea puţin se întâmpla să fim altfel decât voioase. Ina avea talentul de a reproduce vorbele şi gesturile oamenilor întocmai, şi asta o făcea să fie amuzantă. Râdeam cu poftă atunci când îşi imita tatăl, care mai scotea câte-o „perlă" pe gură. Tatăl Inei era un om simplu, fără prea multă carte. Făcuse doar şcoala primară şi un curs de calificare. De-atunci muncise numai în construcţii. Mie îmi plăcea de el, pentru că avea un suflet blând şi era onest. Dar cu gramatica stătea prost, iar ăsta era motivul pentru care Ina îl vedea ca pe un personaj comic, pe seama căruia se distra fără ezitare. Chiar şi-aşa, el nu se supăra niciodată şi o răsfăţa în continuare mai ales că era singurul lui copil.

Cât am stat pe banca din parc, tot tatăl său a fost ţinta glumelor Inei. Totuşi, fata asta îl iubea nespus, iar mie îmi era tare drag.

Deşi Ina era mai mică cu doi ani decât mine, am avut mereu cam aceeaşi statură. Ne deosebea, în schimb, culoare părului şi a ochilor. Ina era brunetă, cu ochi căprui, iar eu aveam părul şaten, de o nuanţă deschisă, şi ochi albaştri. Chiar şi aşa, în copilărie, tatăl Inei ne poreclise „gemenele". Nu puteam să-mi dau seama de ce. Poate pentru că Ina şi cu mine eram de nedespărţit. Se juca mult cu noi şi, în loc să ne spună pe nume, ne striga „fetele lu' tata". Pentru mine, toate astea au însemnat enorm, pentru că eu n-am avut parte decât de dragostea mamei. Tata murise într-un accident stupid, pe când eu abia împlinisem doi ani. S-a întâmplat într-o dimineaţă fatidică de noiembrie. Tata a plecat spre întreprinderea unde era şef-contabil. Un şofer neexperimentat a derapat şi-a intrat cu maşina direct în refugiul pentru pietoni. În accident au fost rănite trei persoane. Dar pentru tatăl meu nu s-a mai putut face nimic. A fost lovit în plin, iar impactul puternic l-a omorât pe loc. Vestea că nu mai este printre noi a devastat-o pe mama, mai

ales că trăiseră o frumoasă poveste de dragoste. De atunci, mama nu s-a mai recăsătorit. A căutat, în schimb, să lucreze cât pentru doi, ca să nu ne lipsească nimic, mie și surorii mele, care era mai mare cu patru ani decât mine. Cu treaba asta s-a descurcat de minune: profesoară fiind, reușea să-și suplimenteze întotdeauna venitul din meditațiile pe care le dădea la matematică.

După mai bine de două ore de plimbare, pe lângă poze în care am îmbrățișat toți arbuștii, eu și Ina ne făcuserăm, ca de fiecare dată, și câteva planuri de viitor. Chiar dacă mai era mult până acolo, planurile noastre se întindeau, de obicei, până la bătrânețe, pe care ne-o imaginam la fel de frumoasă ca o grădină înflorită. De când eram prietene, ne împărtășiserăm atâtea visuri, încât uneori aveam impresia că ăsta era singurul lucru la care ne pricepeam cu adevărat. Dar nu era așa, pentru că, de exemplu, eram experte și în prepararea siropului de căpșuni. Sau cel puțin așa credeam; mai cu seamă că aveam un secret al gustului pe care n-ar fi trebuit să-l afle nici în ruptul capului mamele noastre, și nu din motive de concurență. Secretul era acela că peste fructe adăugam zahărul, turnat ca într-o ploaie torențială, evident.

Până la viitor, însă, ca să nu uităm că școala a început, câțiva profesori prea sătui, probabil, de vacanță, s-au pus serios pe treabă și ne-au împărțit teme pentru acasă. Și, ca de obicei, mie ceva mai multe, pentru că, spre deosebire de Ina, care optase pentru un profil uman, eu ajunsesem să studiez la un liceu cu profil economic. Și asta numai pentru că mama insistase. Dar indiferent de situație, trebuia să ne facem lecțiile cât mai repede, dacă voiam să ne mai întâlnim până luni. Așa că, după câteva ore, Ina și cu mine ne-am despărțit cu o îmbrățișare, apoi am plecat acasă.

A doua zi după-amiază m-am pomenit că mă sună cineva. Nu cunoșteam numărul. Când am răspuns, am rămas surprinsă. Era Zain. Mă sunase să mă întrebe dacă de data asta se putea să ne vedem. Deși îmi terminasem temele și nu mai aveam nimic de făcut, i-am răspuns că nu am timp. Dar omul ăsta nu era dispus să renunțe prea ușor. Mi-a zis că mă înțelege, dar că va continua să mă sune până când îmi voi face puțin timp să ne întâlnim. Inițial am râs. Tipul avea umor. Până la urmă, m-a convins să-i accept invitația. S-a oferit să vină să mă ia de acasă și, după ce i-am explicat unde trebuia să ajungă, a rămas ca să ne întâlnim în fața blocului, pe seară, la ora șase.

Locuiam cu mama. Sora mea, studentă la Politehnică, obținuse în ultimul an o bursă de studii în Londra și acum era acolo. Deși mama era destul de îngăduitoare, trebuia s-o anunț de fiecare dată când plănuiam să dispar pentru câteva ore. Dacă știa unde și cu cine plecam, nu se împotrivea niciodată, atâta timp cât continuam să fiu o elevă sârguincioasă. I-am spus, așadar, că urma să ies puțin prin oraș cu un amic pe care ea îl cunoscuse la ziua mea. Sam era un coleg din liceu, mai mare cu doi ani decât mine, pe care îl cunoscusem pe la sfârșitul clasei a noua. Sam era o prescurtare a numelui de familie, Samson, devenise foarte popular prin-

tre elevii mai leneşi sau mai grei de cap. Se dusese vorba în tot liceul că era un băiat foarte deştept, iar el ştia să profite din plin: făcea referate şi proiecte, contra cost, la orice materie. Apelasem şi eu de vreo două ori la serviciile lui şi mă convinsese că făcea treabă bună. Merita să-l ţin aproape, aşa că l-am invitat, de ziua mea, la petrecere. Sam avea o statură impunătoare pentru vârsta lui, dar era un timid. La petrecere se ridicase de pe scaun doar pentru a merge la toaletă. În seara aceea s-au făcut glume din cauza asta, dar mi-a plăcut că nu s-a supărat. De atunci am rămas prieteni. Dar ne vizitam rar, la câte-o ocazie, şi uneori ne mai întâlneam în oraş, la un suc. De fiecare dată mă aducea acasă cu bătrânul Ford pe care, din banii strânşi, reuşise să şi-l cumpere singur. În felul ăsta puteam chiar să mai întârzii pe afară, fiindcă mama nu mai stătea cu grijă că voi întâlni vreun taximetrist dement.

Am ales să-i ascund mamei adevărul. În afară de nume, nu ştiam să-i spun mai nimic despre Zain. Pe deasupra, mi se părea şi absurd să-i prezint un om cu care nu ştiam dacă mă voi întâlni şi a doua oară. De fapt, uneori nu prea ştiam nici de capul meu.

La scurt timp după ce-am vorbit cu mama, m-am dus în cameră şi am căutat cu ce să mă îmbrac. Nu aveam nici cea mai mică idee. Voiam să mă îmbrac decent şi, în acelaşi timp, să arăt sexy. Am răscolit şifonierul şi am ales, în cele din urmă, o pereche de blugi, pe care i-am asortat cu o bluză neagră şi pantofi cu toc. M-am privit în oglindă şi mi-a plăcut ce-am văzut. Nu eram prea înaltă, dar nici nu aveam complexe din cauza asta. Eram bine proporţionată şi formele frumos conturate compensau din plin. M-am machiat doar puţin, ca o părere, mi-am întins părul lung până la mijloc şi l-am strâns într-o coadă lejeră. Când Zain m-a anunţat că a ajuns, m-am mai privit încă o dată în oglindă şi am coborât. A ieşit din maşină ca să mă întâmpine. Ne-am salutat şi, ca un adevărat domn, a dat să-mi deschidă portiera. Apoi, dintr-o dată, mâna i-a încremenit pe mâner. Portiera nu se mai deschidea, iar privirea lui zăcea aţintită spre mine, ca asupra unei comori inestimabile. O clipă mai târziu, remarca lui m-a făcut să roşesc:

— Allaaah, dar ce-am făcut eu ca să merit o asemenea frumuseţe? Eşti superbă, draga mea, a spus Zain şi a afişat un zâmbet minunat, ce lăsa să se vadă o dantură impecabilă.

I-am zâmbit şi eu. Dar m-am gândit că poate Zain nu voia decât să mă impresioneze. Chiar dacă eram o fată frumoasă, nu consideram că frumuseţea mea e de natură să facă furori. În cele din urmă, mi-a deschis uşa de la maşină şi m-a invitat să urc. Apoi a demarat şi ne-am îndreptat spre centrul oraşului.

Am intrat într-o cafenea. La puţin timp după ce ne-am aşezat la o masă mai retrasă, ca să putem vorbi în linişte, am întins mâna şi am refăcut cunoştinţa cu Zain.

— Zain, de fapt nu mă numesc Ana, ci Amalia! Nu ştiu de ce, dar prima oară ţi-am spus un nume la întâmplare. Ideea e că până acum mi s-a părut tare ciudat să te aud că-mi spui altfel decât mă nu-

mesc... Aşadar... Amalia. Sau, mai simplu, Amy!

— Tot Zain... Zain Alwaheed, şi încă o dată îmi pare bine că te-am cunoscut!

Datorită numelui pe care i-l dădusem prima oară, am avut tot drumul impresia că Zain vorbea cu oricine altcineva, mai puţin cu mine. Când a aflat care este, de fapt, numele meu, mi-a mulţumit de alegerea pe care am făcut-o, dându-i numele greşit şi numărul corect, şi nu invers. Am zâmbit când l-am auzit vorbind aşa, mi-am imaginat că Zain ar putea fi genul de persoană care găseşte câte un bine în orice rău.

Un chelner ne-a adus meniurile şi la scurt timp a revenit să noteze comanda. În timp ce discutam, îl observam pe Zain cum îmi studia privirea, gesturile şi fiecare mişcare a buzelor. Era adorabil, iar zâmbetul lui de-a dreptul seducător. Îl priveam şi parcă nu mă săturam de el. N-aveam cum. Mă pătrundea cu aceeaşi privire care mă făcuse să-i şi dau numărul de telefon. În negrul ochilor săi plutea parcă un mister care mă ademenea să-l descopăr. Însă de câte ori mă uitam la el, simţeam că mă pierd în privirea lui.

Bronzul catifelat al pielii sale şi accentul oarecum diferit, dar şi numele divin pe care îl invocase atunci când îşi manifestase entuziasmul faţă de mine, mi-au dat de înţeles că Zain şi cu mine nu eram de pe acelaşi continent. Am aflat apoi că era din Orientul Mijlociu, din Irak, mai exact. Venise în Europa să facă afaceri. Acum însă avea altă preocupare. Se vedea că Zain îşi propusese să-şi cucerească „Şeherezada".

Din câte văzusem, pe degetul său inelar nu se zărea nici urmă de legământ, iar după cum chiar Zain spunea, iubita îl părăsise cu ceva timp în urmă. Nu aveam de ce să nu-l cred. Până la urmă, nu era nici primul și nici singurul cuplu din lume care se destrămase. Vârsta lui însă mă intimidase puțin. Pe lângă cei aproape optsprezece ani ai mei, Zain era un bărbat de treizeci și cinci de ani. Când am auzit câți ani are, cred că m-am schimbat la față. Până atunci nu-mi trecuse o secundă prin minte că alături de mine ar putea sta un bărbat cu aproape dublul vârstei mele. După capul meu, puteam să jur că Zain nu avea mai mult de douăzeci și ceva de ani. Și care-i problema, mi-am spus apoi, dacă oricum vârsta lui n-a reușit să mă facă să mă ridic de la masă și să plec? N-avea cum, pentru că Zain arăta așa cum orice femeie și-ar fi dorit să arate un bărbat. Era înalt și avea o conformație atletică, cu umeri lați, de-ți venea parcă să te împiedici și să-i cazi în brațe, iar atitudinea lui era magnetică.

După un timp am plecat din cafenea. Ne cunoscuserăm câtuși de puțin și, pentru că ne-am simțit nesperat de bine unul în compania celuilalt, Zain m-a întrebat dacă vreau să mai mergem și în altă parte. Am fost de acord, mai ales că nu era prea târziu. Așa am ajuns într-un loc unde, mi-a spus Zain, prietenii lui se întâlneau de obicei să mai discute și să bea câte o cafea. Când am intrat, am observat că majoritatea bărbaților erau însoțiți. Dintre toate femeile, doar una singură vorbea arabă; după nume, mi-am dat seama că era de-a lor. Nu-mi venea să cred că mă aflam lângă toți acești străini ce

păreau că se distrează de minune pe limba lor – o limbă pe care, deși o auzeam pentru prima dată, îmi părea că sună foarte bine. Deși puțin crispată la început, după ce Zain mi-a făcut cunoștință cu toată lumea de la masa aceea mare și ne-am așezat, am început să mă simt în largul meu. N-a mușcat nimeni din mine, ba mai mult, pentru că știau să creeze și să întrețină o atmosferă plăcută, mi se părea că-i cunoșteam de când lumea. Atât cât mi-am putut da seama atunci, am văzut că prietenii lui Zain (în mare parte libanezi și mai puțini irakieni), erau amabili, cu bun-simț, dar și plini de energie. Nu păreau să fie genul de persoane care să refuze vreuna dintre plăcerile vieții.

După o vreme, băieții s-au hotărât să plece,așa că ne-am dat întâlnire cu toții la un restaurant. Am urcat în mașină și, pe drum, printre sunetele melodioase ce răsunau de la casetofonul autoturismului, l-am întrebat pe Zain ce zodie este. Întrebarea asta o puneam multor prieteni cu care mă intersectam la un moment dat, pentru că voiam să probez dacă ceea ce citeam despre zodii se adeverea câtuși de puțin. Numai că Zain, care n-avea nici în clin, nici în mânecă cu zodiile mele, mi-a răspuns simplu:

— Nu știu, habibi.

De vreme ce mi-a spus că nu știe, am bănuit că habibi nu putea fi vreo zodie în limba arabă. M-am gândit însă că ar putea fi vreun nume, așa că l-am întrebat:

— Nu te supăra, da' cine e Habibi? Fosta ta prietenă?

Zain a zâmbit. Apoi şi-a întors capul spre mine şi mi-a spus:

— Iartă-mă, Amy, n-aveai de unde să ştii, dar ţie ţi-am spus. Habibi eşti tu, iar cuvântul ăsta înseamnă iubire.

— Aha, bănuiam eu că nu-mi vorbeşti din horoscopul arăbesc, am întors-o repede.

În clipa următoare însă un tremur lăuntric am simţit că m-a cuprins. În timp ce aşteptam la un semafor, Zain şi-a strecurat un braţ cald pe după gâtul meu, m-a tras uşor înspre el şi m-a sărutat. Am închis imediat ochii şi apoi am simţit că faţa a început să-mi ardă. Aproape că nu-mi venea să cred. Deşi n-am bănuit că-l voi primi aşa, pe neaşteptate, acesta a fost primul sărut din viaţa mea. Doar că nu voiam să ştie şi Zain lucrul ăsta şi speram să nu-şi fi dat seama. După mine, făcusem totul ca la carte. Mi-am lăsat buzele în voia buzelor lui şi am închis şi ochii. Sigur că nu ştiam de ce preferă unii oamenii să se sărute în beznă, dar m-am gândit că aşa e mai romantic. Eu însă închisesem ochii pentru că mi-era teamă să nu arăt ca o caraghioasă. Zain nu avea de unde să ştie asta. În cele din urmă, se poate să fi bănuit că m-a bulversat. Când am plecat de la semafor şi am reluat discuţia, am reuşit să presar şi puţin umor în ea.

— Zain, dacă nu ştii în ce zodie te-ai născut, atunci poate ştii măcar pe ce dată? l-am întrebat ca şi când vorbeam despre ziua de naştere a pilotului cu care a călătorit ultima oară.

— Din câte ştiu, pe 11 octombrie, mi-a zis el zâmbind.

— Ia te uită, eşti un aerian la fel ca mine, având în vedere natura zodiei de care aparţinem, i-am spus. Eu sunt născută tot în octombrie, doar că pe 13.

Şi apoi am început să scotocesc prin minte după câteva trăsături care l-ar fi putut defini. Darnic, afectuos, indecis, poate infidel? Afectuos se vedea că era şi pentru că Balanţele chibzuiesc uneori mai mult decât e cazul, sigur că Zain putea fi mai degrabă indecis decât infidel, m-am gândit eu. Nu de alta, dar niciun om nu le poate avea pe toate. Logic! Păi, dacă eşti şi darnic, şi infidel, rişti să ajungi să nu mai ai cui să-i fii infidel pe motiv că nu mai ai ce să dăruieşti. Ca să vezi! Nici nu credeam că poate zace atâta logică în mine, mi-am spus în gând.

Am ajuns la restaurantul Golden Fish. Prietenii lui Zain se grăbiseră şi acum erau deja acolo. Când am păşit înăuntru şi am privit de jur împrejur, am fost surprinsă să văd că decorul fusese creat în ton cu denumirea localului. De cum am intrat pe uşă, parcă am intrat direct în adâncurile oceanului, şi asta nu era ceva tocmai des întâlnit printre restaurantele de pe la noi. În pardoseală erau încastrate, sub forma unei estrade – acvarii, în care se aflau plante şi animale acvatice de culori diferite. Şi pe mese, în loc de flori sau sfeşnice, se afla câte un vas de sticlă în care se bălăceau câţiva peştişori aurii.

Ne-am făcut comozi. Mai târziu, ne-am ridicat rând pe rând şi am început să dansăm pe ritmurile arăbeşti, care erau de nestăvilit. Tot de neoprit era şi Yakub, un bun prieten de-al lui Zain, care, în ciuda repetatelor atenţionări din partea iubitei sale, a continuat să danseze cocoțat pe un scaun. Și cu cât toboșarul lovea mai tare toba cea mare, cu atât mai mult Yakub sălta de bucurie. Se vedea că-i dăduseră curaj cele câteva pahare de whiskey pe care le băuse. La un moment dat, placajul de sub picioarele lui a cedat de atâta țopăială și Yakub s-a prăbușit în interiorul scaunului, prăvălindu-se apoi peste partenera lui. Cu toate astea, în afară de faptul că a reușit să fie în centrul atenției mai mult decât și-ar fi imaginat, Yakub nu a pățit nimic. Și unde mai pui că, între timp, a luat-o de la capăt, de data asta în vârful mesei, alături de un alt prieten de-al lor.

După ce lăutarii au reușit să scoată untul din noi, ne-am așezat din nou la masă. Cu excepția lui Zain, care-mi spusese că nu obișnuia să consume alcool și nici să danseze, din câte am văzut, ceilalți băieți băuseră cu toții. După dans și băutură, era clar că li s-a făcut foame. Așa că, masa s-a umplut imediat de mâncăruri din bucătăria orientală, din care am început să ne înfruptăm. La puțin timp după ce am terminat ospățul, mi-a sunat telefonul. Nu putea fi nimeni altcineva decât mama. Nu i-am răspuns imediat. Am ieșit mai întâi din restaurantul zgomotos, ca să ne putem înțelege. Dar când să pun mâna pe telefon ca s-o apelez, ce să văd? Aveam douăzeci de apeluri numai de la ea. Fără să mai stau prea mult pe gânduri, am început să formez numărul. Telefonul mi-a sunat în mână. Am răspuns grăbită.

— Alo, scuze, mami, că nu ți-am răspuns! Sunt într-un restaurant și muzica e asurzitoare. Din cauza asta nu am auzit când m-ai sunat, am luat-o eu pe dinainte, de teamă să nu mă mustre.

— Chiar crezi că meriți să te scuz? Poate că n-ai habar de câte ore ești plecată, iar tu nu m-ai sunat să-mi spui nici măcar că ai de gând să mai întârzii, mi-a reproșat ea.

— Ai dreptate, mami, am uitat. Iartă-mă! Dar acum poți să te liniștești, fiindcă sunt bine și te asigur că n-am să mai stau prea mult.

— Nu, n-ai să mai stai deloc, draga mea! Și chiar în clipa asta ai face bine să-mi spui și cu cine ai plecat?

Cele auzite parcă m-au trăsnit direct în creștetul capului. Oare ce s-a întâmplat cu mama, de vreme ce i-am spus că am ieșit cu Sam? Doar n-a devenit amnezică peste noapte...

— Dar ți-am spus deja cu cine! Sunt cu Sam și o să mă aducă acasă, ca de obicei.

Dar asta puteam să i-o spun paznicului de la restaurant. Acum stăteam de vorbă cu mama.

— În regulă, mi-a replicat ea, dă-mi-l pe Sam ca să mă asigur că sunteți bine și că nu veți mai întârzia.

Ce puteam să mai fac acum, după ce reușisem să adun toți nervii din lume și să-i trimit pe capul mamei? Era prea târziu să o mai dau la întors cu vorbe de genul – hai, mamă, nu pot să cred ți-ai pierdut încrederea în mine!.

— Mă duc să-l chem și te sun imediat, i-am șoptit în grabă și am închis. Apoi am dat fuga în restaurant și i-am spus lui Zain că trebuie să se dea drept Sam la telefon, că de nu, am dat de bucluc.

Cu toate că Zain era un bărbat în toată firea, mi-a părut a fi destul de timorat când i-am cerut să vorbească cu mama. Mai ales după ce i-am prezentat scenariul. Chiar și așa, m-a asigurat că o să-mi cânte în strună. De fapt, *mi-a părut* era puțin spus. Zain era de-a dreptul înfricoșat, de vreme ce fusese de acord să satisfacă fasoanele unei adolescente, în loc să stea de vorbă, ca de la adult la adult, cu mama și să-i spună adevărul. În timp ce o apela pe mama, i-am cerut lui Zain să activeze difuzorul telefonului, ca să aud conversația și să-i pot oferi, astfel, răspunsurile de care poate că ar fi avut nevoie.

— Bună seara, doamnă, eu sunt Dan!

Vai de mine!, mi-am spus. Asta era dovada că pe Zain îl năpădiseră emoțiile. Uitase cu desăvârșire că trebuia să fie Sam, nu Dan!

— E cam dimineață, domnule! Dar hai să trecem peste introducere. Spune-mi, mai bine, de unde o știi pe fiică-mea căci personal nu cunosc niciun Stan.

Nu-mi credeam urechilor. Bietul Sam nu mai era acum nici Dan. Ajunsese să fie un Stan, și acela de nimeni recunoscut. Încercarea mea de-a salva aparențele fusese în zadar, iar de scenariul care ar fi trebuit să o convingă pe mama că ceea ce-i spusesem fusese adevărat, tocmai se alesese praful. Acum, Zain și cu mine împărtășeam același sentiment. În joc era și onestitatea lui. Tocmai de aceea, s-a hotărât să-i spună mamei adevărul, care, dacă l-ar fi spus de la bun început, ar fi fost mult mai indicat.

— Mamă, eu sunt Zain și am cunoscut-o de curând pe fiica ta. Te rog să mă ierți că nu m-am pre-

zentat înainte de a ieși cu Amalia. Îmi pare sincer rău și pentru ceea ce s-a întâmplat mai devreme.

— Băiețaș, în primul rând, trebuie să-ți spun ceea ce tu știi deja, nu sunt mama ta nici într-un caz! Iar acum, spune-mi tu ce naționalitate ești, căci după nume nu-mi pari a fi compatriot.

— Păi, mamă, a continuat Zain, eu sunt irakian. M-am născut în Bagdad, dar sunt stabilit în România de aproape zece ani.

În următoarea clipă, mama și-a ieșit din minți. A țipat atât de tare, încât aș fi putut s-o aud lejer chiar și de la două străzi distanță.

— Da' ce dracu, te pomenești că s-or fi terminat românii la fiică-mea!

Normal că mama se înfuriase, de vreme ce se temea pentru siguranța mea. Pe lângă faptul că ieșisem cu un necunoscut, acesta mai era și străin și dacă voia, putea să mintă că e de oriunde, căci în momentul acela mama nu putea ști sub nicio formă adevărul.

— Bine, mamă, dar ce vină am că sunt străin, nu crezi că sunt și eu tot om? i-a spus el apoi.

Tonul pe care Zain l-a folosit când a pus această întrebare a fost demn de toată compasiunea. Desigur că sesizase și mama acest lucru și chiar a înduplecat-o.

— Ai dreptate, Zain, parcă așa ai spus că te numești, nu ai nicio vină că ești străin. Evident că ești și tu tot om, însă trebuie să-mi înțelegi și mie îngrijorarea pentru faptul că nu știu cu cine a ieșit fiica mea. Așa că, te rog s-o aduci chiar acum acasă, iar cu ocazia asta putem să ne cunoaștem.

— Sigur, mamă, dar mai am o rugăminte. Mai lasă-ne puțin, ca să mâncăm și noi ceea ce tocmai am comandat!

Era singura strategie care îi venise atunci lui Zain în minte. Mai avea nevoie de timp ca să se gândească la cum ar trebui să se prezinte în fața mamei.

— Într-o jumătate de oră reușiți să mâncați, i-a spus atunci mama.

— Așa ar trebui, dar am comandat vreo trei feluri. Mamă, nu cred că putem să le mâncăm atât de repede.

— Bine, vă dau în plus încă o jumătate de oră, dar nu mai mult de-atât!

— Te rog, mamă, o ținu Zain una și bună, mai îngăduie-ne încă o oră, ca să nu înghițim cu noduri, și-ți promit că nu vom întârzia nicio secundă peste!

— Bine, fie, cel mult două ore! Dar poate vă dați silința să fiți chiar mai devreme acasă.

Mă amuza faptul că cei doi dădeau tot ce aveau mai bun din ei în materie de negoț. Dar nici nu putea fi altfel, când la mijloc era vorba de interesul fiecăruia. Mama nu dorea decât să-și vadă fata acasă și, odată cu ea, și pe misteriosul bărbat, căruia cine știe câte-i mai ura în gând. Iar Zain nu voia decât să câștige mai mult timp, pentru a se decide asupra celui mai bun mod de abordare, ca să nu iasă prea șifonat din toată treaba asta.

Ne-am întors în restaurant și ne-am așezat la masă. În stânga lui Zain se afla iubita prietenului Hasim. Maria era o tânără psiholog, foarte frumoa-

să, care semăna izbitor cu profesoara mea de matematică din gimnaziu. Pielea ei parcă avea nuanţa laptelui, contrasta cu părul brunet şi cu ochii aceia cafeniu-deschis. Şi pentru că Zain voia să ştie cum ar trebui să vorbească cu mama ca să nu o supere şi mai tare după ceea ce se întâmplase, a intrat în discuţie cu Maria. Zain s-a gândit că o femeie ştie mai bine cum pot fi femeile înduplecate şi de aceea a apelat la sfaturile ei. Când l-am văzut însă cât era de preocupat de felul în care va lua primul contact cu femeia colerică de la telefon, m-am retras alături de ceilalţi pe scenă. Acolo m-am prins într-un dans popular libanez pe care chiar atunci aveam să-l învăţ şi astfel i-am lăsat pe cei doi – ca pe o profesoară cu elevul ei.

La puţin timp după aceea, Zain şi cu mine ne-am luat la revedere de la ceilalţi şi am plecat împreună spre locuinţa în care ne aştepta cu atâta nerăbdare mama. Înainte de asta însă ne-am oprit la o florărie. Eu am aşteptat în maşină iar Zain a intrat în magazinul de flori. De acolo a cumpărat un buchet mare de trandafiri albi – în semn de respect, după cum Maria îl sfătuise, pe care urma să-l ofere, evident, mamei.

Nu după mult timp, am ajuns în faţa casei şi am apăsat butonul soneriei. Dincolo de uşă – în ciuda irascibilităţii de care dăduse dovadă în conversaţia telefonică, l-a întâmpinat acum pe Zain o femeie cu chip blajin. Se vedea că între timp reuşise să se mai calmeze. Deşi eram convinsă că nu-i trecuse supărarea pe mine, în ochii ei albaştri vedeam acum cerul senin şi nicidecum furia de mai devreme.

— Bună dimineața, mamă! i-a spus Zain de cum s-a deschis ușa.

Apoi i-a sărutat mâna și, după ce i-a dăruit florile, și-a cerut scuze încă o dată în numele amândurora. Plăcut surprinsă de gestul lui, i-a mulțumit și ne-a invitat să intrăm. Ne-am așezat toți trei în camera de zi. După ce mi-a făcut morală, mama a început să discute cu Zain, interesându-se de soarta lui. Așa a aflat și ea că Zain provenea dintr-o familie de intelectuali cu trei copii. Părinții lui locuiau în Bagdad. Tatăl fusese avocat, iar mama profesoară universitară. Zain avea o soră mai mare, stabilită în Egipt, unde lucra ca directoare de bancă, și un frate, de profesie fizician, care, la scurt timp, îl urmase pe el în România. Ca inginer în petrol, Zain s-ar fi bucurat de o meserie bănoasă în țara lui. Dar din cauza războiului din Golf, din 1990, în care fusese înrolat, a ales să părăsească Irakul. Așa a ajuns el în România, unde a încercat mai multe afaceri, până când a pus bazele celei mai profitabile dintre ele. Zain deținea acum o companie de import și distribuție de anvelope, de care se ocupa în egală măsură și fratele său.

Acum, că aflase și mama cu cine stătea de vorbă, părerea ei despre Zain se schimbase. Mi-am dat seama de asta în clipa în care mi-a spus că a apreciat bunul lui simț și că i s-a părut a fi un băiat cumsecade. Cât despre vârstă, n-a avut nimic de obiectat. Era alegerea mea dacă mai voiam să mă văd sau nu cu un bărbat cu mult mai mare decât mine. Și dacă și Zain își dorea să mai iasă cu mine, atunci trebuia să vină să mă ia chiar din casă. Asta

a fost condiția mamei, ca să fie sigură că altă dată nu voi încerca să-i mai ascund adevărul.

O oră mai târziu, după ce Zain a plecat, mama s-a dus liniștită la culcare. Eu mi-am umplut cada cu apă și-am făcut o baie relaxantă. Mă dureau picioarele de cât dansasem și mă usturau ochii de la oboseală. Dar a meritat, pentru că noaptea aceea a fost pe cât de lungă, pe atât de frumoasă. Am intrat apoi în camera mea și m-am întins pe pat. Am închis ochii și nici n-am știu când am adormit. Am auzit în vis că-mi suna telefonul. Deși trecuseră ore bune, am avut impresia că nu dormisem decât foarte puțin. Am pus mâna pe telefon, dar abia dacă puteam să-mi țin ochii deschiși. Când am răspuns, am recunoscut vocea lui Sam. Mi-a spus că mama îl sunase în toiul nopții ca să se intereseze de mine, iar el nu voia acum decât să știe dacă sunt bine. După ce-am încheiat convorbirea cu Sam, am văzut că mai aveam vreo două apeluri pierdute. Erau de la Ina. Probabil că voia să știe dacă ne mai vedem sau nu. Sigur că doream s-o văd, mai ales acum, când aveam atâtea să-i povestesc. Dar înainte s-o sun înapoi, am zis să-mi fac un duș ca să mă trezesc mai bine. Când am ieșit însă din baie, am auzit telefonul, care zbârnâia de zor pe biroul din camera mea. M-am gândit că e tot Ina, așa că am răspuns repede. Dar nu era ea. Era o voce drăgăstoasă, care mi-a zis:

— Bună, habibi, te-ai trezit?

Zain m-a invitat apoi să luăm masa în oraș. M-am gândit atunci că pot să mă văd și mai târziu cu Ina, așa că nu i-am refuzat invitația, mai ales că știam că nici mama nu se va opune să ies, de vreme ce-l cunoscuse . O jumătate de oră mai târziu, s-a auzit soneria. Mama a deschis uşa şi l-a invitat înăuntru. Cât timp m-am aranjat eu, cei doi au stat de vorbă. Ştiam că mama nu-l va lăsa pe Zain să se plictisească, fiindcă ea era o persoană tare vorbăreață. Stăteam cu uşa deschisă şi din camera mea auzeam tot ceea ce se vorbea în sufragerie. Îmi venea să râd. Mama începuse să-i povestească lui Zain cum se prepară sarmalele româneşti şi cât de gustoase sunt. Spera astfel că-l va convinge să servească o porţie din sarmale ei cu ciuperci. Numai că Zain nu s-a lăsat convins, spunându-i că urma să mâncăm afară. În schimb, înainte să ieşim pe uşă, i-a promis mamei că nu va lipsi de la următoarea cină.

A doua zi, după ce m-am întors de la şcoală, am trecut pe la Ina. I-am spus de ce n-am putut să ne vedem cu o zi în urmă şi apoi am început să-i povestesc cu lux de amănunte întreaga escapadă. Ina devenise şi mai curioasă când i-am spus că Zain m-a sărutat. Voia să ştie şi ea ce simte o fată atunci când se sărută prima oară. Cu treaba asta am lămurit-o repede. I-am spus că, în clipa aceea, am simţit că-mi ies flăcări din obraji ca din gura unui dragon din benzile desenate. Apoi i-am zis cum mi se pare Zain ca om, dar şi că e mult mai mare decât mine. Ina însă era şi ea de părere că vârsta nu contează.

Trei săptămâni mai târziu am sărbătorit ziua mea de naştere. Atunci am devenit majoră. Nu pregătisem nimic deosebit, în afară de faptul că mama îmi făcuse un tort delicios, aşa cum numai ea ştia să-l facă. Şi dacă tot aveam tortul am zis să-

mi aniversez ziua chiar acasă. Nu invitasem decât o colegă și pe Ina. Zain venea oricum. Până atunci ne văzuserăm aproape zilnic și asta se întâmpla de obicei fie după școală, fie seara, când terminam de învățat. Dacă nu ajungeam să ne vedem, Zain mă suna și ne petreceam timpul vorbind la telefon. Și aveam ce să vorbim, pentru că pe Zain părea că-l interesează tot ce aveam eu de spus. Uneori îl interesa chiar și ce mâncăruri mai pregătea mama.

În dimineața acelei zile am făcut o criză de rinichi. Nu mă mai puteam mișca și îmi venea să urlu de durere. Până la urmă, am chemat salvarea. Îmi era teamă că voi sufla în lumânări de pe patul vreunui spital, dar nu mai conta. Era mai bine, decât să mor de durere și să nu mai suflu în lumânări nicicând. Acasă, medicul de pe salvare mi-a făcut imediat un calmant și-a așteptat ca acesta să-și facă efectul. Din fericire, calmantul și-a făcut treaba, iar efectul a fost întreținut probabil de urarea de sănătate pe care doctorul mi-a făcut-o înainte de a pleca. Seara, când au sosit invitații, zburdam din nou. Injecția a fost cel mai necesar cadou pe care l-am primit. Când a venit, Ina mi-a dăruit o mască din ceramică tare drăguță, iar Zain mi-a adus un aranjament floral în formă de inimă. Când am văzut buchetul, am vrut să strig de bucurie. Oh, Doamne, mă simt copleșită! Zain mă iubește! Noroc că Dumnezeu a intervenit la timp și mi-a spus: „Nu fi dobitoacă, Amy, nu ăsta era mesajul! A vrut doar să-ți arate că are o imaginație bogată."

A doua zi am ieșit cu Zain. Ne plimbam aiurea, cu mașina prin oraș, și îl înnebunisem. Eram nerăbdătoare să obţin permisul de conducere şi acum numai despre asta îi vorbeam. Voiam să mă înscriu la şcoala de şoferi.

— Zain, nu cunoşti tu vreun instructor? l-am întrebat la un moment dat.

— Lasă-mă să mă gândesc, mi-a răspuns, în timp ce privea în partea dreaptă înspre mine, dar nu la mine.

O clipă mai târziu l-am auzit spunând.

— Cred că ştiu unul, Amy.

Atunci am aşteptat să continue. Dar Zain părea că are altceva de făcut. A claxonat de vreo două ori şi a ridicat o mână, ca şi când ar fi salutat pe cineva. I-am urmărit apoi privirea şi am văzut că lângă noi nu era decât o maşină de şcoală, la volanul căreia se afla o tipă blondă. Pe moment nu mi-am dat seama pe cine a salutat Zain. Văzusem doar că blondei i se oprise autoturismul înainte ca instructorul s-o invite să tragă pe dreapta. Atunci a oprit şi Zain şi a coborât din maşină. S-a dus apoi şi a dat mâna cu omul acela cât un munte de înalt, care i-a venit în întâmpinare. Au schimbat numai câteva vorbe, după care Zain s-a întors la maşină. În mână ţinea o carte de vizită, pe care mi-a înmânat-o apoi împreună cu un teanc de bani.

— La numărul ăsta de telefon îl vei găsi pe cel care te va învăţa să conduci. E un băiat de treabă. Am vorbit cu el şi poţi începe orele chiar de luni. Banii sunt pentru şcoală, mi-a zis apoi.

## CAPITOLUL II

Trecuseră aproape trei luni de când mă întâlnisem pentru prima oară cu Zain. În tot acest timp, am descoperit în el un om minunat. Zain era inteligent, matur şi avea un suflet numai bun, de pus pe rană. Iubea oamenii şi obişnuia să-i ajute cu ce putea, cu un sfat, cu o vorbă bună sau cu o faptă nobilă. Când venea pe la mine, de multe ori aducea cu el dulciuri şi jucării, pe care le dăruia unui copilaş sărman de la mine din bloc. Zain îl cunoscuse pe puşti când acesta venise într-o zi cu bunica lui pe la noi. I-am spus că tatăl său îl părăsise şi că mama îi murise, iar el a rămas impresionat. Tot impresionată am rămas şi eu de gest şi de multe altele, pentru că, din câte văzusem, Zain obişnuia să ajute necondiţionat pe oricine avea nevoie de ajutorul său. Se vedea că era un prieten de nădejde şi un om pe care multă lume se putea baza, iar asta mă făcea să mă simt în siguranţă alături de el şi fericită că l-am întâlnit.

Nu ştiu cum reuşise să facă asta, dar de la o vreme, Zain era primul gând care-mi trecea prin minte atunci când mă trezeam. Uneori, toată ziua îl visam cu ochii deschişi, iar noaptea mă pomeneam din nou cu imaginea lui în minte. Nopţile astea erau minunate acum, când el era prezent în toate visurile mele. Mai nou, Zain mă însoţea în vacanţele mele cu destinaţie necunoscută şi câteodată împărţeam cu el chiar şi căsuţa de la malul mării. De câte ori vorbeam, abia mă abțineam să nu-i dezvălui pe unde îl plimbam în fiecare noapte. Îmi doream să-i împărtășesc până și ultimul gând. Dar nu îndrăzneam și atunci mă mulțumeam să-i povestesc doar ceea ce făcusem peste zi. Erau însă și zile în care nu prea aveam ce să-i spun, pentru că tot ce făceam nu era decât să mă gândesc la el. Când eram singură, mă gândeam ce-o face el când nu este cu mine, iar când eram împreună, mă întrebam oare ce gândește despre mine atunci când mă privește. Era normal să mă întreb asta, pentru că uneori Zain mă privea atât de îndelung, că-mi era teamă că ochii lui cercetători ar putea scoate la iveală vreun punct negru de pe nasul meu, pe care eu să nu-l fi observat. În cele din urmă, îmi doream să cred că nu era decât o temere de-a mea. De câte ori îl vedeam sau numai îl auzeam, chiar și cele mai complicate treburi păreau că se rezolvă de la sine. Atunci când el avea grijă să o facă, trezitul de dimineață nu mai era o povară pentru mine și nici profesoara de economie nu-mi mai părea o scorpie. Nici ploaia nu mă mai întrista când zâmbetul lui Zain îmi revenea în minte. Avea un zâmbet atât de molipsitor, că uneori mă trezeam zâmbind ca proasta. Mă îndrăgostisem.

Într-o seară geroasă, după ce am fost să vedem un film, Zain și cu mine, ne-am oprit pentru prima dată acasă la el. Avea un apartament foarte drăguț în centrul capitalei. De cum am intrat în casă, de pe hol am zărit o fotografie înrămată, așezată pe noptiera din dormitor. Când Zain a mers la bucătărie să pregătească ceva, curiozitatea m-a împins

într-acolo. Îmi imaginam că încă mai păstrează amintirea fostei lui iubite. Când m-am apropiat, nu mi-a venit să cred. Zain păstra de fapt o poză cu noi doi. Ne-o făcuse un fotograf în restaurantul Golden Fish, chiar în prima seară în care am ieşit cu el. Până s-o văd însă, n-am ştiut că poza aceea a ajuns la el şi cu atât mai mult, pe noptiera lui. În noaptea aceea uitasem definitiv de poză, iar apoi mi-am imaginat că aceasta s-a rătăcit. Acum însă descoperisem şi unde. Asta da surpriză, mi-am spus atunci, şi m-am întors în sufragerie. M-am aşezat pe canapea, în faţa televizorului, şi am căutat ceva interesant la care să mă uit. Zain tocmai adusese un platou cu fructe, pe care l-a pus pe măsuţa din faţa noastră. S-a dus apoi în camera cealaltă, unde şi-a schimbat hainele de stradă cu unele mai lejere. La puţin timp, când a revenit, s-a aşezat lângă mine şi m-a luat în braţe. Un sărut părea că mi-a descătuşat vorbirea şi întrebările de tot felul au început să curgă. Voiam să ştiu cât mai multe despre Zain. La un moment dat însă, el a început să răspundă printr-un altfel de grai la întrebări pe care nici nu le pusesem. Zain se lipise atât de tare de spatele meu, încât aveam impresia că inima lui bătea la mine în piept. Mă ţinea în braţe şi din când în când îmi vorbea în şoaptă. Uneori însă o făcea atât de încet, că nici nu desluşeam ce-mi spune. Îmi săruta lobii urechilor şi-i atingea uşor cu limba. Respiraţia lui puternică îmi provoca o senzaţie stranie, ca un freamăt. Când s-a hotărât să-mi elibereze talia, a început să-mi maseze abdomenul, urcând spre sâni şi atingându-i discret. Atunci, ca şi când n-aş fi înțeles ce vrea să-mi spună, m-am îndepărtat ușor de el. Parcă mi-era și teamă să experimentez mai mult. Zain s-a apropiat din nou de mine și-a început să mă maseze încet pe umeri și pe gât, presărând săruturi moi în urmă.

— Azi-noapte te-am visat, mi-a șoptit el.

Apoi mi-a deschis câțiva nasturi de la cămașă și mâinile au început să-i alunece în voie peste sânii mei. S-a aplecat și a început să-i sărute. Zain își trecea limba peste sfârcurile mele excitate și din când în când mușca ușor din ele. Cu fiecare atingere de-a lui, mă cuprindeau fiorii și o dorință nedeslușită pusese stăpânire pe mine. Dintr-o dată mi s-a făcut teamă.

— Unde mă duci? l-am întrebat pe Zain când m-a luat în brațe.

— În camera comorilor... Și-am să te încui acolo, și o să arunc cheia, a continuat el zâmbind, încercând parcă să mă mai destindă.

— În ce zonă se află asta? l-am întrebat, după ce s-a așezat cu mine pe patul din dormitor.

Pentru câteva clipe Zain a încetat să mă mai sărute. M-a privit în adâncul ochilor și mi-a șoptit:

— În zona inimii, habibi.

— Nu mă minți?

— Îți jur că nu!

„Oare Zain chiar s-a îndrăgostit?" m-am întrebat atunci. Și răspunsul a venit ca un imbold. M-am lăsat dezgolită și dezmierdată de bărbatul care tocmai îmi jurase că mă va păstra în inimă pentru totdeauna. Apoi a renunțat și Zain la hainele de pe el și a început din nou să mă sărute. În timp ce trupul

său fierbinte se atingea de-al meu, îi simţeam erec-ţia. La un moment dat, Zain mi-a luat mâna, îndem-nându-mă să-i ating sexul. Eu însă mi-am retras-o discret. „Hei, Aladin, ia-mă mai uşor, nu-s obişnu-ită să frec lampa", am zis în gând. Şi gândurile mi-au fost ascultate. Zain n-a mai insistat. Dar buzele sale generoase încă mai împrăştiau fiori pe trupul meu. M-a întors cu spatele la el şi i-am simţit limba alunecând încet de la ceafă pe şira spinării, pe fese şi pe picioare. M-a răsucit din nou. În timp ce urca, îşi plimba limba de pe un picior pe celălalt. Când a ajuns la coapse s-a oprit. Şi-a trecut blând degetele peste sexul meu şi apoi a început să-l lingă. Pentru o clipă am simţit că-mi arde faţa de ruşine. Nu mă aşteptam la aşa ceva. Credeam că asta nu se întâm-plă decât în filmele erotice şi că este dezgustător. Dar pentru Zain părea că nu este, aşa că am închis ochii şi mi-am lăsat trupul să se îmbete de plăcere. Să faci dragoste este un lucru minunat, am gândit atunci. Dar când Zain a încercat să mă pătrundă, n-am mai fost de aceeaşi părere. Dragostea nu mi se mai părea aşa de minunată acum, când himenul meu se încăpăţâna să nu cedeze. Era complicată şi dureroasă. Printre atâtea dezmierdări şi încer-cări repetate de a mă pătrunde, la un moment dat m-am trezit ţipând. Zain mă penetrase şi simţisem că o făcuse până în stomac. S-a mai mişcat de câ-teva ori. Gemeam. Eu de durere, el de plăcere. A ieşit apoi brusc din mine, juisând pe abdomenul meu. Curând, ca o persoană împovărată parcă, dar care tocmai s-a eliberat, l-am auzit pe Zain oftând. A luat un prosop alb de pe noptieră şi m-a şters.

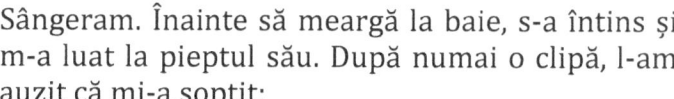

Sângeram. Înainte să meargă la baie, s-a întins şi m-a luat la pieptul său. După numai o clipă, l-am auzit că mi-a şoptit:

— Ştii ceva, Amy?

— Ştiu. Ţi-am murdărit cearşaful.

Zain a zâmbit. Şi-a ridicat apoi capul şi a mers încet cu privirea peste trupul meu. În lumina firavă a lumânărilor cu parfum îmbietor, ochii noştri s-au intersectat. Zâmbetul lui însă m-a condamnat înainte ca el să-mi spună:

— Acum eşti a mea, habibi!

Avusese dreptate. Acum, când anotimpul cald se grăbise să ne întâmpine, simţeam mai mult ca oricând că sufletul meu îi aparţine. Chiar şi aşa, nu puteam să nu mă gândesc că, în mai puţin de o lună, mă aşteptau examenele finale din ultimul an de liceu. Zain era sigur că le voi promova. De fapt, nici eu nu mă temeam de asta, pentru că învăţasem pe rupte în ultima vreme. În schimb, mă gândeam cu groază că vara asta va fi compromisă. Mă bucuram cel puţin că scăpam de materii precum economie, matematică sau contabilitate, pe care le găseam extrem de plictisitoare. Pur şi simplu nu erau pentru mine. Mie îmi plăcea să citesc, să scriu şi să creez. Mintea mea era ca un adevărat atelier de creaţie, unde prindeau contur visuri de tot felul, pe care le pictam apoi în culori vii şi cărora speram să le dau viaţă într-o bună zi. În cazul acesta, profesia de jurnalist o găseam mai potrivită pentru mine, de vreme ce-mi oferea libertate de exprimare. Şi pentru că mă hotărâsem deja încotro s-o apuc, după bacalaureat m-am apucat să învăţ pentru

examenul de admitere la Facultatea de Jurnalism.

În cele din urmă am trecut cu bine şi de acest examen şi m-am bucurat nespus. Dar până în octombrie, când începeau facultăţile, mai aveam ceva timp la dispoziţie, timp în care puteam să fac orice-mi trecea prin minte. Puteam să mă relaxez în fiecare zi, urmărind filme interesante. Puteam să mă distrez fără reţinere – noaptea prin cluburi şi ziua prin oraş cu prietenele. Puteam să merg la fitness sau, odată cu reducerile de vară, să alerg de nebună, prin magazine, după obiecte de îmbrăcăminte. Puteam, de asemenea, să conduc toată ziua cu muzica la maximum, maşina mea sport pe care mi-o dăruise Zain după ce mi-am luat permisul. Acum puteam să fac orice, şi cu toate astea, eu preferam să dorm dimineaţa până târziu, şi când Zain se elibera de la birou, să ies cu el. Uneori rămâneam la el acasă peste noapte şi nu mă mai trezea decât curierul, care suna abia după ora prânzului la uşă. Venea să-mi aducă mâncarea pe care Zain o comanda pentru mine, de la restaurantul de lângă biroul său. Dormeam atât de mult că Zain ajunsese să se întrebe dacă nu cumva m-am îmbolnăvit. Cu timpul însă şi-a dat seama că somnul era pasiunea mea. Într-o dimineaţă de sâmbătă m-am trezit mai repede ca după o cafea tare. Zain mă sunase să-mi spună că într-o oră vine să mă ia, ca să plecăm la mare. Prietenul lui, Yakub, şi iubita acestuia, Nadia, ne-au însoţit, iar acolo am avut parte de un weekend de neuitat. Zain şi Yakub au povestit tot felul de întâmplări amuzante pe drum, au spus atâtea snoave câte auzeam eu în mod normal într-un an întreg. Toate au fost haioase, dar în afară de „un ţăran...", cu care începea aproape fiecare banc, n-am reţinut decât că am râs pe săturate. La fel ca Zain, şi Yakub era plin de umor.

Anul universitar începuse deja de vreo două luni. În prima săptămână de facultate am fost destul de confuză. Primisem tot felul de informaţii noi, cărora a trebuit să le fac faţă. Dar după ce mi-am cunoscut profesorii şi colegii, unii parcă mai puţin confuzi decât mine, am început să mă familiarizez cu studenţia. Acum eram şi mai încântată de facultatea pe care o alesesem şi mă simţeam mândră că am devenit studentă. Aveam profesori minunaţi, oameni cu vechime în presa scrisă, radio şi televiziune, care acum erau gata să ne înveţe, pe mine şi pe colegii mei, ce înseamnă jurnalismul cu adevărat.

Într-una din zile, când plecam spre facultate, m-am întâlnit pe palierul blocului cu o vecină. Aceasta era o femeie cochetă şi plină de viaţă, chiar dacă avea aproape şaptezeci de ani. Îmi plăcea de ea. Cel mai mult însă îmi plăceau prăjiturile pe care le făcea. Cred că avea un milion de reţete, pentru că nu îmi amintesc să ne fi adus vreodată, mie şi mamei, de două ori acelaşi fel de prăjitură. Şi de câte ori venea la noi, nu pleca până când nu ne povestea măcar o întâmplare amuzantă din tinereţea ei trăită intens. Era o plăcere s-o ascult. Când râdea însă, abia dacă mă puteam abţine. Avea un râs tare contagios.

— Bună dimineaţa, doamnă, i-am spus.

Răspunsul ei nu a întârziat:

— `Neața, draga mea!

— Dacă nu aveți treabă, când mă întorc, vă invit să bem o cafea împreună.

A bănuit de ce am invitat-o la mine. Cunoștea tainele ghicitului în cafea. Știam asta mai demult, pentru că îmi spusese mama, și de atunci mă tot țineam să-i zic să-mi ghicească și mie. Eram și eu curioasă. Drăguță cum era, bineînțeles că n-a putut să mă refuze:

— Vin, puștoaico, vin, că până atunci nu mai am nimic de făcut. Poate doar să-mi bag Moșu' la somn, mi-a zis foarte veselă, ca de obicei.

Imediat ce-am revenit acasă, am chemat-o la mine și m-am apucat repede să fac două cafele. După ce mi-am terminat ceașca de băut, am întors-o cu fundul în sus și am lăsat-o așa o vreme, ca să se usuce. Apoi vecina a ridicat ceașca și a început să se uite prin ea după semene pe care să le interpreteze. Curând, a început să-mi spună lucruri despre care eu aveam habar mai mult sau mai puțin.

— Ia te uită! Aici e un bărbat brunețel… și ce te mai curtează!

A urmat apoi o scurtă pauză.

— Dar în spatele lui văd o femeie care se ține ca scaiul de el. Și e blondă! Să fiu a naibii dacă asta nu zici că-i o vulpe, la cum îl privește, s-a jurat ea dintr-o dată.

Am zâmbit. Ce altceva puteam să fac? Dar ea a continuat.

— Da' văd că el nu-i dă prea multă importanță. Și știi de ce?

— De ce? am întrebat și eu.

— Pentru că te iubeşte ca un nebun! Uite-l pe el, mai jos, ca un căţeluş cu limba scoasă, cum aleargă în braţele tale, mi-a spus apoi, în timp ce încerca să mă facă şi pe mine să văd toate astea.

Sigur că n-am putut să văd nimic din ce mi-a arătat ea acolo. Era pentru prima dată când îmi ghicea cineva şi am crezut că o să mă amuz. Acum însă rămăsesem cu gândul la ce mi-a spus. Alt brunet, în afară de Zain, nu prea cunoşteam. Cu toate astea, era aproape imposibil ca Zain să aibă o relaţie în paralel cu mine. De când ne ştiam, petrecusem multe zile şi nopţi împreună. Niciodată nu observasem ceva neobişnuit în comportamentul lui. Poate doar câte un oftat din când în când. Dar cine nu oftează? Apoi m-am gândit că am fost o tâmpită că mi-am ghicit în cafea. Fără niciun motiv real, devenisem dintr-o dată suspicioasă. Nici după câteva zile nu-mi ieşise din cap ce-mi spusese vecina. Atunci am zis să fac ceva ca să mă liniştesc, dar nu mă gândeam la vreo călătorie spirituală. Aşa că mi-am făcut un plan. Mi-am dat seama că nu merge să-l întreb pe Zain dacă mai trăieşte şi cu altă femeie, pentru că nici cel mai prost om n-ar fi recunoscut, decât dacă ar fi vrut să scape de una dintre ele. Aşa că l-am luat la sigur când a venit la mine. Două zile la rând nu apucaserăm să ne vedem, şi când am prins momentul, i-am spus foarte convingător:

— Zain, e adevărat că până acum ai reuşit să dai dovadă de multă discreţie. Dar de azi înainte nu te mai obosi să faci asta. Ştiu că în viaţa ta mai există încă o femeie.

Zain a oftat ca şi când, după o zi agitată de muncă, neîncrederea mea era tot ce-i mai lipsea. Apoi m-a întrebat zâmbind:

— Poţi să-mi spui şi de unde ştii?

— Am văzut-o alaltăieri la tine în maşină. Şi e blondă! Exact ca firul de păr pe care l-am găsit mai demult pe hainele tale, i-am explicat apoi, inventând şi acest indiciu.

— Şi când ai văzut-o, ziua sau noaptea? a încercat el să mă tachineze.

— În timpul liber, Zain.

— Îmi place că ai spirit de observaţie. Dar dacă m-ai văzut, de ce nu m-ai oprit? Poate că v-aş fi făcut cunoştinţă, mi-a zis el râzând, ca şi când nu căuta decât să mă enerveze.

— Zain, sincer, în situaţia asta nu prea văd rostul glumelor tale. Spune-mi, mai bine, adevărul şi gata!

Zain nu s-a putut abţine să nu râdă când m-a văzut cât de încruntată i-am vorbit.

— Amy, sigur ţi s-a părut. De foarte mult timp, în maşina mea, n-a mai urcat nicio femeie în afară de tine. Dar nu e exclus să urce. Iar dacă mă vei vedea vreodată cu o blondă asemeni firului de păr pe care zici că l-ai văzut pe hainele mele, trebuie să ştii că aceea este soţia...

— Asta era! Soţia! am sărit eu ca arsă şi l-am întrerupt în clipa în care am auzit acest cuvânt.

— Zain, tu ai o soţie de care eu nu ştiam? l-am întrebat nervoasă.

— Habibi, dă-mi voie să termin, mi-a zis apoi calm.

— Voiam să-ți spun este că este vorba despre soția fratelui meu, care, într-adevăr, este blondă. Să știi că uneori se întâmplă să mai meargă și cu mine în mașină, mi-a zis el.

— Cât despre firul de păr, se poate să fi văzut și mai mult de unu, având în vedere că-mi vizitez fratele, și atunci când o fac, nu obișnuiește să mă țină în picioare. Mai mult ca sigur s-a luat pe hainele mele de pe vreun fotoliu sau de pe canapea, mi-a explicat el firesc.

— Mdaa, s-ar putea să ai dreptate, i-am răspuns și eu cu un glas vlăguit de atâta emoții.

Apoi m-am gândit că tot ce mi-a spus vecina mea nu putea fi decât rodul imaginației sale bogate. Altceva, ce să fie? Nimeni n-ar putea să ascundă atâta timp o relație, mi-am zis eu. Și nu puteam să cred că cea care se presupunea că i-ar face avansuri lui Zain ar fi cumnată-sa. Era absurd. Sau poate că ceea ce zicea că văzuse, nu era decât fosta lui iubită, care încă se mai gândea la el, mi-am spus în cele din urmă.

Cam două luni mai târziu de la această întâmplare, Zain și-a făcut apariția la mine acasă dar nu singur. De data asta, de mâna lui se ținea strâns un băiețel de vreo trei anișori. Era blond și avea niște ochi mari, foarte frumoși, de culoare închisă. Zain mi l-a prezentat apoi ca fiind băiețelul fratelui său. Chiar dacă la început timiditatea l-a făcut să bată în retragere și să-și ascundă chipul micuț în spatele lui Zain, până la urmă eu și copilul ne-am împrietenit.

— Adică e copilul blondei? am întrebat atunci din curiozitate, iar el mi-a răspuns afirmativ.

Zain și cu mine, fusesem de câteva ori împreu-

nă cu fratele lui să mâncăm în oraş şi m-am gândit că, dacă tot îi cunoscusem fratele, n-ar strica să-i cunosc şi cumnata. Şi dacă tot se ivise ocazia, i-am sugerat lui Zain lucrul acesta.

— Să-i trăiască, este un copil deosebit! Dar mi-aş dori mai degrabă să o felicit personal pe femeia care a reuşit să aducă pe lume o asemenea minunăţie.

— Oricând doreşti, habibi, mi-a spus Zain, în cele din urmă.

Zilele zburaseră precum filele unei cărţi lăsată în bătaia vântului. Anul universitar se terminase şi odată cu el şi emoţiile mele de studentă-boboc. Mă adaptasem repede la noul sistem de predare şi învăţare şi reuşisem să trec cu bine de fiecare sesiune. Era o uşurare să ştiu că nu aveam restanţe. Acum însă nu mai aveam decât vreo lună din vacanţă. Îmi părea rău că se termina şi vara asta în care Zain şi cu mine nu prea ne desprinsesem unul de altul. Fusesem de câteva ori la munte şi la mare, iar în Bucureşti eram mai tot timpul împreună. Zain mă lua cu el cam peste tot pe unde avea treabă. De multe ori îl însoţeam la birou, apoi la avocat, la dentist, la service-ul auto şi chiar şi la alte întâlniri pe care le avea de obicei în program. Ne doream să fim tot timpul împreună. Şi pentru că Zain era un om activ, găsisem soluţia. De acum însă, mă cuprindea nostalgia când mă gândeam că nu voi mai avea acelaşi program în clipa în care voi începe facultatea. Mă bucuram în schimb că aveam o relaţie cu bărbat deosebit, care mă iubea şi care mă răsfăţa tot timpul. Departe de tiparul arabului tradiţional, care îşi ţinea femeia ca într-o colivie, doar pentru ochii lui şi atât, Zain era un bărbat la care multe femei probabil că visau. Era un om sensibil şi filantrop, pe care chiar dacă aş fi vrut, nu aveam cum să-l iubesc mai puţin decât o făceam deja. Atitudinea lui conciliantă mă scăpase de câteva ori de gura aprigă a mamei, care se plângea câteodată lui Zain că sunt prea împrăştiată pentru vârsta mea. Sigur că avea şi mama dreptate, dar nu puteam să fiu perfectă. Care adolescentă, îndrăgostită lulea şi cu o facultate pe cap, nu şi-ar fi lăsat lucrurile azvârlite prin casă? E drept că, uneori, când plecam de acasă, se întâmpla să mai uit şi uşa descuiată. Dar pentru asta nu ceream decât puţină înţelegere. Mai grav era când îmi rătăceam cheile de la maşină şi trebuia să merg pe jos la facultate. Atunci chiar şi eu credeam că sunt o iresponsabilă.

De vreo săptămână, sora mea ajunsese în ţară. Îşi definitivase studiile în Marea Britanie şi dăduse o fugă să ne vadă. Dar acum se grăbea să plece din nou în Londra, pentru că între timp îşi găsise acolo şi un loc de muncă de care părea foarte încântată. Cu ocazia asta o cunoscuse şi Zain, care s-a oferit să o conducem împreună la aeroport. După ce ne-am luat rămas bun de la ea, ne-am întors tot acasă la mine. Aici l-am găsit pe un văr de-al meu care locuia într-un alt oraş, dar care venise cu treabă în Bucureşti şi care s-a gândit apoi să ne viziteze. Am fost încântată să-l revăd şi i-am spus să nu se grăbească, fiindcă îl voi duce eu la gară când va trebui să plece. Între timp, mama ne-a pus să mâncăm. După masă, Zain a mai rămas să discute cu el, iar eu m-am retras în dormitor. Mâncasem mult

şi simţeam nevoia să mă întind. După o vreme, a venit şi Zain în cameră, şi pentru că era vineri, am început să ne facem planul de noapte. Eu, cel puţin, nu aveam chef să stau acasă:

— Zain, unde ieşim deseară?

— Nu ştiu, vedem mai târziu, mi-a zis el, după care şi-a făcut loc în pat şi s-a întins lângă mine.

— Sună-l pe Hasim şi vezi pe unde se strâng băieţii în seara asta, am insistat. Ştiam că acesta nu lipsea de la niciun chef.

— Am vorbit mai devreme cu el, dar n-o să iasă. Soţia lui e la spital şi în noaptea asta s-ar putea să nască, mi-a spus Zain.

Dintr-o dată mi s-a părut că nu am auzit bine şi l-am întrebat:

— Zain, vorbim despre acelaşi Hasim? Săptămâna trecută, Maria nu arăta nici pe departe ca o femeie însărcinată şi nici nu ştiam că ei sunt căsătoriţi.

După o clipă de răgaz, Zain s-a ridicat de lângă mine iar apoi m-a privit şi mi-a spus:

–Amy, Hasimeste căsătorit cu altcineva, de la care aşteaptă un copil.

— Nu cred, i-am spus eu, după ce făcusem nişte ochi mari cât cepele. Maria ştie? l-am întrebat apoi.

— Da, mi-a răspuns el sec, de parcă n-ar fi fost nimic neobişnuit în toată povestea asta.

Dar eu în continuare eram nedumerită:

— Şi dacă ştie, atunci de ce mai stă cu el?

— Pentru că îl iubeşte, mi-a zis el, ca şi când n-ar exista vreun obstacol pe lume care să nu se încline înaintea iubirii.

— Dar soţia lui ştie despre Maria?

— A aflat, desigur.

Nu mai avea niciun rost, dar nu m-am putut abține să nu-l întreb:

— Şi ea ce zice?

— E arăboaică, Amy! Ea poate să înţeleagă asta, pentru că ştie că nouă ne este permis să ţinem până la patru soţii.

Brusc, mi s-a părut că nu am auzit bine. Bărbatul care vorbea acum cu mine parcă nu mai era Zain cel pe care îl ştiam eu, ci dimpotrivă, unul cu o mentalitate tradiţionalistă. Apoi m-am gândit că nu merită să acord atâta importanţă unor vorbe şi ne-am continuat discuţia. E adevărat că nu mă interesase niciodată ce statut aveau prietenii lui, dar asta chiar că picase ca o bombă pentru mine. Nu-mi imaginasem că Hasim, bărbatul acela elegant, care era înnebunit după frumoasa Maria, ar putea fi căsătorit. Tocmai de aceea l-am întrebat mai apoi pe Zain dacă printre prietenii lui mai sunt şi alţii căsătoriţi. Aşa am aflat că printre ei se aflau şi căsătoriţi, şi necăsătoriţi, şi divorţaţi, şi burlaci convinşi, iar unii chiar şi cu câte două soţii. Când am auzit toate astea, n-am putut decât să mă bucur că l-am întâlnit pe Zain, un bărbat fără obligaţii.

Între timp mi s-a făcut sete şi am mers în bucătărie să beau un pahar cu apă. Acolo nu mai rămăsese decât mama care făcea ordine. Vărul meu se odihnea şi el într-o altă cameră. Când m-a văzut, mama mi-a spus să-i duc telefonul lui Zain, pentru că i s-a părut că a sunat. Zain îl uitase pe masă. L-am luat şi, când m-am uitat, am văzut că nu era niciun apel pierdut, dar, într-adevăr, Zain primise un me-

saj. Nu știam de la cine, pentru că numărul nu era salvat. Am luat telefonul și am plecat din bucătărie. Ca niciodată însă, curiozitatea m-a împins și am deschis mesajul. Pe la jumătatea holului am încremenit. Voiam să mă mișc și să ajung mai repede în cameră, dar, ca și când aș fi suferit de paralizie, nu mai reușeam. În mesaj era scris, într-o română perfectă, negru pe alb: „Dragule, Nurya tocmai a născut un băiețel! Mergem să-i cumpărăm un cadou?"

După câteva clipe am pus telefonul în buzunar și mi-am găsit puterea să mă mișc și să mă îndrept încet spre cameră. Când am intrat, l-am văzut pe Zain întins pe pat, cu telecomanda de la televizor în mână. Schimba program după program, dar nu ca atunci când ar fi căutat ceva la care să se uite, ci mai degrabă ca un om stresat. După ce am închis ușa în urma mea, m-am oprit lângă birou și m-am făcut că-mi caut o carte prin teancul care se afla acolo. Chiar nu puteam să-l privesc în ochi, dar în clipa în care s-a uitat spre mine, l-am întrebat ca din pură curiozitate:

— Zain, dar pe soția lui Hasim cum o cheamă?

— Nurya. De ce?

Atunci m-am întors cu fața la el și, cu un zâmbet forțat, ca și când simțeam că am fost trădată, i-am spus:

— Tocmai a născut un băiețel!

Zain m-a privit confuz. Cu mâinile tremurânde, am scos apoi telefonul din buzunar, l-am aruncat pe pat lângă el și i-am zis:

— Cineva te așteaptă să mergeți să-i cumpărați un cadou!

Zain a tresărit şi s-a ridicat în şezut. A luat apoi telefonul şi-a citit mesajul. După asta, n-a mai reuşit să-şi dezlipească privirea de acolo şi a rămas tăcut până când a urmat o altă întrebare:

— Se pare că este soţia, aşa-i?

Zain butona telefonul când, fără să mă privească, m-a întrebat cu un calm prefăcut:

— De ce crezi asta?

În clipa în care l-am auzit, am început să râd nervos, încercând să-mi înăbuş furia:

— Zain, încetează să-ţi mai baţi joc de mine! Cine ar fi putut să-ţi scrie, într-o română perfectă, vorbe de alint, „dragule"? Să nu-mi spui că mama ta!

— Ştiu că eşti şi tu căsătorit. Măcar acum fii demn şi recunoaşte!

Zain şi-a ridicat ochii din pământ, m-a aţintit cu privirea şi în cele din urmă a început să-mi spună:

— Nu ştii nimic, Amy! Tu nu ştii cât de mult te iubesc...

— Te rog, Zain, am intervenit, întrerupându-l, acum nu vreau să ascult declaraţii de dragoste, ci adevărul! Eşti un bărbat căsătorit. Am dreptate?

Zain a oftat adânc. După câteva clipe, s-a auzit în sfârşit un răspuns şovăitor:

— Amy... da, mi-a zis în timp ce mă privea, iar privirea lui părea că cere îndurare.

Apoi şi-a îndesat chipul în palme şi a oftat de parcă şi-ar fi dat ultima suflare. În cameră nu mai era acum decât liniştea. Eu rămăsesem înmărmurită şi cu privirea aţintită spre el. Chiar dacă acum eram sigură că ăsta e adevărul, pentru câteva clipe sperasem că îmi va zâmbi ştrengăreşte şi că-mi va

spune că a fost o glumă. Dar în zadar. De când confirmase, Zain parcă amuţise şi nici curajul de-a mă mai privi în ochi nu-l mai avea. Cu ultimele puteri, am reuşit să-l mai întreb un singur lucru:

— Şi copilul cu care ai venit la mine, e al tău?

— Nu, Amy, nu am copii, mi-a răspuns el.

În următoarea secundă, torente de lacrimi au început să-mi scalde chipul, luând cu ele, asemeni unui potop ce mătură o regiune din temelii, toată fericirea mea de până atunci. În faţa acestei situaţii m-am simţit atât de neajutorată precum o întreagă armată în lupta cu forţele dezlănţuite ale naturii. Zain mă trădase şi, ca urmare, consternarea a fost cea care a pus stăpânire pe mine. În sufletul meu tocmai izbucnise un incendiu şi tot ce-am reuşit să fac atunci ca să sting focul durerii, a fost să plâng. Printre lacrimile mele, un Zain năuc ce implora iertare nu mai părea decât iluzie. Vestea pe care o primisem reuşise să mă stoarcă de orice putere. Mă ghemuisem în pat, strângând în braţe o pernă care-mi înăbuşea suspinele. Pentru o vreme am rămas nemişcată. Şi de-aş fi vrut, pe Zain oricum n-aş fi reuşit să-l mai ascult. Acum nu mai voiam să aud de nimeni şi de nimic. Nici măcar de vărul meu, pe care, nu după mult timp, ar fi trebuit să-l duc la gară. În clipele acelea nu mai puteam să gândesc. Îmi doream doar să fiu singură. În cele din urmă, ca prin vis, l-am auzit pe Zain spunând:

— Habibi... mă duc să-l conduc pe vărul tău şi mă întorc repede. Nu e nevoie să ieşi din cameră, voi spune tuturor că ai adormit.

Şi a ieşit încet pe uşă. Aproape o oră mai târziu m-a sunat. Zain era deja înapoi, în faţa blocului meu. A insistat până când i-am răspuns, apoi m-a rugat să cobor, să stăm puţin de vorbă. Am coborât în cele din urmă, căci după vestea pe care o primisem, nu apucasem să-i mai spun nimic. Aşa că, îndurerată, am urcat în maşină la el, hotărâtă fiind să termin pentru totdeauna ceea ce gândeam acum că nici n-ar fi trebuit să fi început vreodată. Stăteam lângă el, dar Zain n-a mai îndrăznit să mă atingă nici măcar cu un deget. Vizibil cuprins de remuşcări, a oftat ca şi când şi-ar fi făcut curaj:

— Habibi, spune-mi, te rog, ce-ar trebui să fac pentru ca tu să mă poţi ierta vreodată?

— Un miracol, Zain, dar mă tem că nu poţi! Acum e imposibil să mă scapi de durerea pe care tu ai sădit-o atât de adânc în sufletul meu Ştii ceva, Zain? Mai bine uită de mine! Voi încerca să fac acelaşi lucru şi, dacă am să reuşesc, atunci să ştii că te-am iertat, i-am zis eu, după care am început să plâng.

— Nu, Amy, tu n-ai să mă părăseşti... decât dacă vei vrea să mă omori.

— Serios? Şi ce propui? Poate să fac parte din haremul tău? l-am întrebat printre lacrimi.

— Niciodată! i-am spus şi am dat să cobor din maşină şi să plec.

Dar nu am reuşit, pentru că Zain, care avea maşina pornită, a demarat imediat şi a accelerat parcă spre niciunde. Am încercat să-l conving că nu a găsit soluţia cea mai potrivită şi că sfârşitul va fi acelaşi. Dintr-o dată, mi s-a părut că vorbesc singură. Zain continua să conducă nebuneşte, ca şi până

atunci, în timp ce încerca să-mi fure jurământul că nu îl voi părăsi vreodată. Striga ca un nebun că mă iubeşte şi că nu poate trăi fără mine. Ca şi când ar fi intrat în sevraj, Zain mi-a spus în cele din urmă că preferă mai degrabă să moară, decât să mă piardă. Mă indigna că se gândea numai la el şi în clipa în care l-am auzit vorbind aşa, i-am spus că dacă asta vrea, n-are decât. În fond, nici nu mă mai interesa ce se putea întâmpla cu el de vreme ce eu simţeam că mă sting încet, şi asta numai din cauza lui. Ce vină aveam eu să port, deopotrivă cu el, povara ne-săbuinţei lui de a fi minţit de la început? E adevă-rat că m-am încrezut în el orbeşte. Dar care fată de vârsta mea nu ar fi făcut la fel, dacă ar fi fost în lo-cul meu? Zain mi-a recunoscut că nu a crezut că va ajunge să se îndrăgostească nebuneşte de mine şi, implicit, că a fost un egoist. Dar cu toate astea, mi-a spus că nu regretă nimic pentru că, până să mă în-tâlnească pe mine, nu mai experimentase acest sentiment de dragoste profundă. M-a durut şi mai mult când l-am auzit vorbind aşa. Mi s-a părut ne-drept. Zain jucase murdar. M-a minţit şi, dacă nu s-ar fi îndrăgostit, poate că într-o bună zi n-ar fi ezitat să se descotorosească de mine ca de o măsea stricată. Numai că providenţa nu-l cruţase pe Zain şi dragostea ajunsese să-l îngenuncheze şi pe el.

Până atunci nu cunoscusem tot ce implică iu-birea, iar acum mi se părea nefiresc să văd că un singur sentiment poate înălţa şi îngenunchea în acelaşi timp. Credeam că iubirea este un tărâm nu-mai cu lapte şi miere unde trăiesc pe vecie cei care ajung acolo. Apoi am aflat că ea nu este un tărâm, ci numai o cărare printre cărările vieții. Iubirea este drumul pe care oamenii pășesc întotdeauna încrezători, chiar dacă nu știu niciodată încotro se îndreaptă. Iubirea este drumul pe care dacă l-ai pierdut te rătăcești în infern. Așa s-a întâmplat și cu mine, de fapt. Eu pășisem pe acest drum datorită lui Zain și tot datorită lui simțeam acum că îl pierdusem. Mi-aș fi dorit să pot să adulmec fericirea pierdută, căci era cumplit să mă văd rătăcind printre sentimente împovărătoare.

Cu toată suferința mea însă, nu am omis să-l întreb pe Zain de unde a apărut o soție, tocmai acum. Era firesc, pentru că trecuse atâta timp în care femeia asta nu-și făcuse simțită prezența nici măcar o clipă. Din mesajul pe care i l-a trimis lui Zain, mi-am dat seama că era și ea tot româncă. M-am gândit însă că poate, din cine știe ce motive, a trăit o vreme în altă țară. Dar nu era așa. Soția lui Zain, care avea cam aceeași vârstă cu el, era casnică și obișnuia să-și petreacă vremea pe la părinții care locuiau undeva în vecinătatea capitalei. Zain mergea și el pe acolo, dar numai în vizită și nu întârzia niciodată prea mult. Din câte mi-a spus, motivul acestor vizite era mai degrabă ca să se asigure că nu le lipsește nimic soției și socrilor lui. Când l-am întrebat, nici Zain n-a știut să-mi răspundă de ce prefera ea mai mult casa părintească în schimbul căminului conjugal, care era altul decât apartamentul unde mergea cu mine. Poate pentru că părinții ei erau bătrâni și neajutorați, m-am gândit eu după ce Zain mi-a expus în mare situația. Soția lui nu mai avea decât un frate mai mic, care era ple-

cat de mulți ani în străinătate. Am mai aflat apoi că pe mulți dintre prietenii lui Zain îi cunoscuseră și ea la diferite ocazii, precum nunți sau aniversări. Așa ajunsese soția lui să păstreze legătura cu fiecare dintre femeile – românce sau arăboaice – care erau căsătorite cu prieteni de-ai săi. De fapt, cu ele am înțeles că discuta chiar mai mult decât cu Zain și de câte ori avea ocazia, mergea la întâlnirile pe care celelalte soții le organizau. Cam așa se explică cum de-a aflat ea înaintea lui Zain că soția lui Hasim născuse. Zain avea o căsnicie tare ciudată și oricât m-aș fi străduit, nu am reușit să înțeleg mai nimic. Doar un lucru era evident. Această căsnicie îmi dărâmase din temelii imperiul fericirii. Și când credeam că nimic nu mai contează, mi-am amintit că ceva mă pusese pe gânduri mai demult, iar atunci am simțit nevoia să clarific totul. Cum pe cumnata lui Zain nu apucasem s-o cunosc, am vrut și eu să știu ce culoare avea părul soției lui. După ce Zain mi-a confirmat că ea era blondă, n-am mai văzut în fața ochilor decât o cafea și pe vecina mea. Abia acum am înțeles și eu tot ce-mi spusese aceasta cândva și am rămas uluită. Era firesc, pentru că povestea pe care mi-a citit-o în zațul acela ca dintr-o carte, în final s-a dovedit a fi reală.

Hoinăream de ceva vreme cu mașina pe drumuri care acum îmi păreau necunoscute, și între timp aflasem mai multe decât mi-aș fi imaginat. Așa că, târziu în noapte, sleită fiind de orice putere de discernământ, dar și fizic extenuată, i-am cerut lui Zain să mă lase acasă. A vrut să rămână la mine, dar l-am refuzat categoric și i-am explicat că am nevoie să fiu singură. Doar făgăduinţa că cel puţin mă voi gândi la un eventual viitor, a ceea ce se chemase până atunci o poveste de iubire, a fost cea care a reuşit să mă smulgă din braţele lui. Drept urmare, am coborât din maşină fără ca măcar să-l mai privesc în ochi, căci loc pentru vreun cuvânt deja nu mai era. Am urcat apoi cu sufletul târâş în casă, unde aveam să-mi ling rănile precum un câine schingiuit de propriul său stăpân. De cum am ajuns în cameră, mi-am aruncat hainele de pe mine şi m-am schimbat în pijama. Mi-am pus apoi, în surdină, un disc cu Toni Braxton. Am activat funcţia de repetare pentru melodia „How could an angel break my heart", m-am băgat în pat şi mi-am rezemat încet capul pe pernă. În acelaşi pat în care visasem cândva frumos şi pe aceeaşi pernă care încă mai păstra parfumul lui Zain plângeam acum înfundat, întrebând toţi sfinţii – cum de i-a fost îngăduit unui înger să-mi sfărâme inima. Amintirile mă copleşeau şi nu putem admite că acel chip serafic nu va mai fi al meu. Că din acel moment fatidic îmi va zâmbi numai în vise, aşa cum doar el ştia s-o facă şi că nu o să mă mai desfete vreodată cu privirea lui angelică. Mâhnirea se hrănea cu sufletul meu precum s-ar fi hrănit sute de larve cu o singură frunză, doar la gândul că buzele lui ca mierea nu-mi vor mai da mie dulceaţa lor. Oare ce datorie putea să aibă sufletul meu în faţa Fiinţei Supreme şi din care timp, m-am întrebat apoi. Şi asta pentru că nu înţelegeam de ce sufletul meu fusese împins în infern, după ce mai întâi fusese purtat pe cele mai înalte culmi ale fericirii. La fel ca asta mai

erau şi alte întrebări fără vreun răspuns, care mă mistuiau ca pe un lemn uscat. Dragostea îmi părea acum un chin mai mare decât dacă m-aş fi trudit să-mi sap o groapă în piatră şi să mă ascund acolo. Tartarul nu-l vedeam, căci este de neînchipuit, dar îl simţeam asemeni unui iezer ce mă strângea în ape reci ca gheaţa. Încremenisem de durere, scrâşneam din dinţi, iar lacrimi după lacrimi mi se înnodau în barbă, ca şi când Dumnezeu mi-ar fi poruncit să umplu un ocean. Mai rău însă era că nici toate lacrimile astea adunate laolaltă nu reuşeau să-mi stingă durerea. Trăiam o nesfârşită agonie. Nici bine nu aţipeam, că mă şi trezeam; în aceleaşi lacrimi şi cu aceeaşi durere.

A doua zi, de dimineaţă, Zain m-a sunat insistent. Ce mai rămăsese din raţiunea mea, de după o noapte întreagă în care mă dădusem de ceasul morţii, mă îndemna să nu-i răspund. Dar inima, care-mi ardea ca o văpaie, a fost atunci mai presus de orice raţiune, aşa că i-am răspuns. Cu aceleaşi lacrimi pe obraz ce nu mai conteneau şi cu aceeaşi melodie în surdină, abia dacă mi-a ieşit un „alo" istovit pe gură.

— Alo... habibi, mă auzi? m-a întrebat Zain.

— Eşti bine, Amy? Răspunde-mi, te rog, a insistat el când a văzut că nu primeşte răspuns.

— Sunt la fel cum ai avut tu grijă să mă laşi, i-am reproşat. De ce m-ai sunat? l-am întrebat apoi cu un glas pierdut.

— Vreau să vin la tine, Amy.

— Nu veni, Zain, pentru că nu-mi doresc să te mai văd vreodată, i-am zis.

— Habibi, omoară-mă cu mâna ta dacă vrei şi voi fi cel mai fericit. Dar te implor, nu mă lăsa să mor singur. Ascultă-mă, Amy, am diabet şi tot stresul ăsta mi-a îngreunat mult vederea. Te rog, lasă-mă să vin! Eşti lumina ochilor mei şi am nevoie de tine, mi-a zis el încercând să mă înduplece.

Zain nu-mi spusese niciodată lucrul ăsta şi nici nu l-am văzut să ţină vreun regim care să mă fi dus cu gândul într-acolo. Atunci a fost pentru prima oară când am auzit că e bolnav de diabet. Dar am auzit şi atât. În clipa aceea, nimic nu părea să mă mai mişte, aşa că i-am spus:

— Lumina ochilor tăi, zici? Atunci află că m-am stins din clipa în care am aflat adevărul şi pentru tine nicicând nu mă voi mai aprinde! Zain, sincer, nu mă interesează de vederea ta. Ba, mai mult, îţi doresc să nu mă mai poţi vedea vreodată! Nici măcar să mă întrezăreşti, i-am zis atunci, ca şi când sufletul meu strivit de durere, cu ultimele sale puteri, mi-ar fi strigat s-o fac.

— Mulţumesc pentru orice, habibi, mi-a spus Zain în cele din urmă, cu o voce atenuată de regret.

I-am închis telefonul şi-am continuat să plâng. Zain a încercat ulterior să reia legătura cu mine, dar în zadar. Nu i-am mai răspuns şi nici nu mai voiam s-o fac. În momentul acela un singur lucru îmi doream. Să invoc timpul – unicul vraci al sufletelor rănite, ca să zboare peste sufletul meu. Şi l-aş fi rugat să nu se oprească până când, ca după un coşmar de-o noapte, aş fi reuşit să mă trezesc şi să-mi continui viaţa fără nicio durere. Dar pentru asta mai aveam de aşteptat, fiindcă înaintea mea

cine ştie câte alte suflete sângerânde şedeau înge-
nunchiate la poarta timpului, aşteptând ca şi mine
să le vină rândul.

Trecuseră de acum aproape treizeci şi şase de
ore de zbucium sufletesc. În tot acest timp, în care
durerea m-a ţintuit la pat, n-am reuşit să beau nici
măcar o înghiţitură de apă. În cele din urmă am
simţit nevoia să merg la baie. Am coborât din pat
şi după ce am făcut câţiva paşi am avut impresia
că am rămas dezbrăcată. Atunci am privit în jos şi,
deşi văzusem că pantalonul căzuse de pe mine, nu
prea înţelegeam de ce. Mi-am ridicat apoi şi bluza
şi m-am privit în oglindă înainte să mă urc pe cân-
tar. Impactul emoţional al adevărului fusese co-
vârşitor nu doar pentru psihic, ci şi pentru fizicul
meu. De la cele cincizeci şi cinci de kilograme, câte
avusesem până mai deunăzi, ajunsesem să cân-
tăresc nu mai mult de cincizeci. Se topiseră şi ele
odată cu sufletul meu. Cu chipul livid şi cu abdo-
menul lipit de şira spinării, acum arătam exact ca o
rufă intrată la apă. Când m-am văzut în halul ăsta,
m-am speriat. Trebuia să povestesc cuiva ceea ce
mi se întâmplase, ca să mă descarc. Aşa că am pus
mâna pe telefon şi am sunat-o pe Ina, pe care nu o
mai văzusem cu doar o zi înainte de a face cunoş-
tinţă cu adevărul necruţător. Aveam neapărat ne-
voie de un umăr care să-mi sprijine sufletul sfâşiat
de durere şi de o mână care să-mi şteargă lacrimile
amare. Ştiam că Ina mi le putea oferi. După ce am
închis telefonul, am urcat în maşină şi am plecat
fulger la ea.

Ina era singură acasă şi mi-am imaginat că

mă aştepta nerăbdătoare, căci vocea mea trăda-
se o oarecare nelinişte sufletească în conversaţia
telefonică. În cele din urmă, am ajuns la ea. Când
aceasta mi-a deschis uşa şi mi-a privit chipul ce în-
făţişa tabloul dezolant al lăuntrului, m-a apucat de
mână şi m-a tras grăbită în casă:

— Draga mea, ce s-a întâmplat cu tine? Arăţi
cumplit!

În clipa aceea, remarca ei n-a făcut decât să de-
clanşeze o cascadă de lacrimi resimţite impetuos
sub forma unui nod în gât. M-am ghemuit în bra-
ţele ei şi printre plânsete cu suspine, am reuşit cu
greu să articulez două cuvinte:

— Este căsătorit!

În cele din urmă, când am izbutit s-o lămuresc
întru totul, Ina a rămas şi ea stupefiată. Nu ştia ce
să-mi facă sau să-mi spună ca să mă liniştească. Mă
ţinea în braţe şi mă mângâia pe păr. Ca o placă stri-
cată parcă, îmi rostea într-una:

— Linişteşte-te Amy, haide, încearcă să te li-
nişteşti! Te rog, calmează-te, nu-ţi face bine atâta
plâns!

În tot acest timp, Zain m-a sunat de multe ori.
Când a văzut, Ina a insistat să-i răspund şi să clari-
fic situaţia. Ea era de părere că Zain şi cu mine nu
lămurisem încă toate aspectele:

— Răspunde-i, Amy, nu te grăbi să te închizi în
suferinţă! Mai acordă-i o şansă şi vezi ce gândeşte.

— Nu pot, i-am spus şoptit, m-a dezamăgit
enorm şi mă simt răpusă.

— Amy, mergi şi discută cu el! Sunt sigură că
te iubeşte, iar acum, că ai aflat despre mariajul lui,

n-ai de unde să ştii ce intenţii are. Poate că o va părăsi pe ea şi va alege să rămână cu tine. Eu aşa cred, mi-a spus Ina.

— Şi dacă nu va fi aşa?.

— În cazul ăsta vei putea, cel puţin, cu sufletul împăcat, să-l trimiţi la dracu'! Măcar atunci vei fi sigură că nu merită să suferi nicio secundă pentru el, mi-a zis ea. Dar, sincer, nu cred că va fi cazul. Răspunde-i Amy, fiindcă doar aşa vei reuşi să-ţi recapeţi liniştea.

Ina nu a reuşit atunci să mă convingă să-i răspund lui Zain. Câteva zile mai târziu însă, inima a fost cea care m-a convins s-o fac.

## CAPITOLUL III

Atunci nu am avut putere să pun capăt acestei relaţii, aşa cum mi-aş fi dorit. N-am reuşit nici măcar să mă detaşez de omul pe care, până nu demult, îl percepusem ca fiind fără cusur. După atâta vreme era dificil să-mi şterg pur şi simplu din minte prima imagine cu Zain pe care o salvasem şi să postez acolo o alta. Îmi era greu să-l privesc pe Zain aşa cum era în realitate, un bărbat căsătorit. În cele din urmă, l-am întrebat ce are de gând să facă pe mai departe cu viaţa lui. Zain mi-a spus atunci că nu va renunţa niciodată la mine, pentru că mă iubeşte. Dar mai era ceva ce aveam să aflu: pe Zain nu-l lăsa inima să renunţe nici la soţia lui, pentru că, după cum mi-a spus, singura rază de lumină din viaţa ei era el. Zain mi-a povestit că soţia lui avusese parte de o copilărie traumatizată, cu un tată alcoolic, ce-o bătea până la leşin. Avusese o situaţie financiară precară şi din cauza asta nu-şi terminase nici măcar liceul. Mânată de viaţa grea pe care o dusese alături de părinţi, până să-l întâlnească pe Zain, căzuse pradă unei căsnicii dezastruoase, cu un soţ român, care era gelos şi violent. Asta a făcut-o să fugă într-o zi de-acasă şi să se adăpostească o vreme la o prietenă, vânzătoare la unul dintre magazinele lui Zain. Aceasta l-a rugat apoi pe Zain s-o angajeze pe prietena ei fugară, cea care, mai târziu, avea să-i devină soţie. Zain aflase că avea nevoie de bani ca să divorţeze şi să se poată întreţine, aşa că a angajat-o. Astfel au ajuns ei să se cunoască.

La început, mariajul a fost de faţadă. Zain voia să se stabilească în România, iar căsătoria cu o româncă era cea mai eficientă metodă. Nu voia să rămână cu ea, pentru că nu se căsătorise din dragoste. Fusese doar o atracţie fizică, atracţie care se risipise destul de repede. În timp, după ce a aflat întreaga poveste a vieţii ei, lui Zain i-a fost milă să o mai părăsească, mai ales că ea se agăţase de el ca de ultima speranţă a unei vieţi liniştite. În privinţa asta, avusese noroc. Dacă ar fi întâlnit vreun fanatic religios, care s-o îmbrobodească şi s-o trimită la el în ţară cu o droaie de prunci, pe care, chipurile, să-i crească în spiritul islamului, speranţa ei poate că s-ar fi năruit. Chiar Zain îmi spusese că erau destui de soiul acesta printre membrii comunităţii, care procedaseră astfel cu soţiile românce. Viaţa soţiei lui era diferită de cea a majorităţii femeilor

musulmane. Departe de a fi împlinită, pentru că în cei câțiva ani de căsnicie, cei doi nu-și petrecuseră nici măcar o vacanță împreună. În același timp, Zain nu i-a impus niciodată să trăiască în vreun fel anume. Era liberă să meargă oriunde cu prietenele ei, să facă doar acele lucruri care îi plăceau. Foarte frumos, dar asta suna a singurătate în doi. Pe deasupra, chiar dacă rămăsese cu cea despre care spunea că s-a dovedit a fi o persoană de încredere, Zain n-a dorit s-o facă pe soția lui și mamă a copiilor săi. Când l-am întrebat care a fost motivul, mi-a răspuns că, de obicei, copiii se fac din dragoste. A fost de ajuns ca să înțeleg ce sentimente l-au ținut pe Zain în acest mariaj. Un singur lucru însă n-am putut să înțeleg. Propunerea pe care mi-a făcut-o.

Zain mi-a împărtășit că ar fi bucuros să-și întemeieze o familie cu mine, așa că mi-a propus să-i devin soție. Apoi mi-a explicat că, în islam, printr-un contract de căsătorie religios, suntem liberi să ne unim destinele oricând, dacă și eu îmi doresc.. La cum îl cunoscusem eu, Zain nu era un îndoctrinat și niciun bun practicant religios. La drept vorbind, nu-l văzusem niciodată pe Zain să aibă vreun ritual de închinăciune, așa cum obișnuiesc musulmanii. Propunerea lui m-a luat prin surprindere Am fost curioasă atunci să aflu ce rol joacă islamul în viața lui. Mai mult decât faptul că nu consuma alcool, nu prea știam altceva despre Zain, din acest punct de vedere. Cu ocazia asta, am aflat și eu că evita alcoolul din motive de sănătate, nicidecum religioase. Apoi am aflat că Zain privea orice religie ca pe o căsătorie aranjată. Astfel, pă-

rinţii decid cărei religii trebuie să-i aparţină copi-
ii – aceeaşi de care aparţin şi ei, desigur. Tot ei îşi
îndeamnă odraslele să creadă în cuvântul lui Dum-
nezeu, transmis prin reprezentanţii Săi pe pământ.
Zain fusese educat, la rândul lui, ca un musulman
adevărat. Dar, cu toate că-şi respecta nespus pă-
rinţii, el privea islamul cu detaşare. Spunea că nu
l-a interesat niciodată să aprofundeze această cu-
noaştere. Şi, deşi era convins că există un Dumne-
zeu, Zain trăia după propriile reguli. Considera că
nu e niciun păcat să trăieşti exact aşa cum simţi.

Cât despre căsătoria religioasă, Zain mi-a spus
că nu o privea decât ca pe o alternativă. Deşi legea ci-
vilă nu recunoaşte aceste căsătorii, Zain m-a asigu-
rat că ele sunt considerate legitime în societatea lor.

Dar putea fi ea oricât de legitimă, că mie nu-mi
trebuia. Şi era firesc, până la urmă, pentru că-l vo-
iam pe Zain numai pentru mine. Şi speram că dra-
gostea ce mi-o purta mă putea ajuta, într-o zi, să-mi
împlinesc dorinţa, chiar dacă mă temeam de mila
cu care zicea el că-şi privea soţia. Nu cumva făcea
pe victima doar ca să-l păstreze pe Zain? Nu eram
atât de convinsă de povestea pe care o aflasem. Ci-
neva care susţinea că fusese maltratat de un părin-
te până spre adolescenţă, nu cred că l-ar mai fi tras
inima să meargă şi să petreacă atâta timp la locul
durerii. E adevărat, poate că-şi iertase tatăl şi foar-
te bine făcuse. Poate că dăduse totul uitării. Însă
acolo, undeva, în subconştient, cicatricile rămân.
Asta ar fi trebuit s-o facă să-şi dorească să stea
mai multă vreme acasă, alături de soţul ei, unde se
simţise întotdeauna bine, după cum spunea Zain.

Nu i-am mai spus lui Zain, dar mă îndoiam că bătăile tatălui său o durusără atât de tare pe cât lăsase ea să se înțeleagă. Aveam motivele mele să cred că soția lui era și puțin șireată. Deși părea cam prostesc, unul dintre ele era chiar modul în care o descrisese vecina mea, ghicitoarea în cafea. Dacă o parte din ceea ce-mi spusese cândva se adeverise, atunci nu era exclus ca totul să fie întocmai cum prevăzuse. Și, până la urmă, chiar dacă soția lui ar fi fost într-adevăr o victimă, cum aș fi putut eu, în momentele acelea în care o priveam ca pe o rivală, s-o compătimesc? Cu toate că singurul vinovat era Zain, pentru că ne mințise pe amândouă, atunci nu puteam să am decât resentimente față de aceasta. Inconștient, adoptasem o atitudine ostilă față de existența ei, dar nu ca ființă, ci ca prezență în viața celui pe care eu îl iubeam. Dacă se întâmpla să afle ea despre mine, cred că ar fi simțit cel puțin același lucru. Și nu era de condamnat.

Cu toate că aflasem despre căsnicia lui, mă vedeam cu Zain la fel de des ca înainte și petreceam zile și nopți împreună, ca și până atunci. Un singur lucru se schimbase: mă cuprinsese gelozia, care aducea cu sine și reproșuri la adresa lui Zain. Dar el le suporta cu stoicism, pentru că era conștient că toate astea se întâmplau din vina lui, ca urmare a faptului că mă mințise.

Câteva luni mai târziu, aveam să mă împrietenesc cu Arăboaica, iubita unui prieten de-al lui Zain. Zain însă n-a fost prea încântat când a aflat, pentru că, spunea el, femeia se mai iubise și cu alți arabi înainte, și astfel căpătase o reputație proastă.

Zain mai spunea că nici prietenul lui nu o privea cu ochi buni, ci doar se simţea bine în compania ei. De asemenea, cu toţii ştiau că bărbatul o răsplăteşte de fiecare dată şi că ea nu-şi vede decât propriul interes. Iar Zain nu dorea ca eu să fiu văzută în compania ei. Arăboaica însă, care era conştientă că nu se vorbeşte prea frumos despre ea, nu dădea doi bani pe gura lumii. Eu nici atât.

Arăboaica era o fată de-o seamă cu mine, care provenea dintr-o familie mixtă, cu mama româncă şi tatăl sirian. Până la zece ani, când părinţii ei s-au despărţit, locuise în Siria. Apoi, împreună cu mama ei, a revenit în România. Cu toate că fusese educată ca o bună musulmană, arăboaica nici nu voia să audă de aşa ceva. Nu-şi purta niciodată părul acoperit şi se îmbrăca exact cum avea chef. Nu se închina lui Allah şi nici nu se păstrase pură pentru soţul ei. Nu avea de ce, mi-a spus ea, pentru că nici prin cap nu-i trecea să se mărite cu un musulman. Nu căuta decât să se distreze şi să profite de pe urma lor. Detesta mentalitatea arabilor şi nu ezita să generalizeze. Şi asta numai din cauza tatălui ei, care, odată întors în Siria, i-a impus mamei sale şi implicit ei, să trăiască după regulile lor. Asta a fost şi motivul pentru care mama sa a ales să rupă orice legătură cu tatăl fetei şi să se întoarcă în ţară. Aici însă nu stăteau prea bine cu partea financiară, aşa că fata a fost nevoită să-şi întrerupă studiile şi să se angajeze. Acum era operatoare PC la o firmă de transport şi logistică. Arăboaica era o fire optimistă şi, în ciuda a ceea ce se spunea despre ea, mie îmi era simpatică. Era o tipă curioasă, vorbăreaţă

şi destul de inteligentă. Îmi vorbise mult despre is-
toria Orientului Mijlociu, dar şi despre arabii din
România. Ştia că arabii şi românii au avut legături
sporadice încă din Evul Mediu. Primele contacte
au avut loc prin intermediul armatei otomane, în
care erau prezenţi şi arabi. Apoi, în timpul epocii
Ceauşescu, mulţi arabi au ajuns aici obţinând bur-
se de studiu din partea statului român. După 1989
însă au venit mai mult afacerişti. Pe mulţi dintre
ei, legile permisive faţă de restul Europei i-au aju-
tat să dezvolte afaceri prospere. Şi ceilalţi, care nu
erau la fel de înstăriţi, reuşeau să ducă o viaţă de-
centă în România. În plus, nu se simţeau nici prea
străini în ţara asta, căci după revoluţie au reuşit să-
şi construiască aici un univers aproape paralel. În
România aveau de toate, începând de la geamii şi
până la grădiniţe şi şcoli cu predare în limba arabă
şi turcă. Cei mai mulţi dintre ei spuneau că sunt
îndrăgostiţi de natura şi de clima de aici, dar şi de
ospitalitatea şi toleranţa românilor. Arăboaica însă
era de părere că arabii sunt mai îndrăgostiţi de ro-
mânce, decât de celelalte aspecte.

În primăvara acelui an m-am mutat în casă
nouă. Mama a considerat că venise momentul în
care trebuia să învăţ să-mi port şi singură de grijă,
aşa că mi-a dăruit un apartament. M-am bucurat
enorm şi, de vreo lună, de când locuiam singură, o
ţineam numai într-o petrecere. Unele prietene mă
vizitaseră deja. Arăboaica însă nu apucase s-o facă
şi de mai bine de-o săptămână nu ne mai auzise-
răm nici la telefon. Aşa că într-o zi am sunat-o şi am
invitat-o la o terasă, ca să cinstesc şi alături de ea

această bucurie. Tot atunci l-am invitat şi pe Sam, pe care nu-l mai văzusem de mult timp, şi preţ de o vreme am petrecut cu toţii. Când am plecat de acolo, i-am chemat pe cei doi să-mi vadă locuinţa. Am urcat cu toţii în maşina mea sport şi am pornit spre casă. Prietena mea, fiind mai sprintenă, a sărit pe bancheta din spate, cedându-i astfel locul din faţă lui Sam.

La o intersecţie, m-am oprit în mijlocul drumului, aşteptând să treacă autoturismele din sens opus, ca să virez la stânga. Luasem deja în vizor toate mărcile de maşini care trecuseră până atunci, cu tot cu numerele de înmatriculare. Înainte s-o iau din loc, am mai văzut o maşină venind în viteză. Era un Mercedes exact ca al lui Zain şi mi-a atras atenţia, cu atât mai mult cu cât modelul acela sport nu îl întâlneai chiar la tot pasul prin oraş. Imediat m-am uitat la număr şi apoi la şofer. Nu-mi venea să cred. Era maşina lui, la volanul căreia se afla chiar Zain în persoană. M-a văzut şi el pe mine, pentru că tocmai încetinise, dar şi pe Sam în dreapta mea şi pe arăboaică pe bancheta din spate. Zain nu avea de unde să ştie cine era băiatul în compania căruia mă aflam. Ar fi putut să creadă că Sam era băiatul care repară calculatoare sau chiar vreo rudă. Numai că gestul prostesc de-a mă ascunde chiar în maşina mea, pe care l-am făcut atunci când Zain s-a uitat la mine, mă temeam că i-a dat altceva de înţeles. Nu avusesem o atitudine corectă, dar vinovat pentru asta era tot Zain, căci în clipa în care a văzut un băiat lângă mine, mi-a aruncat o privire de-mi venea să intru în pământ.

Prietena mea, care îl văzuse și ea pe Zain, și-a dat seama că n-am leșinat doar printr-o minune. Sam însă, când m-a văzut alunecând de pe banchetă pe sub volan, crezând că mi s-a făcut rău, s-a năpustit asupra mea să mă ridice.

— Amalia, ți-e rău? m-a întrebat în timp ce mă trăgea la loc.

— N-am nimic, Sam, stai liniștit, i-am zis eu, bulversându-l și mai tare.

Sam fusese ocupat cu telefonul mobil pe care scria cu zor un mesaj și pentru că nu prinsese decât momentul prăbușirii mele, m-a întrebat:

— Dacă nu ai nimic, cum de ți-ai pierdut echilibrul?

Dar el nu știa mai mult despre un anume Zain decât că-mi este prieten. Și nici nu era atunci momentul pentru a intra în detalii, așa că i-am spus:

— Nu m-am dezechilibrat, Sam. Pur și simplu mă plictisisem de atâta așteptat și m-am făcut puțin comodă. Asta-i tot.

Curând, am ajuns în locuința mea, pe care le-am prezentat-o celor doi încercând să-mi mențin entuziasmul de dinainte de-al vedea pe Zain. Doar că entuziasmul meu își cam pierduse din intensitate și bănuiam că lucrul ăsta devenise destul de evident. I-am invitat apoi în camera de zi și i-am servit cu fistic și limonadă. La scurt timp, mi-am cerut scuze și m-am retras într-o altă încăpere. Aveam ceva de făcut, așa că n-am ezitat să-i las singuri. Oricum, mi se părea că și ei voiau să se cunoască. După aceea am pus mâna pe telefon și l-am sunat pe Zain. Am vrut să clarific situația, ca să nu-și facă o părere greşită despre mine. Dar Zain nu a răspuns la primul apel, aşa că am insistat. În zadar, însă. Omul care pretindea odinioară că nu poate trăi fără mine, nu se mai sinchisea acum nici să-mi dea ton de ocupat. Mâhnirea îmi încolţise din nou în suflet şi mă simţeam nedreptăţită, pentru că Zain nu-mi oferise ocazia să-i demonstrez contrariul închipuirilor sale. Ar fi putut măcar să mă asculte, aşa cum făcusem şi eu cândva, şi apoi era liber să decidă. Dar Zain nu mi-a răspuns şi nici nu ştiam dacă o să-mi mai răspundă vreodată. Atunci am simţit că sufletul meu se strânge de durere şi mi-a venit să urlu. Şi aş fi făcut-o, dacă eram singură. Dar în cealaltă cameră erau amicii mei care mă aşteptau, aşa că m-am întors la ei. Când am intrat, am văzut că nu mai era decât arăboaica. M-am aşezat aproape de ea, pe un fotoliu, şi cu toate că nu mă mai interesa prea mult, am întrebat-o:

— Am rămas singure?

— Nu, Amy, Sam a ieşit pe balcon să fumeze.

Apoi când mi-a privit chipul, nici nu a mai fost nevoie să întrebe ce s-a întâmplat. M-a îmbrăţişat şi mi-a spus:

— Nu te necăji, Amy, o să te caute el!

Ştiam că voia să mă liniştească, dar era imposibil. În mintea mea nu mai răsunau decât apelurile insistente la care nu primisem răspuns şi dintr-o dată m-am trezit gândind cu voce tare:

— Nemernicul!

Pesemne că Zain uitase cât de mult greşise faţă de mine şi că eu l-am iertat. Dar eu nu-i greşisem lui şi nici nu-i ceream să mă ierte. Nu voiam decât

să mă asculte. Zain însă m-a ignorat, iar asta m-a înfuriat cel mai tare. Eram atât de nervoasă că n-aş fi ezitat să invoc Triada Divinităţii Infernului[1], dacă-mi era cu putinţă. Şi i-aş fi cerut să mâne hergheliile, şi în loc de ropotele armăsarilor, să-i răsune în conştiinţă păcatul cu care intrase el cândva în această relaţie. Poate că Zain s-ar fi încumetat apoi să-mi răspundă.

Trecuseră vreo două zile şi Zain nu-mi dăduse niciun semn. În timpul acesta, m-am tânguit destul prietenelor mele şi ajunsesem să mă vait chiar şi unei hârtii ruptă din mijlocului unui caiet, ce ţinea acum loc de jurnal. După ce mi-am înşirat gândurile, am recitit cu voce tare o parte din ceea ce scrisesem. „Nu mai plânge ca orfana! Tac-tu a murit demult şi dacă n-ar fi fost pozele poate că nici nu ţi-ai fi amintit de el. Ştiu, nu e vorba de tac-tu, acum îl plângi pe Zain. Dar stai liniştită, că el n-a murit. E acasă şi s-a refugiat în braţele „cenuşăresei". Ce trist tre` să fie, al dracu` nenorocit!" După asta, mi-a venit o idee. Ca să nu mă afund în suferinţă, mi-am sunat prietenele şi le-am propus să evadăm din rutina zilelor precedente, undeva, la munte. Toate au fost încântate de ideea unei escapade. Din păcate însă, la sfârşitul acelei săptămâni, Ina trebuia să-şi însoţească părinţii, care mergeau în provincie la bunicii ei, şi arăboaica fusese chemată la muncă în una din zile. Până în momentul acela primisem numai răspunsuri negative, dar însoţite de regrete, ce-i drept. Mi-am dat seama că nu era ziua mea cea mai norocoasă. Poate că ar fi fost mai

---

1 Cele trei zeităţi infernale din mitologia greacă, Tisiphone, Megaera şi Alecto, care chinuiau sufletele păcătoşilor.

bine să fi întors lista cu susul în jos şi să încep de acolo să telefonez. Era evident că în ultimele zile îmi făcusem un obicei din a călca în străchini. Şi totuşi nu mi-am pierdut speranţa.

Următoarea pe care am sunat-o a fost Pamela, o colegă de-a mea cu care mă împrietenisem încă din prima zi de facultate. Pamela era o fire veselă şi încântătoare şi, din când în când, cam cu capul în nori. Cei din gaşca de la facultate erau de aceeaşi părere şi din cauza asta glumeau cu ea, spunându-i blonda. De fapt, aşa i-a rămas şi numele, în ciuda faptului că, în realitate, ea era chiar brunetă. Pamela însă nu se supăra din cauza acestor glume. Ba, mai mult, dacă o întreba cineva ce culoare are părul ei natural, ea răspundea: blond, nu ţi-ai dat seama? Era tare nostimă. De două zile nu venise la cursuri, dar nu m-am întrebat de ce. Ştiam că Pamela mai lipsea, câteodată chiar şi numai pentru o sesiune de cumpărături, iar uneori mă corupea şi pe mine. Primea destui bani de la părinţii ei, care aveau slujbe bine plătite, şi cam toţi se duceau pe hăinuţe, gentuţe şi lucruri de genul acesta. Pamela era obsedată de cumpărături şi se prezenta la facultate ca la o prezentare de modă, întotdeauna cu altă ţinută. În clipa în care am sunat-o, mă aşteptam s-o găsesc iarăşi prin cine ştie ce magazine. Dar nu a fost aşa. Pamela era acasă când mi-a răspuns şi mi-a zis că stă în pat şi râde ca proasta, fiindcă s-a săturat de plâns. Şi eu mă săturasem de plâns şi, deşi mi-aş fi dorit, nu puteam să râd nici ca proasta, dar nici ca deşteapta, pentru că nu găseam motiv. Noroc că am sunat-o pe ea şi a reuşit

să mă înveselească, după ce mi-a explicat de ce a dat apă la şoareci.

Pamela lipsise, pentru că se trezise mai târziu. Ca de obicei, s-a dus la cumpărături într-un centru comercial. A intrat pe prima uşă mare pe care a văzut-o deschisă. N-a găsit ce căuta, dar nici nu a plâns din cauza asta. A dat să plece, dar un produs i-a atras atenţia. S-a întors din drum, a privit, s-a gândit şi, în cele din urmă, a cumpărat. Încântată de alegere, a dat să iasă . Doar că o menajeră tocmai ştersese uşa cu simţ de răspundere şi, din neatenţie, o închisese. Aşa a ajuns Pamela mea cea cu capul în nori să se proptească fix cu nasul în geamul complet invizibil. Pamela a povestit că impactul a fost atât de puternic, încât sacoşa i-a sărit din mână ca prin magie. Eu însă mi-am imaginat că a fost şi răsunător pe deasupra, de vreme ce toţi angajaţii au început să roiască imediat în jurul ei. Prima reacţie a Pamelei a fost să râdă. Dar după ce a ieşit din magazin, a început să plângă şi-a ţinut-o aşa o vreme. O durea nasul foarte tare, dar şi sufletul, când a văzut că începe să se învineţească. Vorbind cu mine, acum se amuza şi ea pe seama întâmplării demne de camera ascunsă, aşteptând cuminte să i se vindece vânătaia. Pamela nici nu dorea să mai iasă din casă până ce nasul ei nu revenea la culoarea iniţială. După ce i-am povestit şi eu de suferinţa mea, am convins-o, într-un final, că o evadare din cotidian ne-ar prinde bine la amândouă. Înainte de asta, i-am promis că o voi ajuta să se machieze, ca să-şi acopere vânătaia. M-am ţinut de cuvânt.

A doua zi am urcat în mașină și am plecat de nebune, dar nu la munte, după cum plănuiserăm, ci la mare. În mod normal, în perioada din afara sezonului estival nu erau prea multe lucruri de făcut pe-acolo. Dar eu, care mă vedeam abandonată ca marea în extrasezon, am simțit că locul meu este alături de ea. Noroc cu prietena, care nu s-au împotrivit să schimbăm destinația. Am ajuns la mare și după ce ne-am cazat am făcut o plimbare prin împrejurimi. Pamela se cam plictisea. Era de părere că stațiunea era enervant de liniștită. Prea puține mașini, prea puțini oameni și niciun club. Norocul ei că împreună făceam suficientă gălăgie. Apoi ne-am oprit la un restaurant. Am mâncat, ne-am potolit setea cu bere și am spus glume. După ce am plecat de acolo, am trecut pe lângă o florărie, care avea în vitrină anemone albe. Nu mai reușeam să-mi iau privirea de la ele, la cât erau de frumoase. Spre seară, ne-am retras în cameră și-am jucat cărți până târziu. M-am simțit foarte bine alături de Pamela. Dar asta numai până când ea a adormit.

M-am băgat în pat, dar când am închis ochii, imaginea lui Zain mi-a răsărit în minte. Stăteam întinsă și, privind-o pe prietena mea cum doarme, îmi doream să mă ia somnul și pe mine. Dar nu mă lua. Stăteam de veghe la fel ca luna plină care scălda în lumină încăperea și mă uitam la anemonele pe care mi le cumpărasem. Le pusesem în vază, pe pervazul geamului și parcă mă priveau. Erau superbe. Semănau cu privirea lui Zain. Cu privirea aceea fermecător de misterioasă cu care m-a cucerit și cu care mă contempla cândva. Ce bine ar fi

fost să fie *acum* acel cândva. Ce bine ar fi fost dacă în locul anemonelor ar fi stat măcar o clipă Zain... Poate că ar fi văzut câtă tristețe se cuibărise în sufletul meu și poate ar fi înțeles că nu-l înșelasem nici măcar cu gândul. Dar el nu era acolo să mă vadă. Se rătăcise printre amintiri. Gândul că Zain renunțase atât de ușor la mine m-a înnebunit și m-a făcut să mă frământ întreaga noapte.

Înainte să ne întoarcem spre casă, am mers amândouă pe plajă, să ne plimbăm. La un moment dat, Pamela s-a oprit să adune scoici. Cât timp am așteptat-o, am privit marea. Era atât de liniștită! De parcă nicio furtună nu se abătuse asupra ei vreodată. Mi-am amintit că și sufletul meu fusese la fel, cândva. Acum nu mai era așa. Zain trecuse ca vântul prin el și ridicase valuri de durere, care nu se lăsau domolite pentru nimic în lume.

Câteva zile mai târziu, am plecat la Ina. Mă anunțase că trebuie să-mi vorbească și insistase să ajung la ea. Eram foarte curioasă de ce avea să-mi spună, dar în același timp gândul meu era la Zain. Decizia nedreaptă luată de el cu nici două săptămâni în urmă nu-mi dădea pace. Mă deranja că nu găsise de cuviință să-mi ceară o explicație și nici nu avusese demnitatea de a-mi spune adio, măcar printr-un mesaj. E un Iuda, mi-am spus, privind spre semafor. În următoarea clipă, însă, am crezut că halucinez. Prin fața autoturismului meu pășea agale Zain. Tresărind de emoție, l-am ațintit cu privirea. Chiar dacă plecase capul atunci când mă văzuse, tot am zărit pe chipul lui frumos un zâmbet *pe sub mustață*. Am tras pe dreapta, după semafor şi am coborât. Zain a ajuns în dreptul meu şi m-a salutat. Îmi era atât de dor de el că m-aş fi aruncat în braţele lui fără să clipesc. Dintr-un motiv necunoscut, n-am făcut-o. La cât de uşor se lipsise de mine, Zain nu merita tratat decât cu indiferenţă. Dar nici asta n-am putut s-o fac.

— Ce mai face scumpa mea Amy? m-a întrebat el zâmbind, pe un ton cu care dorea parcă să mă necăjească.

I-am răspuns la fel de zâmbitoare:

— Ce să facă, dragul meu, trăieşte clipa.

— Oh, uitasem deja, felicitările mele, mi-a spus aparent nepăsător.

Dar sclipirea din privirea aceea pe care o purtam tot timpul în gândurile mele îi trăda până şi ultima vibraţie interioară. Ştiam că Zain nu mă felicita din suflet. Era doar o chestiune de orgoliu, pentru care am ţinut să-i dau peste nas chiar atunci:

— Nu cred că ai uitat, Zain. Nu eşti atât de puternic încât să-ţi înfrângi conştiinţa. Cât despre felicitări, ce pot să spun? i-am răspuns sarcastic. Sunt binevenite şi mai târziu, decât niciodată.

Era evident că amândoi făceam referire la episodul infantil din pricina căruia se produsese ruptura dintre noi. Dar vedeam că Zain nu se considera vinovat. Gestul pe care îl făcusem în clipa în care el văzuse un băiat necunoscut lângă mine, l-a făcut să se creadă o victimă în toată povestea asta. De fapt, asta şi era – o victimă, dar nu a mea, ci a tăcerii cu care ţinuse să lovească în mine. Zain mă sorbea din priviri, dar evita să recunoască faptul

că iubirea noastră era mai presus de acel incident și că în timpul discuției ea nu făcea decât să ne mistuie sufletele. La fel evitam și eu. Eram de părere că el trebuia să facă primul pas de vreme ce mă nedreptățise. Zain nu-mi dăduse ocazia să-mi demonstrez nevinovăția și din cauza asta nu voiam să mă las pradă sentimentelor. Acum, pur și simplu discutam. Zain spunea că fusese la poșta de peste drum ca să-și plătească niște facturi si tocmai voia să ia prânzul. M-a invitat și am acceptat, dar nu de dragul timpului trecut, după cum i-am motivat. La cât de mult îmi lipsise, aș fi dat și ani din viață pentru doar câteva clipe în plus alături de el. Dar acum stăteam la masă și mă uitam în ochii lui Zain. Ardeam de dorință atunci când sărutul pătimaș a venit ca o ploaie de vară peste o zi toridă, să mă răcorească. Zain făcea iarăși valuri în sufletul meu, dar de data asta valurile nu mai loveau în mine, ci mă purtau pe coama lor. I-am povestit și lui cine era, de fapt, Sam. Tot atunci mi-a recunoscut și el că gelozia l-a împins la tăcere și apoi ne-am amuzat ca doi copii de gesturile noastre. În ciuda faptului că nu-mi venea să mă mai desprind din brațele lui acum, când abia îl regăsisem, totuși am făcut-o. I-am spus lui Zain că Ina mă rugase să merg neapărat la ea ca să-mi vorbească și apoi am stabilit că ne vom petrece seara împreună. Curios din fire, a vrut să știe și el ce avea Ina să-mi comunice atât de urgent. Dar cum nu știam, l-am asigurat că-i voi spune de îndată ce aflam. Apoi, făcând o glumă pe seama indiscreției lui, ne-am despărțit fericiți.

În cele din urmă am ajuns la Ina. Am sunat-o

să-i spun că o aştept afară. Aş fi vrut să facem şi o plimbare în timp ce ne confesam. Ina însă mi-a zis că nu are chef să se plimbe şi m-a rugat să merg în casă. M-am dus şi am găsit-o singură. Părinţii ei erau plecaţi într-o vizită. Ina părea mai abătută decât de obicei şi puţin cam palidă. Am bănuit că ceva era în neregulă şi am vrut s-o ascult pe ea înainte de a-i povesti şi eu ce lucru minunat mi se întâmplase pe drum. Sufletul meu radia de fericire. Dar când am văzut-o pe Ina atât de necăjită, m-am întristat. Poate avusese vreo divergenţă cu părinţii, ceea ce era destul de îngrozitor pentru nişte adolescente ca noi. Faptul că uneori ne simţeam neînţelese, mai ales de către părinţi, era suficient cât să facem o tragedie din asta.

După ce mi-a servit un ceai, Ina s-a aşezat pe fotoliul de lângă mine. Şi-a ascuns chipul, ruşinat parcă, în mâini. A început apoi să-mi povestească, dar nu despre părinţi, ci despre bărbatul cu care se întâlnea din când în când. Îl văzusem şi eu o dată. Nu-mi inspirase prea multă încredere şi i-o spusesem şi Inei. Mă temeam că o va dezamăgi. Printre lacrimi, abia a reuşit să-mi povestească:

Cu o zi în urmă, pe seară, făcuse, împreună cu prietenul ei, o plimbare cu maşina. Au parcat într-un loc mai retras, la marginea oraşului, care părea să le ofere mai multă intimitate. Au stat de vorbă ca de obicei, sărutându-se din când în când. De data asta, el nu s-a mai mulţumit doar cu atât. Şi-a scos organul şi a obligat-o pe Ina să întreţină raporturi sexuale cu el, întâi oral, mai apoi normal. Cu toate că ea plângea şi îl implora pe acest

mârşav să o cruţe, explicându-i că este virgină, de-
monul nu a găsit de cuviinţă nicio clipă să-şi ţină
în frâu instinctele. A insistat cu sălbăticie până în
momentul deflorării. Apoi, fără nicio jenă, i-a spus
că este o ipocrită şi că, de fapt, ea nu a fost nicio
secundă virgină. Nici acasă n-a mai adus-o pe Ina.
A oprit maşina undeva, prin oraş, şi pe un ton răs-
tit, i-a cerut să coboare şi să nu-l mai caute nicio-
dată. Acel individ fără scrupule se debarasase de
ea ca de o cârpă murdară. Ina era acum în stare
de şoc. În plus, se mai simţea şi ruşinată de situa-
ţie. O priveam încremenită, ascultând toate astea.
Îmi doream să-i spun ceva ca s-o liniştesc, dar nu
ştiam ce. După această mărturisire, aproape că nu
mai aveam replică. În cele din urmă, am insistat
să discute cu mama ei şi să depună o reclamaţie.
Însă nici n-a vrut să audă. Plângea şi-mi spunea că
a fost vina ei că nu m-a ascultat de prima dată, dar
că acum nu mai e nimic de făcut. Eram de acord
că poliţia nu era în măsura să-i redea castitatea
sau echilibrul emoţional, dar încercam s-o conving
că nemernicul ăla merita să fie sancţionat pentru
o astfel de ispravă mizeră. Numai că Ina era prea
deznădăjduită ca să-şi mai dorească să acţioneze
în vreun fel. Şi, pe deasupra, se mai simţea şi je-
nată faţă de mama ei, căreia îi ascunsese faptul că
se întâlnea cu acel om de nimic. Simţeam o com-
pasiune imensă faţă de ea şi îmi părea rău că nu
aveam cu ce s-o ajut. Ştiam că durerea va trece cu
timpul, dar mai ştiam şi că Ina va rămâne marcată.
Era o adolescentă care trecuse printr-o experienţă
cumplită. Nici nu i-am mai povestit Inei bucuria de

a mă fi împăcat cu Zain. Mi se părea inuman să-mi exteriorizez fericirea în fața necazului ei. În plus, Ina era prea necăjită ca să se mai poată bucura împreună cu mine, ca înainte.

Am mai stat ceva vreme ca Ina să se mai calmeze, apoi am plecat să mă întâlnesc cu Zain. L-am chemat la mine. Eram nerăbdătoare să mă scald în privirea lui, să mă adăpostesc în brațele lui. Simțeam nevoia să-mi odihnesc capul pe pieptul său și să-mi dezmierd auzul cu bătăile inimii sale ce semănau cu ritmul unui vals. Îmi era atât de dor să-mi sprijin chipul în palmele lui și să mă las alintată, de parcă trecuse un secol de când nu-i mai simțisem mângâierile. Numai Dumnezeu știa cu câtă nerăbdare așteptam să-i aud pașii pe scări. Apoi, când i-am auzit, am simțit că plutesc de fericire. Văzându-l iarăși în ușa mea, părea că m-am întors în timp; în timpul acela în care nici măcar faptul că Zain era căsătorit nu-l cunoșteam. Era de necrezut cum se juca dragostea cu sufletul meu firav, cum mă plimba într-o clipă de la o extremă la alta și cât de ușor mă făcea să iert păcatele acestui om.

## CAPITOLUL IV

Dintotdeauna, istoria mi-a stârnit curiozitatea, chiar dacă, atunci când eram la şcoală, nu m-am chinuit prea mult s-o învăţ. În schimb, ascultam cu atenţie tot ceea ce ne preda profesoara şi reţineam mai repede decât dacă m-aş fi apucat să tocesc. Aşa am reţinut că, înainte ca România să fie un stat naţional unitar, a fost formată din trei principate. Acestea erau Moldova, Muntenia sau Ţara Româ-nească – după cum i se mai spunea şi Transilvania. Principatele erau formate, la rândul lor, din regi-uni istorice, care se regăsesc astăzi sub denumirea de provincii tradiţionale. Delimitarea acestora s-a făcut în momentul construirii voievodatelor medi-evale cu majoritate românească, fiind cunoscute în limbajul popular drept Ţările Române. Pe scurt, Banatul, Crişana, Maramureşul şi Ardealul alcă-tuiau ţinutul Transilvaniei. Bucovina, Moldova şi Basarabia făceau parte din ţinutul Moldovei. Ţara Românească era formată din Oltenia, Muntenia şi Dobrogea – care a fost alipită acesteia după a doua jumătate a secolului al XIV-lea.

Este ceea ce n-am mai uitat nicicând din clipa în care am primit un zece de la profesoara care nu se îndura, de regulă, să dea note mai mari de opt. De bucurie, mi-am zis atunci că într-o bună zi voi porni pe urmele istoriei româneşti. Cel mai mult însă îmi doream să vizitez mănăstirile din ţinutul Moldovei. Între timp, aflase şi Zain lucrul acesta.

Aşa că, în vacanţa de Paşti, m-a anunţat inopinat, după cum părea că obişnuieşte să acţioneze, să mă pregătesc de excursia de-a doua zi. Şi m-am pregătit: mi-am umplut sufletul cu entuziasm şi de dimineaţă am pornit la drum.

În timp ce ne afundam în călătoria noastră, vedeam tot mai multe peisaje încântătoare, demne de imortalizat. Dar până să ajungem în judeţul Botoşani, la Casa Memorială a poetului Mihai Eminescu, nu ne-am gândit să facem vreo poză. Abia atunci, când am coborât să vizităm, Zain mi-a spus să aduc şi aparatul de fotografiat cu mine. L-aş fi adus cu multă plăcere, numai că el şedea comod la Bucureşti, pe biroul din camera mea. Şi cum să nu-l uit acasă, când eu eram mai îndrăgostită chiar şi decât *Fata în grădina de aur*, ce-l inspirase pe însuşi Luceafărul poeziei româneşti. Drept urmare, când am plecat de acolo, ne-am oprit în oraş, la un magazin şi am cumpărat un aparat foto cu care am făcut câteva poze pe drum. Pe urmă am înaintat spre Bucovina şi, nu după mult timp, am trecut de Suceava şi am ajuns la Mănăstirea Putna. Zain a fost impresionat să afle că aceasta datează din perioada războinicului Ştefan cel Mare. La fel de impresionat a fost şi de cadrul natural în care era situată mănăstirea. Era atât de frumos că n-aş mai fi plecat de acolo. M-am întins pe iarbă şi l-am rugat să-mi facă o poză. Chiar atunci Zain m-a anunţat că aparatul s-a închis. Nu-mi venea să cred că acumulatorii se descărcaseră atât de repede şi speram să nu fi fost decât o glumă de-a lui. Din păcate, asta era realitatea. Îmi părea rău că nu mai aveam cu ce

să imortalizez măcar un peisaj din panorama aceea mirifică. Dar n-am făcut o tragedie din asta. Până la urmă, m-am gândit că amintirile aveau să se păstreze mai în siguranţă în memoria mea decât pe o hârtie foto şi nu m-am înşelat. N-am putut să uit cât mă amuza faptul că Zain, care mă însoţise în biserică, aprindea lumânări la fel ca mine. Parcă era un copil care nu-şi dorea decât să imite gesturile unui adult, fără să-i pese prea mult de importanţa lor. Pentru mine, nici nu mai conta din ce motiv Zain făcea asta. Faptul că el era acolo, făcând acelaşi lucru ca şi mine, mă copleşea. Prin gestul lui, Zain mi-a demonstrat încă o dată că nu era un om religios, ci unul flexibil în gândire şi raţional. Era clar că Zain nu confunda credinţa în Dumnezeu cu practicile religioase. Se vedea că, pentru el, Dumnezeu nu era nici musulman, nici creştin, nici irakian şi nici român. Era Dumnezeu şi atât, iar asta nu putea decât să mă bucure, din moment ce gândeam la fel. Dar nu m-ar fi deranjat nici dacă Zain ar fi fost un religios convins. Atâta timp cât n-ar fi căutat să-mi impună punctul lui de vedere, i-aş fi respectat decizia de a nu se abate de la regulile islamice.

Nu aveam nicio problemă cu oamenii religioşi, dar eu personal nu îmbrăţişam religia. Ca fiecare, aveam şi eu convingerile mele şi nimeni nu mă putea face să renunţ la ele. Una dintre convingeri era aceea că pot supravieţui la fel de bine şi fără o religie. Conştiinţa îmi spunea că n-am nevoie de nicio învăţătură religioasă ca să iubesc şi să practic compasiunea şi iertarea. Şi asta pentru că, indiferent de cât de prezentă ar fi religia în viaţa noas-

tră, astfel de sentimente vin sau nu din noi. Mai mult, nu-mi plăcea să particip la slujbe, iar unele practici le consideram de-a dreptul absurde. Dar unul dintre momentele ritualice care-mi făceau într-adevăr plăcere era să aprind lumânări și să le privesc cum ard. Pur și simplu mi se părea magic. Sigur că, pentru asta nu trebuia să mă aflu neapărat într-o biserică. Și mai era ceva. Consideram că religia e un produs al umanității, creat de nevoia omului de cunoaștere a absolutului, care s-a manifestat mai degrabă ca o barieră între om și Natura Divină. De-a lungul mileniilor, multe credințe au apărut și au dispărut, iar cele care au rezistat în timp, au evoluat odată cu omenirea. Așadar, religia a suferit destule schimbări. Un lucru însă a rămas neschimbat în esența ei: frica de Dumnezeu. Cu alte cuvinte, Dumnezeu ne dă, dar ne și ia, ne alintă, dar din când în când ne mai și trage câte o palmă. De palma asta ne este nouă cel mai frică și frica este bariera pe care nu avem curaj s-o rupem, ca să-L cunoaștem cu adevărat pe Dumnezeu. De aici pornesc toate celelalte frici ale noastre. Ne e frică să gândim, să vorbim, să visăm și să ne urmăm visurile. Ne e frică de fericire, de nefericire, de boală și de întâmplări fatale. Mai precis, ne este frică de viață la fel ca de moarte, motiv pentru care existența umană seamănă mai degrabă cu un atac de panică. Și atunci, pentru ce ne mai naștem? Asta e ceea ce nu înțelegem noi, cei care am căpătat frică de Dumnezeu. Și din păcate, religia nu ne poate oferi un răspuns concret. Sau nu vrea. Oricum, pentru mine era suficient să simt că există un Dumne-

zeu şi să cred că ne acceptă exact aşa cum suntem.

După câteva zile de colindat prin ţară şi de vizitat mănăstiri şi cetăţi, am ajuns în cele din urmă acasă. Eram frântă de oboseală şi vreo două zile după aceea nu am ieşit deloc din casă. M-am odihnit cât am putut de mult. De cum mă trezeam însă, îmi sunam câte o prietenă şi îi povesteam pe unde am hoinărit şi cum m-am distrat. În felul acesta, mi-am rememorat de câteva ori traseul, dar şi toate clipele frumoase petrecute alături de Zain în călătorie. În mintea mea rula un film de vis, pe care i l-am povestit şi Inei. Ce-i drept, cu mai puţin entuziasm, pentru că n-am putut să-i ignor suferinţa prin care ştiam că trecuse de curând.

În ultima vreme petreceam destul de mult timp cu Ina şi o luam cu mine aproape la toate petrecerile pe unde mergeam cu Zain. Voiam s-o ajut să uite de ziua în care fusese violată. La un moment dat, Ina mi-a spus că a reuşit să depăşească momentul. Eu însă nu eram prea convinsă de asta. Ceva mă făcea să cred că Ina încă mai suferea mocnit. Contrar principiilor ei de până atunci, în mai puţin de două luni, Ina schimbase deja doi parteneri, amândoi dintre amicii lui Zain. Bănuiam că ăsta era şi motivul pentru care prietenia noastră nu mai era privită cu ochi buni de către Zain. Nu mi-a interzis să mă mai văd cu ea, pentru că nu-i stătea în fire să interzică vreodată cuiva, ceva. Dar, subtil, îmi sugera că ar fi mai bine să păstrez o oarecare distanţă faţă de Ina. Acum era de părere că nu mă mai onorează compania ei. Bineînţeles că mie prea puţin îmi păsa de lucrul acesta. Din punctul meu de

vedere, fiecare era liber să facă şi să gândească ce
vrea. Atâta timp cât eu apreciam că loialitatea exis-
tă în relaţia dintre mine şi Ina, era strict problema
ei după ce principii alegea să-şi trăiască viaţa.

Zain a plecat pentru o lună în Irak, să-şi viziteze
părinţii. În timpul acesta, eu mi-am schimbat ma-
şina. O vândusem pe cea sport şi îmi luasem una
mai mare şi mai puternică. Eram foarte mândră de
noul meu autoturism. Zain însă nu aflase despre
treaba asta şi nu-i spusesem, tocmai pentru că vo-
iam să-l surprind atunci când avea s-o vadă. Dar
n-a văzut-o de cum a venit, pentru că maşina cea
nouă se afla într-un atelier, pentru o revizie tehni-
că. După câteva zile, când revizia a fost gata, de la
service m-am dus direct acasă la Ina. Stăteam de
vorbă, iar Ina, care era veşnic nemulţumită de situ-
aţia materială oferită de părinţi, îmi spunea acum
planurile ei de viitor. Tocmai îşi îngheţase ultimul
an de liceu spre disperarea mamei sale, şi peste
puţin timp urma să plece la muncă în Italia. Când
am aflat că cea mai bună prietenă a mea va pleca
atât de departe, m-am întristat. Dar asta era hotă-
rârea ei, aşa că n-am putut decât să-i urez baftă.

Ina punea la fiert de ceai, în bucătărie, când
telefonul ei a început să sune. L-am ridicat şi am
dat să i-l duc, dar m-au trecut fiorii când am văzut
numărul. Abia am mai avut putere să-i întind tele-
fonul. Înainte să răspundă, Ina mi-a zis:

— Cred că e Zain, Amy.

Părea mirată, dar nu mai mult ca mine. Tocmai
de aceea i-am făcut semn să răspundă. În acelaşi
timp, am rugat-o să activeze difuzorul şi să nu-i

spună lui Zain că sunt lângă ea. Tremura sufletul în mine şi eram nerăbdătoare să aflu ce avea Zain de împărţit cu prietena mea fără ca eu să ştiu. Îmi era greu să cred că nu dorea decât să o salute, în condiţiile în care ştiam ce părere îşi făcuse despre ea în ultima vreme. Nu înţelegeam de ce nu sunt şi eu la curent cu toată amiciţia asta dintre ei, ce se petrecea exclusiv pe la spatele meu. Chiar dacă aceştia îşi cunoscuseră numerele prin intermediul meu, Zain nu-mi pomenise că ar fi sunat-o vreodată pe Ina şi nici ea, de altfel. Acum aveam senzaţia că nu mai eram Amalia pentru nici unul dintre ei. Mă vedeam mai degrabă ca un pion pe o tablă de şah, ce se dorea a fi înlăturat, lucru care mă făcea să mă simt târâtă împotriva voinţei mele într-un joc murdar. Şi dacă într-adevăr ar fi fost aşa, atunci eram hotărâtă să creez o diversiune şi să fiu eu cea care să preia controlul acestui joc. Era ca şi cum, de la o singură scânteie, instinctul supravieţuirii se aprinsese în mine. Tot atunci mi-am amintit că Ina avea o vorbă căreia nu-i dădusem niciodată importanţă. Ţine-ţi duşmanii aproape dacă vrei să le cunoşti următorul pas. Şi avea dreptate. E adevărat că Ina îmi era prietenă şi Zain iubit, dar în clipa aceea nu puteam să mai gândesc la fel.

Din conversaţia pe care aceştia o purtau, nu pricepeam dacă ei ar mai fi luat legătura şi în trecut. S-au salutat, s-au întrebat de sănătate şi au discutat destul de relaxat. Numai că Zain nu-i spusese încă de ce a sunat-o. Tocmai de aceea, pentru o clipă, m-am gândit că poate Zain voia să-i facă cunoştinţă Inei cu vreun alt prieten de-al lui. Nu bă-

nuiam ce-şi imagina Ina, dar în cele din urmă, mai în glumă, mai în serios, am auzit-o spunându-i:

— Cred că ştiu de ce m-ai sunat, Zain. Voiai să-mi mulţumeşti pentru că, într-un fel, datorită mie ai întâlnit-o pe Amalia...

— Ai dreptate, i-a răspuns Zain binedispus. Şi-ar mai fi ceva, Ina, a continuat el. Dacă mi-ai face cunoştinţă cu o prietenă drăguţă de-a ta, ţi-aş fi cu mult mai recunoscător.

Auzindu-l, am simţit că mi se opreşte inima. Imediat însă, destul de uimită, Ina l-a întrebat:

— Cu o prietenă?!

— Da, s-a grăbit el să răspundă.

Ina părea că nu prea înţelege la ce se referă Zain, aşa că i-a mai adresat o întrebare:

— Pentru tine să fie prietena?

— N-am fost destul de explicit? a întrebat-o el.

Ina m-a privit nedumerită. Eu m-am abţinut să nu cedez nervos şi imediat i-am şoptit să-i facă jocul. Deşi auzisem cu urechile mele discuţia, parcă tot nu-mi venea să cred că acel pervers era Zain. Trebuia să aflu neapărat ce se petrece în mintea lui, aşa că i-am şoptit Inei ce să-i spună în continuare. În cele din urmă, când Zain i-a cerut Inei un răspuns concret, acesta nu a întârziat să apară.

— Desigur Zain, aş avea o prietenă, se numeşte Sonia. Am să-i vorbesc despre tine şi, dacă va vrea şi ea să te cunoască, te voi anunţa.

— Eşti o drăguţă, Ina. Aştept să mă suni, i-a spus el înainte să-şi ia la revedere.

Eram înmărmurită. Pentru Zain, Ina nu mai era o curvă acum, ci o drăguţă. Ceva mi se părea

putred la mijloc, dar nici nu voiam să mă grăbesc
să trag vreo concluzie. Mai întâi trebuia să pun în
aplicare planul pe care mi-l conturasem în minte
imediat cum aflasem despre intenţia lui Zain. Doar
aşa puteam să aflu de ce era Zain dispus să-mi facă
una ca asta şi de ce apelase tocmai la ajutorul prie-
tenei mele. Mai mult decât atât, nu vedeam de ce
un bărbat atrăgător şi deloc timid, cum era Zain, ar
fi avut nevoie de intermediar pentru aşa ceva. Inei
însă nu i-am spus tot ce gândeam pentru că nu-mi
doream să-i dau nimic de bănuit. Chiar nu voiam
să simtă că aveam dubii şi în privinţa ei, pentru că,
în realitate, m-aş fi putut înşela. Tocmai de aceea
în faţa ei m-am arătat dezamăgită de Zain, cum era
şi firesc, şi apoi am rugat-o să mai facă ceva pen-
tru mine. I-am zis să mai aştepte vreo oră, apoi să-l
sune pe Zain şi să-i spună că Sonia a fost de acord
să-l întâlnească, dar cu o condiţie. Zain trebuia să
aştepte să fie contactat. Dacă el ar fi acceptat, Ina
nu mai trebuia să-i spună lui Zain decât câteva vor-
be despre caracterul Soniei, pe care i le-am preci-
zat tot eu. Cam atât avea ea de făcut, iar de restul
urma să mă ocup personal. Cum era de aşteptat,
Ina a fost de acord cu propunerea mea. Doar îmi
era prietenă. Şi după ce mi-a respectat întocmai
instrucţiunile, nu mare mi-a fost mirarea să aflu că
Zain încă mai voia s-o cunoască pe Sonia.

Am plecat de la Ina şi m-am oprit la un ma-
gazin, de unde am cumpărat o cartelă de telefon.
Când am ajuns acasă, am pus telefonul pe silenţios,
iar cartela cea nouă am pus-o într-un aparat mai
vechi. Am lucrat puţin la vocea şi accentul meu, iar

în cele din urmă mi-am făcut curaj și l-am sunat pe Zain, spunându-i, desigur, că la telefon era nimeni alta decât Sonia.

— Bună, Zain, sunt Sonia, prietena Inei. M-am arătat încântată să-l cunosc.

— Bună Sonia, mă bucur să te aud. Ai o voce superbă, a remarcat Zain.

— Uau, așa ești tu de obicei, pus pe complimente? l-a întrebat „Sonia".

— Nu prea, dar glasul tău e chiar frumos. Ești un înger, cumva? a glumit Zain.

Când l-am auzit cum vorbea cu o străină, am simțit că sufletul mi se topește de durere. Ca printr-o minune, nu m-am pierdut cu firea și mi-am găsit puterea de a continua conversația cu acest mârșav, în rolul Soniei.

— Oh, nici vorbă, sunt un demon în persoană. Ai să te convingi de asta, dacă vei ajunge să mă cunoști mai bine. Dar până atunci ai putea să-mi spui câteva lucruri despre tine, Zain. Spre exemplu, ce lucrezi, cât câștigi, ce mașină conduci și, mai ales, cum arăți?

— Mă surprinzi cu atitudinea ta, dragă Sonia. Ești chiar mai directă decât îmi imaginam, a sesizat el. Sunt afacerist și câștig cât să-mi permit o viață frumoasă și să conduc câteva mașini de lux, dacă asta te interesează. Cât despre felul în care arăt, cred că nici nu mai contează, atâta timp cât ai pus problema astfel...

Chiar dacă, în urma indicațiilor mele, Ina îl avertizase într-o oarecare măsură de caracterul fetei imaginare, Zain recunoscu în sinea lui că Sonia reușise să-l surprindă. Cu toate astea, nici prin

cap nu-i trecea să renunțe. Ba dimpotrivă. Acum își dorea și mai mult să o cunoască, gândind probabil că mai târziu îi va arăta el cine este șeful.

— Pentru mine contează, Zain, și încă foarte mult! Trebuie să știi că sunt genul de persoană care îmbină utilul cu plăcutul, i-a replicat Sonia. Dacă nu mi-ar plăcea de tine, aș trece fără să clipesc la următoarea ofertă. Dar nu cred că este cazul, așa-i? a sucit-o apoi, arătându-se dispusă să-l întâlnească.

— Nu mă consider un bărbat frumos, Sonia, i-a răspuns Zain. Dar am, totuși, o calitate. Sunt generos.

— Știi ce cred eu despre tine, Zain? Că nu ești decât modest, a remarcat ea. Propun, mai bine, să ne vedem. Acum chiar că mi-ai stârnit curiozitatea.

— Desigur. Spune-mi când și unde. Sau, dacă nu te deranjează, aș putea să vin să te iau chiar de acasă.

— Nu, mulțumesc! Vreau să ne întâlnim undeva în oraș. Mâine pe la ora cinci este bine? l-a întrebat Sonia.

— Mâine nu am un program atât de încărcat. Am putea să ne vedem oricând dorești, draga mea.

— Asta e bine. Da` oare insinuezi că, dacă eu mi-aș dori să ne vedem acum și să-ți ofer o noapte de neuitat, nu s-ar putea?

Oricum, eram foarte contrariată de caracterul duplicitar al omului pe care îl iubeam. Numai că răspunsul la această întrebare avea să-mi demonstreze până unde ar fi putut Zain să meargă, în condițiile în care el urma să-și petreacă seara alături de mine.

— Ba s-ar putea, dacă m-aş strădui puţin, a răspuns el, mai în glumă, mai în serios.

— Ce vrei să spui? Nu că m-ar interesa prea mult, dar eşti căsătorit cumva? l-a întrebat Sonia.

— Nu, nici vorbă, a asigurat-o Zain.

— Atunci, poate că eşti într-o relaţie, nu-i aşa?

— Nici măcar! Dar am fost până de curând, i-a zis el clasica poveste.

Sonia a râs sarcastic:

— Dragul meu Zain, îmi faci impresia că-ţi place să postezi în fraier şi să crezi că îţi reuşeşte. Dar să ştii că pe mine tot nu m-ai convins! Numai dacă nu cumva eşti homosexual şi atunci, desigur, nu întotdeauna ai nevoie de femei care să-ţi servească drept paravan. Hai, fii sincer şi spune-mi, vrei mai bine să fim prietene? l-a ironizat Sonia, care nu s-a putut abţine să nu râdă înfundat.

— Sonia, ar fi mai bine să-ţi arăt decât să-ţi spun ce vreau să fim, nu crezi?

— O, da! Dar vezi să nu mă dezamăgeşti din primele minute în care ţi-o sug, i-a spus ea, căutând să-l incite.

Zain a râs. Iar Sonia a conchis:

— Te sun eu şi mâine stabilim unde ne vedem.

— OK. Te sărut, a răspuns Zain în cele din urmă, fără să-şi imagineze nicio clipă că, de fapt, mă sărutase pe mine.

La scurt timp, Zain m-a sunat ca să-şi confirme prezenţa, aş spune, având în vedere că puteam fi lăsată baltă cu multă uşurinţă dacă lucrurile ar fi stat puţin altfel. Când a ajuns, l-am primit cu braţele deschise, tocmai pentru a nu da nimic de bănuit.

Apoi, în ciuda a ceea ce ştiam şi simţeam cu adevărat, noaptea a decurs şi ea într-un mod firesc, din acelaşi motiv. Odată ce intrasem în horă, trebuia să joc şi nu aveam de gând să mai ies decât ultima. Între timp, m-am gândit să-i spun lui Zain că a doua zi aveam un seminar pe care-l terminam seara, pe la şase. Aşa că, de dimineaţă, înainte să plece de la mine, l-am întrebat dacă ar putea să treacă să mă ia de la facultate. Nu m-am mirat când mi-a spus că nu ştie sigur dacă va putea ajunge. Mi-a dat în schimb nişte bani şi mi-a zis să-mi iau un taxi, în caz că el va întârzia la moschee. Desigur, m-am arătat înţelegătoare. Ne-am luat la revedere şi a rămas să vorbim. Cu toate că, pe moment, mi-am înăbuşit uimirea, după plecarea lui m-am minunat de una singură. De când ne cunoşteam, era pentru prima oară când îl auzeam că merge la moschee. Înainte nu aveam habar cât de des frecventa locaşul de cult. Însă, de când eram împreună, nu-l auzisem vreodată să meargă acolo, nici măcar în vizită. Desigur, mă aşteptasem că o să-mi îndruge un motiv pentru care n-ar fi putut veni să mă ia, dar nicidecum nu mă gândisem că va poza în evlaviosul Zain. Oricum, chiar şi în situaţia în care s-ar fi presupus că eram ruptă de realitate, minciuna lui era inspirată.

Între timp, am plecat şi eu la facultate, iar când m-am întors, am reintrat în pielea Soniei şi l-am sunat pe Zain. Eram hotărâtă să-mi urmez planul până la sfârşit, aşa că Sonia trebuia, de acum, să stabilească locul întâlnirii.

— Bună, dragule, Sonia la telefon!

— Mă bucur să te aud! Ce mai faci? a întrebat Zain cu glas liniştit.

— Foarte bine, i-a răspuns Sonia şi imediat a trecut la subiect. Zain, vreau să ne întâlnim peste o oră, în faţa restaurantului La Mama, din zona Muncii. E bine acolo?

— Desigur, scumpo, a răspuns el voios. Dar cum am să te recunosc?

— Oh, sunt inconfundabilă, a zis Sonia cu mândrie. Am un metru optzeci fără tocuri şi un trup de invidiat. Sunt brunetă, cu părul lung şi am ochii verzi. Voi fi îmbrăcată într-o salopetă din piele neagră şi voi purta cizme lungi. Pe scurt, sunt o prinţesă modernă, care-şi va recunoaşte prinţul după cal, dacă-i vei spune, desigur, ce culoare are. Sau şi mai bine zis, cu care dintre ei vei veni? se arătă Sonia interesată.

Zain a râs. Pesemne că nu se aştepta la poveşti cu prinţi şi prinţese din partea Soniei. Dar după aceea i-a spus:

— Cu un Mercedes negru.

— Spuneai că mai şi alte maşini...

— Contează?

— Da, pentru că mi-ar plăcea să mă laşi pe mine să aleg cu care dintre ele vreau să mă plimbi. Deci, ce maşini mai ai? a insistat Sonia.

— Un Jeep şi un Opel.

Ştiam că Zain mai avea şi un Opel, dar de obicei îl foloseau angajaţii lui. Tocmai de aceea am vrut ca Sonia să-i spună:

— Să le stăpâneşti sănătos şi să vii cu Opelul!

Pentru o clipă, mi s-a părut că Zain a amuţit şi

am presupus că de vină era alegerea făcută de So-
nia. Probabil că nu mai reușea să înțeleagă ce se
petrece cu fata asta, care țintea luxul la depărtare.
Cred că Zain se întreba deja cum putea o tipă opor-
tunistă ca ea să dea confortul pe modestie? Oare
ce s-ar fi ales de imaginea ei? Mi-am dat seama că
Sonia reușise să-l pună în dilemă, în clipa în care
Zain a întrebat nesigur:

— Cu Opelul!? De ce?

— De ce nu, i-a spus ea.

— Păi, mă gândeam că o fată rafinată ca tine nu
se cade să se plimbe într-o mașină așa modestă,
argumentă Zain.

— Oh, Zain, îți mulțumesc pentru aprecieri, dar
asta e dorința mea. Rămâne cum am stabilit, a zis
ea, hotărâtă.

— Nu te supăra Sonia, dar nu pot veni cu mași-
na asta. E parcată la locul meu de muncă, destul de
departe de casă, a motivat Zain.

— Nicio problemă. Du-te și ia-o, l-a îndemnat
apoi Sonia.

— Păi, asta presupune să ajung în celălalt capăt
al orașului și mă tem că, datorită traficului, aș pu-
tea întârzia, i-a zis el.

— Zain, dacă într-adevăr îți dorești să mă cu-
noști, sunt sigură că la ora stabilită vei coborî din
mașina aia.

Îmi era greu să cred că Zain va merge până în-
tr-acolo încât să accepte această provocare. Și to-
tuși, a făcut-o. I-a spus Soniei că va veni cu mași-
na aceea. Eram stupefiată de câte compromisuri
putea fi în stare să facă iubitul meu. Și asta doar

pentru a ajunge să cunoască o insolentă, o tipă de moravuri uşoare. Ce dracu' era în mintea lui? mă întrebam nervoasă. M-am urcat în noua mea maşină şi am pornit la întâlnire. Locul în care cei doi stabiliseră să se vadă era lângă un semafor, de unde aveam vizibilitate bună în parcarea restaurantului. De acolo, puteam să văd cu ochii mei ceea ce parcă refuzam să cred că voi vedea.

Mai aveam câţiva metri până în dreptul intersecţiei, dar simţeam deja că tremur. Atunci am început să reduc viteza, ca să prind stopul. Încă mai îndrăzneam să sper că Zain nu va veni la această întâlnire. Am ajuns apoi la semafor şi roşul acela avea să mă oprească pentru câteva clipe. De nefericire însă, căci dincolo de intersecţie, lângă o maşină gri, am zărit un necunoscut. Acela nu era Zain, cel pe care eu îl ştiam, ci un om perfid. Aproape că nu-mi venea să cred că îndrăznise să ajungă până aici. Dar dacă tot o făcuse, atunci am zis că merită să fie dispreţuit. Aşadar, după ce am traversat intersecţia, am oprit imediat şi l-am sunat:

— Zain, sunt Sonia!

— Bună, draga mea! Unde eşti? a vrut el să afle.

— Auzi, tu îţi baţi joc de mine?.

— De ce spui asta, Sonia? Eu am ajuns aici, dar nu te-am văzut.

— Ştiu că ai ajuns. Să nu crezi că sunt oarbă.

— În niciun caz, Sonia, doar că eu nu te văd.

— Sunt în taxi şi cred că tocmai am trecut pe lângă tine. Tu erai cel de lângă maşina cu numărul B-10-WWW?

— Da, a spus Zain.

— Porţi o cămaşă albă cu imprimeu negru pe o parte şi o haină neagră.

— Aşa e, a răspuns el.

— Bine. Atunci află că nici n-ai să mă vezi vreodată, i-a trântit Sonia.

— De ce? Nu-ţi place albul cămăşii mele sau te dezgustă imprimeul? a întrebat-o Zain, crezând probabil că Sonia glumeşte.

Profitând de faptul că în ultima vreme Zain se îngrăşase câteva kilograme, Sonia din mine i-a spus:

— Nici vorbă! Dar trebuie să ştii că fizicul tău într-adevăr mă dezgustă. Zain, din punctul meu de vedere eşti prea gras şi cred că şi mai scund decât mine. Doar ţi-am spus că nu ies cu orice fel de bărbaţi.

Auzind acestea, mi-am imaginat figura uimită a lui Zain. Totuşi, el nu părea dispus să cedeze atât de uşor.

— Nicio problemă dacă nu-ţi plac. Dar măcar întoarce-te să cinăm...

— Doar dacă îmi promiţi că eu mănânc şi tu te uiţi, l-a ironizat Sonia. Apoi a râs şi i-a spus:

— Am glumit! Uite ce e, n-am de gând să-mi irosesc timpul cu un umflat ca tine, care se pare că n-a trecut niciodată pe la o sală de sport.

Mi-am imaginat cum s-a simţit Zain când a auzit una ca asta. Era dureros să fii înjosit de o fată ca Sonia, cu care nici măcar nu apucase să de ochii. Sonia, pe lângă faptul că-i spusese cu atâta nonşalanţă de ce nu-l place, mai şi exagerase. Era adevărat, Zain nu prea se dădea în vânt după sport, dar își impunea să meargă la sală măcar o dată pe săptămână. Şi chiar dacă acum avea câteva kilograme în plus, tot nu arăta ca un umflat. Cred că Zain se gândea acum că fata asta dorea să-i pună nervii la încercare, dacă-i vorbise aşa. Dar nu înţelegea şi de ce. Sau poate că nu o considera decât proastă. Dar în cazul acesta, nu vedeam de ce s-ar mai fi coborât la mintea ei atunci când i-a spus:

— Ba am trecut, Sonia. Dar nu m-am apucat de treabă fiindcă n-am găsit nicio profesionistă ca tine care să mă înveţe cum să slăbesc. Tocmai de asta te-am solicitat.

Sonia a râs:

— Iar acum ai aflat că solicitarea ţi-a fost respinsă. Adio şi n-am cuvinte! Şi înainte ca Zain să apuce să mai scoată vreo vorbă, Sonia i-a închis telefonul.

În următoarele minute, Zain a sunat-o de mai multe ori. Probabil că simţea nevoia să-i zică şi el vreo două. Din păcate pentru el, Sonia nu i-a mai dat dreptul la replică. Între timp, am plecat de acolo şi am ajuns acasă. Parcă intuiam că următorul pas pe care-l va face se va potrivi cu planul meu. M-am schimbat repede într-o pijama. Dar am ales una roşie, ca să-mi evidenţieze faţa palidă ce se datora unui machiaj iscusit, făcut chiar de mine înainte de întâlnire şi retuşat la revenire. Ideea era să arăt ca un ghiocel gingaş, vlăguit de intemperii. Era adevărat că Zain reuşise să mă mâhnească, dar nu într-atât încât să arăt ca după o săptămână de zăcut. Apoi am avut grijă să pun pe noptieră o reţetă medicală indescifrabilă şi vreo două flacoane

de medicamente. În cele din urmă, m-am băgat în pat și am așteptat răbdătoare un semn de la Zain. Apelul de la el nu a întârziat să apară, iar eu i-am răspuns mai mult în șoaptă:

— Bună, Zain! Nu mă așteptam să mă suni acum!

— Și uite că te-am sunat, habibi!

— Văd, i-am spus.

— Dar ce e cu tine de vorbești așa? Ești în sala de cursuri?

— Așa ar fi trebuit. Din păcate, sunt acasă.

— De ce, habibi, ți-a fost rău cumva?

— Mi-a fost bine, dar când am ajuns la facultate, după vreo jumătate de oră, am leșinat.

— Nu se poate! Hai că vin să te iau, să mergem la spital! a spus el îngrijorat.

— Păi de la spital am venit. M-a dus o colegă și tot ea m-a adus și acasă, i-am explicat.

— Și acum cum te simți?

— Amețită și mi-e cam greață. Dar vreau să dorm și sunt sigură că o să-mi revin.

— Oh, îmi pare tare rău, habibi! Vin imediat să stau cu tine! Spune-mi, te rog, de ce ai nevoie și ce ți-ar plăcea să mănânci?

— Iubire, nu mi-e foame, n-am nevoie de nimic și nu trebuie să vii. Voi fi bine dacă adorm.

— Taci, Amy, nu poți sta singură! Și chiar trebuie să mănânci ceva, a insistat el.

— Zain, sunt bine atâta vreme cât nu cobor din pat. Chiar nu e nevoie să vii! În plus, m-aș simți jenată să mă vezi în starea asta.

Bănuiam că, dacă încercam să-l împiedic să

vină, îi stârneam şi mai mult interesul. Şi nu m-am înşelat. În scurt timp, Zain a fost la mine. Părea şi mai îngrijorat, la cât de palidă arătam.

— Oh, Amy, arăţi... nu foarte bine! Parcă nu mai ai nicio culoare la faţă, mi-a spus când m-a văzut.

— Mai bine stai învelită, că mi-e teamă să nu te apuce frisoanele. Ai mâinile şi picioarele reci , mi-a mai zis, după ce mi le-a masat uşor.

— Stai liniştit. Sunt sigură că n-o să mai păţesc nimic acum, când îngerul meu e lângă mine.

— Habibi! l-am auzit spunând, după care m-a sărutat pe frunte.

— Zain, văd că arăţi uimitor în seara asta!

— Mersi, Amy.

— Serios, parcă eşti mai frumos ca niciodată, i-am mai spus, privindu-l cu duioşie.

Intenţia nu era aceea de a-l complimenta. Voiam doar să-l lovesc în orgoliul deja rănit, făcându-l să-şi amintească felul cum l-a înjosit o depravată. Şi nu vedeam cum altfel, decât făcând remarci la adresa lui, în opoziţie cu cele ale Soniei. Am întins mâna după un flacon cu medicamente. Ca să fiu mai convingătoare, am luat de acolo două pastile. Le-am pus pe limbă şi l-am trimis pe Zain în bucătărie, după un pahar cu apă. În timpul acesta le-am scuipat. Desigur, Zain n-a văzut asta. Tocmai de aceea s-a arătat îngrijorat şi mi-a spus că nu crede că-i bine să iau doză dublă de medicamente, oricât de rău mi-ar fi. L-am asigurat că n-o să mi se întâmple nimic rău. Apoi m-am arătat interesată de altceva.

— Lasă-mă pe mine. Spune-mi, mai bine, cum a fost la moschee?

— Bine, mi-a răspuns el, fără să intre în detalii.

— Te întreb fiindcă a fost pentru prima oară când te-am auzit că mergi acolo.

— E adevărat, mă duc destul de rar. M-a luat de mână şi şi-a mutat privirea pe degetele mele.

Asta m-a făcut să cred că deja se simțea stânjenit. Sau, cel puțin, aşa ar fi trebuit, căci adusesem în discuție lucrul care stătea la baza minciunii sale. Dar ca să mă asigur că într-adevăr îl mustră conştiința, am căutat să subliniez acest aspect.

— Bine că te-ai dus, iubire. Sunt sigură că acum, sufleteşte vorbind, te simți minunat. Şi totuşi nu cred că mai mult decât mine, căci în prezența ta simt că sufletul meu prinde aripi şi zboară în imensitatea fericirii, i-am mai zis eu.

Şi cu toate că îi trecuse prin minte să mă înşele, de data asta vorbisem adevărat.

— Oh, Amy, de-ai şti cât te iubesc! mi-a spus Zain, luându-mă în brațe.

În glasul lui am simțit atunci sinceritate, iar în îmbrățişare o urmă de regret. Sufletul meu îmi cerea să-l iert. Dar nu puteam să fac asta înainte să clarific situația. Trebuia să aflu ce anume l-a făcut să recurgă la un asemenea gest. Aşadar, câteva zile mai târziu, când am găsit un moment potrivit, i-am spus lui Zain că prietena mea mi-a dezvăluit secretul lor. Nu i-am zis însă că m-am nimerit la Ina când el a sunat-o şi nici că eu am fost Sonia. Dar, ca să se convingă că Ina nu mi-a ascuns nimic din ceea ce urma să se întâmple, i-am dat câteva detalii. Zain a recunoscut toate astea şi mi-a spus că regretă.Şi tot el mi-a zis că, dacă la un moment dat a bănuit numai, că Ina voia să ne despartă, cu ocazia asta s-a convins. Faptul că eu îi spusesem că Ina mi-a povestit totul, a fost unul dintre motive. Celălalt însă era același care l-a și împins, de fapt, să mă lovească pe la spate. Motivul pentru care Zain îndrăznise să-mi facă una ca asta era o poză cu mine și cu Sam. Zain tocmai reușise să mă uimească, fiindcă nu știam de existența acelei poze. Fusese făcută în perioada în care el se afla în Irak.

Ieșisem în club cu Ina și cu alte câteva prietene. Până să dăm nas în nas, n-am știut că era și Sam acolo. Rezervase o masă și venise și el cu vreo doi amici. Și pentru că noi nu rezervasem nimic, Sam ne-a invitat la masa lor. Am început să ne distrăm. Sam însă nu consuma decât sucuri naturale. Era un tip retras și, așa cum stătea la masă, arăta ca un fraier. Părea imobilizat în fotoliul pe care se așezase. Am vrut să fac o glumă, așa că am luat de pe masă o sticlă de bere și m-am năpustit asupra lui. I-am zis că dacă nu bea măcar puțin, i-o torn pe cap, iar momentul imortalizat fusese acela în care Sam îmi prinsese talia cu mâinile. În poză însă nu se distingea faptul că acesta nu făcea decât să mă împingă, încercând astfel să-și elibereze capul din strâmtoarea brațului meu. Era o iluzie optică destul de compromițătoare. Oricum, când am văzut poza, am știut că Ina o făcuse. Pentru că ea era cea pasionată de fotografie și din cauza asta purta aparatul mai tot timpul cu ea. Ulterior, Ina mi-a arătat câteva poze pe care le-a făcut atunci, dar pe asta n-am văzut-o decât acum, în mâna lui Zain.Dar aceasta nu ajunsese singură la el. Tocmai aflasem că, după

ce s-a întors din Irak, Zain a fost sunat de către Ina. Atunci i-a cerut să se întâlnească, spunându-i că are ceva important pentru el. Așa a ajuns Ina să-i înmâneze poza care, desigur, a venit la pachet și cu o poveste. Prietena mea cea mai bună îi spusese lui Zain că eu l-aș fi înșelat cu Sam cât timp el a fost plecat. Văzând poza și auzind una ca asta, Zain mi-a mărturisit că voia să dispară din viața mea. Dar n-a reușit decât să-și piardă mințile și să facă ceea ce-a făcut, iar acum regreta că se lăsase dus de nas atât de ușor.

Apoi am mai aflat un lucru, și astfel mi-am dat seama de ce a ținut Ina să-i deschidă, chipurile, ochii lui Zain. Bineînțeles, acesta putea fi doar unul dintre motive. Avea nevoie de bani, pe care să-i aibă la ea când pleca din țară. Și ca să nu dea de bănuit că povestea cu Sam era inventată, Ina îi ceruse lui Zain, sub forma unui împrumut, suma respectivă. Chiar și așa, Zain mi-a spus că nu i-a dat decât o sută de euro în loc de o mie, cât îi ceruse.

Eram bulversată după toate câte auzisem. Totuși, mă întrebam în continuare care să fie motivul pentru care Ina se transformase într-o ființă fără scrupule?

După mine, banii nu puteau să justifice totul. Dacă ar fi vrut doar asta, putea să-i ceară lui Zain s-o împrumute, fără să inventeze povești. E adevărat că fusese violată. Poate că rămăsese cu sechele. Însă nu eu fusesem cea care o violase, deci nu avea de ce să mă vadă ca un dușman. Din punctul meu de vedere, nici măcar într-o relație de invidiat nu mă găseam. Ina știa cât sufeream de pe urma faptului că eram nevoită să împart cu alta bărbatul pe care îl iubeam. Pe urmă, m-am gândit că poate aşa a fost ea dintotdeauna şi eu n-am observat. Nu era exclus. Mai ales dacă era să iau în calcul cadoul pe care Ina mi-l dăruise la majoratul meu. Atunci când, presupun, îmi era devotată. Ina îmi adusese o mască. Poate că o făcuse inconştient. Însă, chiar şi aşa, masca aceea ar fi putut să-mi sugereze, printre altele, şi faptul că Ina avea predispoziţie pentru un caracter duplicitar. Până la urmă, nimic nu mai conta. Ina trădase prietenia noastră, şi asta mă mâhnea enorm. Şi nu doar atât. Acum îmi era clar că ea era cea care încercase să mă despartă de Zain, lucru peste care chiar că nu puteam să trec. Dacă ar fi făcut asta în necunoştinţă de cauză, mai avea o scuză. Dar ea ştia foarte bine câte îi trecusem cu vederea lui Zain doar ca să-l am alături. Ştia că Zain devenise motivul pentru care îmi doream să mă trezesc în fiecare dimineaţă. Ştia că el era fiinţa pentru care mă luptam cu mine însămi ca să nu o pierd. Ştia că Zain era clipa mea de glorie pentru care, în orice condiţii, eram dispusă să alerg până la sfârşit. Ina ştia toate astea şi încă multe altele. Prietena în care crezusem atât de mult mă lovise acolo unde mă durea mai tare. Din cauza asta nu puteam să las lucrurile aşa. Îmi doream să se simtă şi ea la fel cum mă simţisem eu atunci când am aflat cât de ieftin mă vânduse. Numai că acum Ina nu mai era în ţară. Plecase chiar în dimineaţa acelei zilei, în care eu aflasem întreaga poveste. Dar nu era un capăt de drum. Ştiam că într-o zi se va întoarce şi mă va căuta.

\*\*\*

S-a întâmplat după vreo trei luni. În tot acest timp, Ina mă sunase de câteva ori din Italia. Pentru că n-am vrut să-şi dea seama că aflasem, în discuțiile telefonice am căutat de fiecare dată să dau dovadă de tact şi nu i-am reproşat nimic. Acum, ajunsă acasă, m-a sunat nerăbdătoare.

— Amyyy, m-am întors! Mi-a fost tare dor de tine, draga mea!

— Oh, Ina! Şi mie de tine, m-am prefăcut şi eu, încercând să par convingătoare. Ce mai faci?

— Nu foarte bine... Şi fără să intre în prea multe detalii, mi-a cerut să ne vedem.

Am invitat-o la mine acasă, „vom putea vorbi în linişte" – i-am motivat. În realitate, nu voiam decât să mă achit față de ea. Si pentru asta, îmi făcusem deja un plan. A doua zi, când a apărut în fața uşii, de cum i-am deschis, m-a luat în brațe şi m-a pupat. Apoi am mers împreună în bucătărie şi am pus ceva să mâncăm. Din primele schimburi de vorbe, mi-am dat seama că era deprimată. Renunţase degeaba la studii şi nici nu făcuse mare lucru prin străinătate. Abia reuşise să se întreţină acolo din banii pe care-i câştigase ca dansatoare. Ina mi-a spus că lucrase într-un bar, unul de striptease. Era tare dezamăgită de colegele ei de muncă. Spunea că toate erau nişte hiene care nu căutau decât s-o dea la o parte. Nimerise într-un loc unde, de cele mai multe ori, se aplica legea junglei. În cele trei luni, asistase la mai multe păruieli între femei, pentru bani, desigur. În barul în care ajunsese Ina,

fetele se băteau la propriu pe clienţii cu dare de mână. În tot acest timp, Ina se luptase să supravieţuiască. M-am arătat surprinsă şi afectată de toate câte povestise că întâmpinase acolo. În interiorul meu, însă, nu puteam să o compătimesc, gândindu-mă la atitudinea ei murdară pe care o avusese faţă de mine . „Ai primit ce ţi s-a cuvenit, Ina!" . Nu merita nici măcar s-o ascult. Dar n-aveam încotro. O ascultam şi-mi făceam de lucru prin bucătărie. În cele din urmă, eu şi Zain am fost aduşi în discuţie:

— Iartă-mă, Amy, cu atâtea pe suflet, am şi uitat să te întreb. Cum îţi mai merge cu Zain?

M-am aşezat pe scaunul din faţa ei şi am privit-o direct.

— Foarte bine, Ina. Acum parcă ne înţelegem mai bine ca niciodată. Apropo, Zain a aflat şi el că te-ai întors, mi-a spus să-ţi transmit bun venit, am minţit-o eu.

— Mersi. Să-l saluţi, te rog, din partea mea, a răspuns Ina dintr-o suflare şi imediat a schimbat subiectul: Cu facultatea cum te descurci?.

— Minunat! I-am răspuns, dar răspunsul meu se duse tot spre ce mă durea. Semestrul trecut m-am pricopsit totuşi cu o restanţă, am minţit-o eu, ca să pot aduce discuţia în punctul în care voiam. Şi asta numai din cauza lui Zain... Am fost cu el la o petrecere şi dimineaţa n-am mai reuşit să mă trezesc şi să ajung la examen.

— Păi, acum ar trebui să se ducă Zain în locul tău la examen, a glumit ea.

— Ar fi ideal. Din păcate, Zain nu se va duce decât până la casierie, pentru că restanţele se plătesc.

— Serios? s-a mirat Ina.

Şi profitând de faptul că, oricum, n-avea de unde să ştie cum stau treburile pe la facultate, i-am confirmat cu toată convingerea.

— Apropo, Ina, de dimineaţă am vorbit cu Zain şi i-am cerut banii pentru restanţă. Dar când a aflat că urmează să vii la mine, mi-a spus să-i iau de la tine.

După cum m-a privit, am presupus că Ina n-a înţeles ce-am vrut să spun. Tocmai de aceea am continuat, ca s-o lămuresc.

— Ştiu că, înainte să pleci, ai împrumutat de la Zain o sută de euro.

Când m-a auzit, Ina s-a albit la faţă. Nu se aşteptase la una ca asta. Probabil că-şi imaginase că, dacă mă va înjunghia pe la spate, n-am s-o descopăr nicicând.

— Da, aşa este. Înainte să plec, l-am rugat să mă împrumute, pentru că nu îmi ajungeau banii de bilet, mi-a recunoscut apoi cu un glas pierdut.

— Regret că nu ţi-am spus, Amy, însă nu vreau să crezi că am avut intenţii ascunse, a continuat ea.

Am privit-o pătrunzător. Îmi venea s-o întreb dacă nu cumva dorise ca să-şi ia bilet la clasa întâi. Dar m-am abţinut.

— Hei, n-am cum să cred aşa ceva! Faptul că mai vorbiţi din când în când, n-are nicio relevanţă, i-am spus.

— Dar, Amy, eu şi Zain n-am vorbit decât atunci, când l-am rugat să mă ajute, s-a jurat ea.

— Haide, Ina, termină cu jurămintele! Ce naiba, doar ne ştim de atâta vreme, i-am zis eu, afişând un zâmbet fals.

Dar știam că Ina nu era atât de naivă încât să nu-și dea seama că fusese prinsă cu mâța-n sac. Nu mi-a mai spus nimic, dar mi-a confirmat că a doua zi îmi va da banii. Și pentru că acum nu se mai simțea confortabil, s-a scuzat că trebuia să plece. Deja nu mai suportam să-i văd fața parșivă.

La cum o cunoșteam, mi-am imaginat că Ina nu va sta cu mâinile în sân. Era prea mândră ca să se lase înfrântă. Tocmai de aceea am presupus că devenise nerăbdătoare să discute acest aspect cu Zain. Și pentru că el nu știa nimic din toate astea, l-am sunat de îndată ce Ina a ieșit pe ușă. Abia atunci i-am zis că Ina s-a întors și că trecuse pe la mine. Apoi i-am povestit ce am vorbit cu ea și l-am pus să nu mă dea de gol în cazul în care Ina l-ar fi sunat să-i ceară vreo confirmare. Îl luasem prin surprindere, dar în niciun caz n-aș fi acceptat ca Zain să nu fie de acord cu planul meu. Pus în fața faptului împlinit, Zain nu s-a opus ca Ina să-i restituie banii prin intermediul meu. În același timp însă, mi-a spus că lui îi este rușine să-i ceară acesteia banii. Era o sumă neînsemnată pentru el. Ca atare, Zain a decis că nu-i va răspunde Inei la telefon, dacă aceasta îl va suna. Dar mi-am ieșit din fire și am strigat la el să nu-mi murdărească onoarea și mai mult decât o făcuse și să facă bine să răspundă. Doar așa l-am convins. Ina nu numai că l-a sunat pe Zain, dar a mers până într-acolo încât a ținut să-i înapoieze personal banii. Mi-am dat seama ce-și dorea: o întâlnire între patru ochi. Am lăsat-o să creadă că-i fac jocul, până când eu și Zain am apărut în fața ei. A fost surprinsă, dar a încercat s-o as-

cundă. În cele din urmă, sub privirea ei deznădăjduită Zain mi-a înmânat banii primiți de la ea. Apoi am căutat prin geantă și am scos de acolo poza pe care Ina i-o dăduse lui Zain și care rămăsese la mine. I-am dat-o Inei și i-am explicat că vreau să-i înapoiez poza pe care a uitat-o la Zain în mașină. Atunci s-a schimbat la față. S-a arătat nedumerită și a dat să mă întrebe ceva. Dar nu a mai apucat. L-am luat de mână pe Zain, am urcat în mașină și am demarat. Nu înainte să scot mâna pe geam și, ca de rămas bun, i-am făcut cu mâna prietenește, într-o amară ironie. Din clipa aceea Ina a rămas pentru totdeauna un capitol închis din viața mea.

### CAPITOLUL V

Era o sâmbătă frumoasă de vară. Dimineața alergasem ca o nebună prin magazine, să-mi caut o rochie-sirenă, așa cum îmi doream, și acum mă grăbeam să ajung la salon, să-mi aranjez părul. Voiam să arăt perfect în seara asta. Sora mea și iubitul ei – un român stabilit în Londra, veniseră pentru câteva zile în țară și pregătiseră o petrecere de ziua ei. Zain și cu mine am ajuns târziu la restaurant. Mama și sora mea plecaseră mai devreme, ca să se asigure că totul era în ordine înainte de sosirea invitaților. Acum, sala aceea mare era plină de oameni și orchestra cânta. Zain s-a dus să-și întâmpine prietenii și a întârziat o vreme. Când s-a întors, n-a venit numai cu aceștia. Mai avea un cadou pentru sora mea. Adusese o orchestră arăbească şi dansatoare din buric. Mai târziu, aceştia aveau să încingă atmosfera.

În noaptea aceea, eu şi Nadia, iubita lui Yakub, ne-am împrietenit. Nu ştiu cum s-a întâmplat, căci de obicei ne salutam şi doar atât. Şi nu pentru că o evitam. Dar aşa era Nadia. O fire mai tăcută, cu o privire rece. Şi nu doar eu o percepeam în felul ăsta, ci toţi ceilalţi. Cu toate că era înnebunit după ea, cred că uneori şi Yakub o percepea la fel. Dar poate că tocmai asta iubea cel mai mult la ea; cine ştie. Nadia era o fată foarte atrăgătoare. Înaltă cât Yakub, slăbuţă, blondă, cu nişte gene lungi de parcă în locul ochilor ar fi stat doi fluturaşi căprui. Deşi era mai în vârstă decât mine cu numai doi ani, Nadia avea totuşi o carieră de ani buni în spate. În timpul cât studiase managementul, lucrase şi ca secretară în cadrul unei firme de construcţii. Desigur, optase pentru frecvenţă redusă, ca să se poată angaja. În felul acesta a ajuns să lucreze pentru un libanez, care era prieten din copilărie cu Yakub. Acolo o cunoscuse Yakub pe Nadia, la biroul prietenului său. Eu, însă, deşi avusesem atâtea ocazii, abia la ziua surorii mele am cunoscut-o mai bine.

De atunci, între mine şi Nadia s-a legat o prietenie trainică. Vorbeam zilnic la telefon, ne vizitam şi, în timpul liber, când Zain şi Yakub nu erau cu noi, ieşeam împreună. Cei doi n-au avut nimic împotrivă când au aflat că ne-am împrietenit. Totuşi, au devenit cam geloşi când şi-au dat seama că, atunci când nu eram cu ei, noi eram oriunde, dar mai puţin acasă. Chiar şi aşa, Yakub era ceva mai raţional. În schimb, Zain avea zile în care pur şi

simplu renunţa să mă mai caute. De acum îl cunoş-
team şi ştiam că aşa reacţiona el când se supăra pe
mine. Dar asta mă enerva la culme. Decât aşa, aş fi
preferat să ne certăm trei zile şi trei nopţi. Numai
că Zain nu se certa cu mine niciodată. Cred că se
ferea să-mi facă reproşuri, ca să nu primească la
rândul său unele. Şi le-ar fi primit, căci la fel ca el,
şi eu eram îndrăgostită şi geloasă. Dar Zain evita
să-mi dea ocazia să-mi descarc nervii care, uneori,
se manifestau în clipa în care îmi imaginam de ce
nu mi-ar fi răspuns exact atunci când l-aş fi sunat.
Când se supăra şi mă lăsa în aşteptare, îmi doream
să-i pot face asta şi eu într-o zi, ca să simtă şi el
dezamăgirea pe care o simţeam eu. Dar nu gân-
deam aşa decât atunci când eram nervoasă şi bă-
nuiam că acelaşi lucru se întâmpla şi cu Zain. Nu-
mai că, spre deosebire de mine, el chiar acţiona. Şi
ce mă înfuria cel mai mult în situaţii ca astea era că
eu trebuia să-mi imaginez de ce s-a supărat Zain.
Oricum, mi se părea nefiresc să mă părăsească tot
el pe mine şi, pe deasupra, s-o mai facă şi din senin.
Pe de o parte însă eram conştientă că în dragos-
te nu există termenul „nefiresc". Cu timpul, mi-am
dat seama că sentimentul ăsta lucrează împotriva
raţiunii.

Deşi Yakub nu era căsătorit, Nadia avea şi ea
supărările ei în relaţia cu el. Yakub era cam fustan-
giu În timp, Nadia şi-a dat seama de asta. Odată,
chiar ea l-a prins pe picior greşit şi atunci au ie-
şit scântei. Dar nu s-au despărţit, pentru că cei doi
se iubeau cu bune şi rele. Acum, însă, ca Yakub să
ardă de gelozie, Nadia nu se ferea să mă însoţească

oriunde. Era mai bine să iasă cu mine şi să ne înveselim, decât să stea acasă cu gândul la Yakub. Tocmai de aceea, de când ne împrietenisem, parcă şi suferinţele pricinuite de iubiţii noştri deveniseră mai suportabile. Împreună, ne găseam întotdeauna ceva făcut ca să ne deconectăm şi chiar obişnuiam să facem haz de necaz. Nu de puţine ori ne-au prins zorii zilei în hohote de râs după ce mai întâi jeliserăm mai ceva ca la înmormântare. Oricum, eu şi Nadia nu ne puteam conforma cu suferinţa şi asta era clar. Mai ales pentru Zain, pe care nu l-a mai răbdat sufletul şi într-o noapte ne-a urmărit.

Ştia că Nadia şi cu mine urma să ieşim, pentru că ziua vorbisem cu el şi îi spusesem. Pe moment n-am ştiut să-i spun unde şi curiozitatea l-a împins să afle. Aşa a ajuns el să vadă că noi ne-am întâlnit la o terasă cu Pamela şi câteva prietene de-ale ei, care, la rândul lor, veniseră cu nişte amici. Acolo am salutat pe toată lumea, am făcut cunoştinţă fiecare cu fiecare şi cam atât. Chiar dacă atunci n-am putut să-mi dau seama ce s-a întâmplat, începând cu seara aceea n-am mai ştiut nimic de Zain aproape o săptămână. Abia apoi am aflat că ne urmărise şi că de vină pentru reacţia lui fusese faptul că el îşi imaginase altceva. Crezuse că unul dintre băieţii aceia venise acolo special pentru mine. Totuşi, sunt convinsă că uneori Zain nu-şi imagina nimic, ci pur şi simplu avea nevoie de câte o pauză, pe care nu ezita să şi-o ia.

Asta am crezut şi în ziua în care n-am făcut altceva decât să aştept ca Zain să mă sune. Era în perioada în care mă întâlneam mai des cu arăboaica.

Totuşi, în ziua respectivă, cea în care Zain nu mă sunase deloc, stătusem singură în casă. Pe moment, nu m-am gândit că s-ar fi supărat pe mine, mai cu seamă că în urmă cu câteva zile ne întorsesem dintr-o scurtă vacanţă. Abia spre seară, după ce l-am sunat de câteva ori şi am văzut că nu-mi răspunde, am luat în calcul şi varianta asta. Apoi am insistat, apelându-l de aproape o sută de ori. În cele din urmă m-am gândit că Zain mă părăsise. Am început să plâng. Eram foarte supărată şi furioasă, mai ales că făcuse ceea ce făcuse fără niciun motiv. Ştiind că va pricepe ce vreau să spun, i-am trimis un mesaj. „Te iubesc şi te voi iubi până când, din vene, mi se va scurge şi ultima picătură de sânge!" Faptul că n-am reuşit să-i înţeleg tăcerea, m-a scos din minţi şi m-a făcut să apelez aprig la puterea cuvintelor fără să mă gândesc la consecinţe. Cam sfâşietor, dar era singura cale prin care puteam să aflu dacă lui Zain îi mai păsa de mine. Dar n-am putut să-mi imaginez nimic în afară de faptul că, eventual, Zain mă va suna. Şi exact asta a făcut. Apoi, când a văzut că nu-i răspund, a început să mă sune insistent. Şi nici atunci nu i-am răspuns. Mă gândeam că-mi venise şi mie rândul să privesc la apelurile sale şi să le ignor. O prostie, din moment ce eu chiar asta voiam, ca Zain să se întoarcă la mine. Între timp, mi-am dat seama că făcusem o prostie şi mai mare. De vreme ce se presupunea că mi-am tăiat venele, Zain mă suna de fapt ca să mă ducă la spital. Nu puteam să-i mai răspund. Ştiam că, oricum, mă voi trezi cu el la uşă, iar acum mă gândeam cum să fac să pară că ceea ce i-am scris

era adevărat. Dar ceea ce nu știam eu era că în momentul acela Zain se afla într-un alt oraș, la vreo trei sute de kilometri distanță, așa că situația a luat o întorsătură la care chiar că nu m-am așteptat.

Zain a luat legătura cu Yakub și cu iubitul arăboaicei. Prietenii lui au început apoi să mă sune. Nu le-am răspuns nici lor, așa că la scurt timp ușa mea avea să răsune de bătăile lor stăruitoare. Și pentru că s-a făcut atâta agitație în jurul meu, n-am mai știut cum să reacționez. Tot ce-am putut să mai fac a fost să mă închid în dormitor, ca să nu mai aud atât de tare bătăile lor în ușă, care mă înnebuneau. Apoi mi-a dat prin minte să-mi înfășor ceva de încheieturile mâinilor. Am tras pijamaua de sub pernă și m-am oblojit, chipurile. Mă temeam că, cine știe, vor reuși să intre peste mine și nu voiam ca în loc de o muribundă să găsească o paranoică. Dar nu mă gândeam că vor face asta tocmai cu ajutorul mamei. În cele din urmă, alertată și ea de Zain, mama a descuiat ușa și a intrat în viteză, împreună cu cei doi, direct în dormitor. În momentul acela eram acoperită cu o pătură până peste cap și suspinam înfundat. Mama a tras repede pătura de pe mine și a strigat cu disperare:

— Ce-ai făcut, Amy? Ridică-te să mergem la spital!

— Lăsați-o, mai bine chemăm ambulanța, a zis prietenul lui Zain.

Când am auzit de ambulanță, m-am întors ghemuită pe cealaltă parte și am început să țip:

— Nu vreaaau, plecați și lăsați-mă în pace! Mamaaa, spune-le să plece!

— Amy, Zain vrea să-ți vorbească, mi-a spus Yakub.

— Nu vreau să-l mai aud în viața mea pe nemernicul ăla, am strigat printre lacrimi la Yakub, ca să mă audă și Zain.

— Amy, Zain conduce cu viteză și mi-e teamă să nu pățească ceva, mi-a șoptit Yakub. Te rog, vorbește-i și asigură-l că vei merge cu noi la spital, a continuat el.

— Haide, Amy, vorbește cu Zain, a insistat și mama.

— Nu vorbesc cu nimeni și nu mă interesează dacă ăsta va fi ultimul său drum, le-am spus eu.

— Habibi, te rog, du-te la spital, iar eu voi fi acolo în cel mai scurt timp, l-am auzit apoi pe Zain în difuzorul telefonului.

— Sper să te ia naiba, ca să nu mai aibă cine să mă bage în spital! Mori, Zain, asta e șansa ta! am țipat.

În momentul acela, mama și Yakub, au încercat să mă acopere vorbind peste mine cu Zain. Amândoi căutau să-l calmeze, căci în același timp în care vorbea la telefon, el gonea cu mașina ca un nebun, doar ca să ajungă mai repede la mine. Yakub l-a asigurat apoi că va avea grijă ca eu să fiu bine și a încheiat imediat conversația. Se gândea probabil că lui Zain nu-i făcea bine să mă audă vorbind așa. La scurt timp, celălalt băiat a văzut lama pe care o pusesem intenționat pe birou. Era pătată de sânge cu premeditare. Mă înțepasem ca diabeticii, cu un ac în deget, de unde a țâșnit suficient sânge cât să mânjesc lama. Dar el nu avea de unde să știe toate astea. Aşa că, stupefiat de descoperirea obiectului ucigaş, a rupt atunci tăcerea:

— Ia uitaţi-vă, asta cred că e lama cu care s-a tăiat. E plină de sânge!

Şi odată cu această remarcă, a şi scăpat de obiect, aruncându-l în grabă pe geam.

După toate astea, m-am ridicat din pat şi m-am dus la baie. Imediat mama m-a urmat. Cu ocazia asta, i-am spus şi ei că trebuia să facem ceva, pentru că nu mă puteam prezenta la spital cu venele netăiate. Desigur, nu aveam de gând s-o pun pe mama să-mi crestez venele. Dar am sfătuit-o să scape de prietenii lui Zain. Când m-a auzit, mama, căreia îi venea şi să râdă şi să plângă, mi-a pus diagnosticul pe loc.

— Suferi de paranoia, Amy! Cum ai putut să faci una ca asta?

— O să-ţi explic după ce te debarasezi de ei, mami! Spune-le şi tu că nu vreau să merg la spital decât cu tine şi asigură-i că o voi face.

Nu ştiu cum s-a descurcat mama cu cei doi. Erau tare insistenţi. Eu însă nu am mai ieşit din baie decât după ce au plecat ei. Apoi mama mi-a cerut să stăm de vorbă şi, cum era firesc, mi-a ţinut o morală de zile mari. Mi-a reproşat că sunt o inconştientă, şi pe bună dreptate. În disperarea cu care gonea ca să ajungă la mine, Zain putea să facă vreun accident. Mama însă ar fi putut face infarct atunci când a auzit ce nenorocire se presupunea că am făcut.

În cele din urmă, m-am apucat să-mi înfăşor bandaje la mâini, fiindcă Zain urma să vină la mine.

Când a ajuns, m-a găsit bandajată, poate chiar mai bine decât la spital, şi cu o rezervă de pansamente lângă mine, cam cât pentru o săptămână. M-a luat în braţe şi mi-a spus că este fericit că totul s-a terminat cu bine. Era supărat pentru ceea ce făcusem, dar până la urmă Zain şi-a cerut iertare pentru faptul că nu mi-a vorbit şi apoi mi-a explicat şi de ce. Şi chiar dacă mi se părea absurd acum, măcar ştiam că existase un motiv. Cu o zi în urmă, Zain mă zărise prin oraş în compania arăboaicei. Mai avuseserăm discuţii pe tema asta şi ştiam că nu-i plăcea să ne vadă împreună. Tocmai de aceea alesesem să nu-i spun că ieşisem cu ea. Problema însă, a fost că el m-a văzut şi a ripostat cum a ştiut mai bine. Prin tăcere. Doar că mesajul meu a rupt această tăcere şi în cele din urmă ne-am împăcat. Cu arăboaica însă, am început să vorbesc mai rar de atunci. Iar de văzut, nu am mai văzut-o deloc. Nici măcar alături de iubitul ei, fiindcă între timp se despărţiseră definitiv.

Chiar şi aşa, Zain nu se schimbase prea mult. În continuare găsea motive să-şi mai ia câte o scurtă pauză, la fel de neanunţată. Ajunsesem să nu-l mai înţeleg. Deşi nu mă îndoiam că mă iubeşte, uneori aveam impresia că voia să se despartă definitiv de mine şi nu ştia cum. Sau poate că nu căuta decât să mă facă să-mi schimb modul de viaţă şi să trăiesc numai pentru el. Poate că asta era doar o strategie de-a lui ca să nu-mi ceară ceva direct. Era conştient că, în situaţia lui, n-aş fi acceptat decât schimb pe schimb. Dacă Zain ar fi vrut să mă vadă numai în casă şi să nu ies decât cu el, atunci ar fi trebu-

it să renunțe la căsnicia lui și să-mi fie alături tot timpul. Numai că, pe Zain nu-l vedeam să facă asta. Doar îmi spusese că-i era milă de soția lui. Tocmai de aceea, mai repede-l vedeam trăind așa, între două luntri, până la adânci bătrâneți. La un moment dat am ajuns să mă satur de această situație.

Abia ne împăcasem după o pauză de vreo două săptămâni, când Zain mi-a spus că trebuie să plece, în interes de afaceri, în China, pentru alte două săptămâni. N-am putut să nu mă enervez când am auzit asta. Tocmai de aceea i-am spus că ar fi trebuit să regizeze această întâlnire după ce se întorcea, dacă tot știa că urma să plece. Eu și Zain ne împăcasem după ce ne întâlnisem, chipurile, întâmplător, în zona în care se afla universitatea la care studiam. Dar eu știam că nu fusese așa, pentru că nu era prima dată când Zain procedase astfel. De fapt, niciodată nu mă suna atunci când mă voia înapoi. Probabil că se temea de vreun refuz, știind că de fiecare dată el fusese cel care mă lăsase cu ochii în soare. Tocmai de aceea, cunoscându-mi programul, când i se făcea dor de mine, Zain căuta să mă întâlnească prin oraș. Când ne vedeam nu ne puteam abține să nu ne vorbim, și astfel împăcarea noastră se producea în urma unei întâlniri aparent întâmplătoare. Oricum, Zain știa că eram conștientă de toate astea. Iar când îl întrebam de ce procedează astfel, în loc să mă sune, îmi spunea că în felul acesta împăcarea e mai dulce. Nu mă mai oboseam să-l contrazic. Important era că-l aveam iarăși în brațele mele.

Acum însă, spunându-mi că trebuie să plece,

pur și simplu m-am gândit că Zain își bătea joc de mine. Mă ținuse la distanță aproape două săptămâni, iar acum urma să facă asta din nou. Nu aveam de gând să mai accept. I-am zis să mă ia cu el, chiar dacă asta ar fi însemnat să lipsesc de la facultate. Dar Zain nu m-a luat. Mi-a spus că nu se poate și punct. Auzindu-l vorbind așa, tare aș fi vrut să pot fi și eu la fel de fermă. Mi-aș fi dorit să am puterea de-ai spune lui Zain: „Dragule, în cazul acesta, relația noastră nu mai poate continua", și apoi să plec. Dar nu puteam, pentru că inima mea bătea mai mult pentru el decât pentru mine.

După plecarea lui în China, mi-am anunțat prietenele că sunt din nou singură. Eram cam deprimată din cauza asta, dar nu mai mult decât Nadia, care tocmai trecuse printr-o operație de apendicită și vreo două săptămâni trebuia să stea liniștită acasă. Îmi părea rău că nu putea ieși afară, dar o vizitam eu. Pamela însă nu avea nicio problemă, așa că puteam ieși cu ea aproape zilnic. După cursuri mergeam la terasă, unde stăteam la bârfă ore în șir. Dar nu întotdeauna eram singure. Uneori mai veneau cu noi și colegii noștri. Atunci am observat că unul dintre ei, Felix, un băiat prezentabil, ce provenea dintr-o familie înstărită, judecând după limuzina pe care o conducea, se cam ținea după noi. Într-una din zilele următoare Felix ne-a invitat pe amândouă în oraș. Nu eram convinsă că o făcea doar de dragul de a ieși cu noi. Mi se părea că acesta urmărea să formeze un cuplu cu Pamela, dar ăsta era ultimul lucru care mă privea.

Prima dată când a insistat, l-am refuzat. Părea

un tip cam arogant. A doua oară i-am acceptat invitaţia şi am ieşit toţi trei într-un club. Atunci am observat că Felix nu era deloc un încrezut, aşa cum avusesem noi prima impresie. În zilele care au urmat, am continuat să ne vedem cu el. De obicei, mergeam la karting, unde făceam întreceri nebune. Apoi Felix ne-a spus că ne pregăteşte o surpriză pentru sfârşitul săptămânii. Nu a vrut să ne dezvăluie despre ce era vorba. Ne-a pus, în schimb, să-i promitem că nu ne vom face alte planuri. Eu nu aveam ce planuri să-mi fac. Zain nu se întorcea până atunci. Şi Pamela nici atât. De ceva vreme se despărţise de iubitul ei. Nici una dintre noi nu aveam motive să ne refuzăm colegul.

S-a făcut sâmbătă. După cum fusese vorba, Felix a venit în seara aceea şi ne-a luat de acasă pe mine şi pe Pamela. Nici pe drum n-a vrut să ne dezvăluie unde mergeam. Ne-a spus totuşi că este un loc mai deosebit şi că el crede că o să ne placă. L-am crezut pe cuvânt. În cele din urmă, când am văzut unde am ajuns, mi-a venit să fac cale întoarsă. Şi nu pentru că Felix nu ar fi avut dreptate. Doar că în locul acela deosebit eram şi eu deosebit de cunoscută. Felix rezervase o masă la un restaurant cu specific oriental, unde mergeam frecvent cu Zain. Sigur că el nu avea de unde să ştie asta, dar acolo tot personalul mă cunoştea. Patronul şi lăutarii erau prieteni cu Zain şi mă temeam că voi da curs bârfelor dacă apăream acolo cu Felix. Totodată mi se părea absurd să-i spun acum lui Felix că eu nu puteam pune piciorul în restaurantul ăla. Aşadar, mi-am luat inima în dinţi şi am intrat. Doamna de

serviciu m-a remarcat și mi-a zâmbit, iar eu am salutat-o respectuos, ca de obicei. Felix ne-a condus apoi la o masă, unde mai erau câțiva prieteni de-ai lui. Dintre toți însă, doar doi veniseră însoțiți. La masa aceea plină de băieți, eram acum numai patru fete. Tremura sufletul în mine la gândul că Zain va afla toate astea și iar își va închipui cine știe ce și se va supăra. Și nu puteam să nu gândesc așa, de vreme ce printre cei care m-au salutat când m-au văzut, au fost și arabi pe care-i cunoșteam doar din vedere. Mă temeam că printre aceștia se va găsi vreo gură bogată și astfel, nici nu mai era nevoie să-mi imaginez ce fel de vorbe ar fi putut ajunge la urechile lui Zain, direct în China. Acum, faptul era consumat. Oricum, nu rezolvam nimic dacă aș fi continuat să fiu crispată întreaga noapte. Dacă s-ar fi trezit careva să-i spună lui Zain că m-a văzut, ar fi făcut-o indiferent că stăteam pe scaun sau dansam. Așa că, am ales să mă distrez. Când am ajuns acasă, am realizat că-mi pierdusem un cercel din aur. Iar perechea aceasta era specială pentru mine. Nu doar pentru că erau de la Zain, dar și pentru că modelul era special: două inițiale, A și Z. Îmi venea să mă dau cu capul de pereți constatând că pierdusem cercelul cu litera Z.

Două zile mai târziu, Zain urma să se întoarcă. Știam asta pentru că-mi spusese înainte să plece data în care va fi înapoi. În ziua respectivă am așteptat răbdătoare să primesc un telefon. Dar nu s-a întâmplat nici măcar a doua zi. Inima îmi spunea că Zain aflase despre ieșirea mea și că iarăși se supărase. De ce-mi fusese frică, nu scăpasem. De data asta însă, supărarea a pus stăpânire şi pe mine şi nu l-am sunat nici eu. Mi-am spus că, dacă Zain pleca urechea la toţi neaveniţii, în loc să vorbească cu mine, era treaba lui. Reuşise să mă enerveze atât de tare, încât mi-am jurat că n-am să mă mai întorc la el niciodată. Aşa că i-am şters şi numărul din telefon. E adevărat că-l ştiam şi cu ochii închişi, dar gestul acesta mi-a întărit convingerea că relaţia noastră se terminase pentru totdeauna. Decizia asta mă chinuia ca dracu'. Mi-am impus să nu cedez. Nu voiam să-l mai caut şi nici nu-mi doream să-l mai întâlnesc vreodată. Sau cel puţin până mă vindecam de dragostea asta turbată care-mi sfâşia inima. Aşa am zis că e cel mai bine. Eu să mă vindec şi Zain să-şi vadă de nevastă. Dar nu puteam să fac asta de una singură. Ştiam că n-aş fi reuşit să mi-l scot din minte, aşa că m-am gândit să stau mai mult în preajma prietenilor şi să-mi umplu tot timpul în care m-aş fi gândit la el.

Mă pregătisem să ies la plimbare ca să-mi mai domolesc gândurile, şi tocmai atunci m-a sunat Sam. Voia să vadă ce mai fac. Am profitat de ocazie şi m-am întâlnit cu el să mai stăm de vorbă. Nu ne mai văzusem de foarte multă vreme. Sam a avut ce să-mi povestească. Mi-a zis că arăboaica se îndrăgostise de el. Spunea că aceasta îi ceruse numărul de telefon când au fost la mine acasă, şi că de atunci ea făcuse orice numai ca el să-i acorde puţină atenţie. Dar el a fost de neclintit în faţa avansurilor ei. Când Sam mi-a zis că aceasta ajunsese să creeze poveşti menite să-l înduioşeze, aproape că nu-mi venea să cred. Nu prea părea genul de fată

care să atârne la sentimentele vreunui bărbat. Şi totuşi, când arăboaica l-a cunoscut pe Sam, am bănuit că-l place, chiar dacă nu mi-a spus niciodată lucrul ăsta. Dar era treaba ei de cine se îndrăgostea, la fel cum era treaba lui Sam dacă, în cele din urmă, avea să-i dea ori nu importanţă arăboaicei. Apoi am aflat că Sam obţinuse un loc de muncă cu normă întreagă. Era tare fericit. Lucra pentru o importantă companie de IT şi avea un salariu frumos. Şi nu doar atât. Sam mai avea încă un motiv de bucurie: de câteva lui se mutase în casă nouă. Banca îi acordase un credit cu care îşi cumpărase o garsonieră. M-a invitat s-o văd. Peste două săptămâni. Până atunci era în renovare şi nici Sam nu prea stătea pe acolo. Spunea că doarme la părinţii lui şi că e nerăbdător să-şi termine casa, pentru că de acolo, dimineaţa trebuia să se trezească foarte devreme ca să ajungă la muncă. M-am gândit să fac o faptă bună. L-am invitat să stea la mine până ce casa lui avea să fie gata. Doar locuiam în apropierea serviciului său.

Iniţial Sam nu a vrut să accepte. Î-am explicat că nu mă putea deranja. Iubitul meu îşi luase încă o pauză, iar eu decisesem că de data asta era pentru totdeauna. Nu i-am dat lui Sam toate detaliile, dar l-am asigurat că nu mă deranja deloc. În cele din urmă, Sam a acceptat.

În seara următoare, Sam şi-a luat câteva schimburi şi a venit la mine. I-am oferit o cameră şi, după ce am schimbat câteva vorbe, s-a dus să doarmă. Pe mine nu m-a luat somnul, aşa că am sunat-o pe Nadia. I-am povestit că acum aveam un coleg de apartament şi apoi am început să discutăm despre Zain. Eram furioasă că acesta mă lăsase baltă din nou. Nadia nu ştia nici ea ce să mai creadă. Îi povestisem deja episodul cu Felix şi i-am spus că bănuiam că ăsta ar fi motivul pentru care Zain nu m-a mai căutat. Nadiei i s-a părut absurd ca Zain să procedeze astfel, fără să întrebe măcar cât era adevărat din ceea ce probabil că auzise. Nadia devenise atât de curioasă, că l-ar fi întrebat pe Yakub chiar în clipa aceea. Bănuia totuşi că nu avea nici el de unde să ştie, fiindcă acesta nu mai era în ţară. De câteva zile, Yakub era plecat în Liban. I-am spus că nu mai era nevoie să se intereseze de Zain. I-am mărturisit Nadiei faptul că relaţia asta s-a terminat definitiv din punctul meu de vedere. În cele din urmă, mi-a zis şi ea că oricare ar fi fost decizia mea, aceea era cea mai corectă. Vorba asta mi-a dat şi mai multă încredere că nu greşesc dacă aleg să-mi calc sufletul în picioare. Era mai bine s-o fac eu o singură dată, decât s-o facă Zain tot timpul.

Două zile mai târziu, a sunat insistent telefonul. Eram sub duş şi nu m-am grăbit să răspund. Era aproape zece noaptea. La ora aceea, Sam era deja în casă. Nu putea fi decât vreo prietenă sau mama. Imediat însă am primit un alt apel şi atunci m-am grăbit să ies din baie. Am luat telefonul şi l-am verificat să văd cine m-a sunat. Când am văzut numărul lui Zain, am simţit că mă prăbuşesc de emoţie. Nu l-am sunat înapoi. După vreo câteva minute, a revenit cu apelul. Deşi îmi doream din tot sufletul să-i aud vocea, nu i-am răspuns. Eram hotărâtă să nu mă mai las călcată în picioare. Dar apelurile lui

Zain nu s-au oprit. Telefonul a continuat să sune de mai multe ori. Eram uimită, nu-l știam atât de insistent. De obicei, eu eram cea care insista. Cu toate astea, n-am răspuns. Dorul de el mă seca. Dar îmi propusesem ceva și nu aveam de gând să mai dau înapoi. Zain mă făcuse să-mi doresc să ies din această relație, iar acum îmi dădea ocazia să-i urmez exemplul. Bănuiam că se simte așa cum mă simțisem și eu de atâtea ori: amăgită și, în cele din urmă, ignorată – de fiecare dată când Zain se supăra pe mine și nu-mi mai răspundea la telefon.

Numai că el nu părea dispus să se împace cu această ignoranță. M-a sunat de atâtea ori încât am fost nevoită să pun telefonul pe silențios. Văzând însă că nu era chip să mă găsească, în cele din urmă mi-a trimis un mesaj. Citindu-l, am rămas surprinsă. Cu toate că Zain cunoștea foarte bine limba română, mesajul era aproape indescifrabil. Am dedus totuși că mă ruga să cobor, fiindcă ar fi vrut să-mi vorbească. Apoi m-am uitat pe geam și i-am văzut mașina în fața blocului. N-aș fi vrut să cobor. Dar m-am gândit că, dacă îl ignoram în continuare, m-aș fi putut trezi cu el la ușă și aș fi fost nevoită să-i deschid. Atunci Zain l-ar fi văzut pe Sam și nu voiam să se întâmple asta. Nu pentru că Zain ar fi făcut scandal, fiindcă nu era genul ăsta de om. Dar m-am gândit să nu-l fac pe Sam să se simtă prost că acceptase să stea la mine, așa că am țâșnit pe ușă și am luat-o la fugă pe scări. Deși m-a întrebat unde mă duc, n-am apucat să-i mai spun nimic lui Sam. Plecasem să-l întâlnesc pe Zain.

Am ajuns jos și am urcat imediat în mașina lui.

Eram hotărâtă să-i spun că mă săturasem de atitu-
dinea lui şi că între noi totul se terminase. Voiam
să-i spun asta foarte repede şi apoi să plec. Dar când
am văzut imaginea din interior, m-am poticnit. Era
una dezolantă. Doze de bere, goale şi pline, erau
împrăştiate în toată maşina, pe banchete şi pe jos.
Mai grav însă mi s-a părut faptul că Zain era foarte
beat. Duhnea a băutură şi abia îşi mai ţinea ochii
deschişi. Când l-am văzut în halul acela, aproape
că n-am ştiut cum să reacţionez. Nu aveam habar
de ce băuse, dar m-am gândit că poate era mai bine
să-l ascult, în loc să-i spun adio şi să plec.

— Ce se întâmplă cu tine, Zain?

— Nimic, a răspuns el după câteva clipe.

— Serios? Uită-te la tine. Eşti beat criţă şi totuşi
conduci. De ce?

— De ce nu, habibi?

— Pentru că nu e bine. Ai putea să omori pe ci-
neva, Zain, i-am explicat eu.

— Corect. Mare păcat dacă n-aş fi eu acela.

— De ce spui asta, Zain?

— Ca să-ţi dau satisfacţie, Amy, mi-a spus cu un
zâmbet amar, în timp ce se căuta prin buzunarele
de la geacă.

Apoi mi-a întins o mână şi mi-a zis:

— Cred că am ceva ce-ţi aparţine.

Am rămas cu privirea aţintită în palma lui Zain,
care ţinea cercelul pe care-l pierdusem în noaptea
în care ieşisem cu Felix. Nu ştiam dacă să mă bucur
sau nu că-l găsisem. În cele din urmă, i-am mulţu-
mit şi l-am luat. Nu puteam să-mi dau seama cum
ajunsese cercelul la el, dar acum eram aproape si-

gură că motivul pentru care Zain se afla în starea asta eram eu. L-am întrebat de unde îl are şi mi-a spus că i l-a dat patronul restaurantului. Femeia de serviciu îl găsise la baie, când făcuse curat, şi ştiind că era al meu, pentru că mai demult îmi admirase cerceii ăştia, l-a dat patronului ca să mi-l înapoieze. Acesta i-a dat cercelul lui Zain şi mi-am imaginat că, pe lângă asta, i-a mai povestit câte ceva despre seara aceea. Probabil nu i-a spus lui Zain că mă afişasem cu vreun iubit, căci n-ar fi îndrăznit nici dacă era adevărat. În schimb, bănuiam că lăsase loc de interpretări. Altfel, Zain n-ar mai fi fost atât de convins că acum eu aveam un alt iubit. Deşi i-am jurat că asta nu era adevărat, Zain nu m-a crezut. Parcă nici nu mă auzea când îi spuneam că am fost cu nişte colegi de facultate, că am ajuns la restaurantul ăla absolut întâmplător. În cele din urmă, am înţeles că altceva i-a întărit lui convingerea că eu îmi făcusem un iubit. Nu credea că ar fi existat alt motiv pentru care eu să nu-i răspund la telefon. În acel moment, telefonul a început să sune. Era Sam. I-am respins apelul, dar acesta a insistat. M-am gândit că voia să ştie unde sunt. Era un moment nepotrivit să vorbesc cu el, aşa că mi-am închis telefonul. Zain m-a întrebat:

— Auzi, tu m-ai iubit vreodată?

— Auzi, dacă eşti beat, asta nu înseamnă că eşti şi prost.

— Ai dreptate. Ştiu că m-ai iubit, Amy. Doar că acum îl iubeşti pe cel care te sună. Răspunde-i, habibi, şi asigură-l că i-ai dat papucii nemernicului de dinainte.

— Zain, spre deosebire de tine, eu nu am cui să dau explicații. Ştii foarte bine că încă te mai iubesc. Problema e că tu nu ştii ce vrei de la viaţă. Ai fost plecat şi când te-ai întors, ai renunţat să mă mai cauţi. Ei bine, află că m-am săturat de comportamentul tău, Zain! De asta nu ţi-am răspuns, i-am zis în cele din urmă.

— Amy, tu nu mă mai vrei, aşa-i? m-a privit el trist.

— Tu ce crezi? l-am întrebat şi eu, întorcându-i privirea.

— Nu vreau să cred, vreau să fiu sigur – de asta am venit.

A luat o bere. I-am smuls-o din mână înainte să apuce s-o desfacă şi i-am interzis să mai bea. Atunci m-a ţintit cu privirea şi mi-a spus:

— Răspunde-mi, Amy, te rog!

În acelaşi timp, o lacrimă stingheră se prelinse pe obrazul lui, iar eu fusesem acolo s-o văd când s-a desprins din ochi şi s-o simt cu câtă durere a făcut-o. Asta m-a doborât. Lacrima lui picase ca un cărbune încins peste sufletul meu şi acum ardea mocnit. Era prea dureros ca să-i mai pot răspunde, aşa că am tăcut. La scurt timp, i-am zis că trebuie să mă duc să-mi încui uşa şi l-am rugat pe Zain să mă aştepte. Înainte să plec, însă, am adunat din maşină toate berile şi le-am aruncat. N-aş fi vrut să-l las singur nicio clipă, dar n-am avut de ales. Dispărusem ca măgarul în ceaţă şi mă temeam să nu rămân pe dinafară. Sam nu avea de unde să ştie că eu nu-mi luasem cheile, aşa că ar fi putut să încuie uşa şi să adoarmă. Bine că n-o făcuse. Am ajuns în

casă și l-am strigat pe Sam. Voiam să-i spun că plec din nou și că revin mai târziu. Dar nu mi-a răspuns. Am deschis încet ușa la camera lui. Patul era gol. Am aruncat o privire prin casă și am constatat că nu era nici urmă de Sam. Cât timp stătusem afară cu Zain, mașina lui Sam dispăruse și ea din parcare. Abia acum aveam să-mi dau seama că plecase, probabil să se plimbe. Dar nu l-am mai sunat să-l întreb unde este sau dacă mai vine și nici să-l anunț că încui și plec. M-am grăbit să cobor.

Pentru că nu mi s-a părut un moment potrivit să mai continuăm discuția, i-am spus lui Zain că o să-l conduc acasă și că vom vorbi a doua zi. Dar nici nu a vrut să audă. Mi-a spus că el a venit după un răspuns și că nu pleacă nicăieri până nu-l primește. M-a forțat să-i spun ce decizie luasem. Când Zain a aflat că am ales să pun capăt relației noastre, a refuzat categoric să-l mai conduc. A insistat să cobor din mașina lui până când am cedat. Dar nu aveam de gând să mă duc să dorm. M-am urcat în mașină și am pornit în urma lui, să mă asigur că va ajunge acasă cu bine. Deși era beat criță, conducea cu viteză mare. Nu se îndreptă spre casă ci o luă spre ieșirea din oraș. Mergeam cu teamă în urma lui. Gândul că în orice clipă i se putea întâmpla ceva nu se lăsa alungat pentru nimic în lume. Simțeam că înnebunesc.

Cu toate că rămăsesem în urmă, din depărtare încă îi mai zăream mașina. La un moment dat, Jeep-ul a ieșit brusc de pe șosea. Atunci m-a cuprins frica. Am înaintat cu prudență, rugându-mă lui Dumnezeu să nu se fi întâmplat vreo nenorocire. Dar dacă păţise ceva? Ce aveam să fac? Mintea mea nu găsea niciun răspuns şi mă bântuiau cele mai negre gânduri. Inima îmi bătea cu putere, prevestind doar nenorociri. Mă temeam tot mai tare de ce-aş fi putut să văd, dar n-am încetat nicio clipă să mă rog. Îmi doream cu toată fiinţa ca ceea ce-mi trecea prin minte să rămână doar închipuiri. Speram să fie aşa. Altfel, răspunsul pe care-l dădusem mai devreme s-ar fi întors împotriva mea pentru tot restul vieţii.

Toate temerile şi gândurile m-au secat de puteri în doar câteva clipe. Atât a durat până când am ajuns în locul de unde Zain dispăruse cu maşina în decor. În stânga pleca un drumeag ce se oprea pe marginea unui lac. Am oprit maşina în stradă şi am alergat pe drumul neasfaltat până când am ajuns la marginea lacului, unde se afla şi Zain. Coborâse din maşina pe care o lăsase pornită. Eram bucuroasă că nu păţise nimic. M-am dus spre el ca să-l iau în braţe. Dar n-am mai apucat. Înainte să-l prind, Zain s-a prăbuşit în apă. M-am îngrozit şi am intrat în panică. Nu pentru că apa era rece. Dar Zain nu ştia să înoate. N-am apucat decât să las cheia din mână şi, aşa îmbrăcată, am sărit după el. Norocul nostru a fost că Zain purta o geacă de fâş, care s-a umflat la contactul cu apa şi nu i-a dat voie să se scufunde. Am reuşit să-l prind şi să-l scot afară. Când m-am văzut cu el la mal, am simţit că m-am născut din nou. Nu l-am întrebat nimic. L-am sărutat şi i-am promis că n-am să mă despart de el niciodată.

Am parcat una dintre maşini şi l-am condus pe

Zain acasă la mine. Pe drum, n-a scos niciun cuvânt și a suspinat tot timpul. După ce am intrat în casă, s-a ghemuit în brațele mele și a început să plângă ca un copil. Spunea că l-am mințit și îi era teamă că până la urmă tot o să-l părăsesc. Îi repetam că nu se va întâmpla asta, dar Zain parcă nici nu mă mai auzea. A trecut ceva vreme până când a reușit să se calmeze. Într-un final, ne-am băgat în pat. Îl țineam la pieptul meu, iar Zain părea că doarme. I-am simțit chipul umed și l-am auzit că-mi spune:

— Nu mă lăsa, Amy, te rog!

— Zain, doar ți-am promis! Te rog să ai încredere, am încercat să-l liniștesc.

— Mă păcălești, habibi. Știu că de mâine n-ai să-mi mai răspunzi la telefon.

— Ba am s-o fac, i-am spus hotărâtă.

Într-un târziu l-a luat somnul. Când s-a trezit, era bulversat. Se simțea rușinat pentru ce făcuse. Dar eu puteam să-l înțeleg, pentru că știam, știam că dragostea nu e rațiune, ci nebunie curată. Dragostea te face să râzi, să plângi, să plutești de fericire și să arzi de durere. Tot ea te face să uiți, să ierți, să-ți încalci cele mai mari promisiuni și iarăși să promiți. Tocmai mi se întâmplase și mie. Cu toate că Zain îmi greșise de atâtea ori iar eu mă jurasem că am să pun capăt relației, nu m-am putut ține de cuvânt. Știam că el vărsase lacrimi de iubire, iar acestea îl mântuiseră de multe păcate. De atât de multe, încât i-am promis că nu mă voi despărți de el pentru nimic în lume. Apoi am clarificat totul cu privire la temerile lui și i-am explicat încă o dată cum s-a ajuns la această situație. Zain a

înţeles că nu l-am înşelat, iar eu am aflat că el mă căutase în aceeaşi zi în care ajunsese în România. Zain întârziase aproape o săptămână în China, iar eu nu ştiusem. Pur şi simplu nu apucase să mă mai anunţe.

Atunci am înţeles că soarta, care făcuse să se întâmple aşa, ne demonstra că, în viaţă, roata se întoarce. Zain gustase din amărăciunea de a fi părăsit fără explicaţii, iar eu tocmai simţisem disperarea care-l făcuse pe el să gonească sute de kilometri, când a auzit că mi-am tăiat venele.

Cât despre Sam, o perioadă n-am mai ştiut nimic de el. Din noaptea aceea, n-a mai revenit nici măcar cu un telefon. După câteva zile am încercat să dau de el, dar nu l-am găsit. Voiam să-mi cer scuze pentru felul în care reacţionasem atunci şi să-i explic ce se întâmplase de fapt. L-am lăsat în pace o vreme, apoi după vreo câteva luni l-am sunat din nou. Mi-a răspuns şi a acceptat să ne vedem. După ce am schimbat câteva impresii generale, Sam a dus discuţia într-o altă direcţie. Aşa am aflat că, de fapt, cu timpul, el făcuse o pasiune pentru mine. Nu îndrăznise niciodată să mi-o spună, pentru că ştia că mă aflam într-o relaţie. Dar când m-am oferit să-l găzduiesc, în sufletul lui s-a aprins flacăra speranţei. Sam şi-a imaginat atunci că nu mai aveam nicio obligaţie. De asta acceptase să stea la mine, dar şi fiindcă se gândise că sentimentul ar putea fi reciproc. Şi-a dat seama că nu era aşa abia în clipa în care, în seara cu pricina, s-a uitat pe fereastră şi m-a văzut că urcam în maşina lui Zain. Atunci a înţeles unde m-am grăbit şi de ce nu i-am spus ni-

ciun cuvânt atunci când am plecat, și l-a durut atât de mult încât a decis pe loc să plece și să nu se mai întoarcă. Regretam cele întâmplate, dar nu puteam să mă fac autoarea morală a iluziilor sau a decepțiilor lui Sam. El trebuia să-și imagineze că orice vis are un preț și că uneori se întâmplă să nu-l putem plăti decât cu dezamăgirea. Din păcate, pentru el tocmai ăsta a fost prețul, căci în momentul în care ne-am luat rămas bun, nici nu mi-am dorit să-l mai revăd vreodată.

### CAPITOLUL VI

În relația noastră se așternuse, în sfârșit, armonia. Zain devenise mult mai îngăduitor și părea să fi renunțat definitiv la năravul de-a mă lăsa cu ochii-n soare când îmi era lumea mai dragă. Chiar își revizuise comportamentul și asta m-a făcut să nu regret că l-am iertat de atâtea ori. Nici faptul că nu era doar al meu nu mă mai deranja atât de tare. Zain îmi stătea alături tot timpul și-mi oferea cele mai frumoase clipe. Sufletele noastre refăcuseră cunoștință cu împlinirea, iar amărăciunea de altă dată o tratam acum cu mult umor și romantism.

Zain și cu mine am petrecut sărbătorile de iarnă la munte. Acolo am fost martorii unor tradiții absolut încântătoare și împreună am trăit clipe de neuitat. Am făcut întreceri grozave cu săniile, iar Zain m-a învățat să schiez. Nu ne-am întors acasă imediat după încheierea sărbătorilor. Timp de câteva zile, ne-am plimbat și ne-am bucurat din plin de farmecul iernii. Am prins ninsori ca-n poveşti, am făcut oameni de zăpadă şi ne-am bătut cu bulgări. M-am simţit minunat şi m-am distrat ca pe vremea copilăriei, în preajma sărbătorilor de iarnă, când mergeam cu familia la bunici, în Moldova, şi toate lucrurile astea le făceam împreună cu sora mea.

La scurt timp după ce ne-am întors din vacanţă, l-am văzut pe Zain abătut. L-am întrebat ce se întâmplă cu el şi mi-a răspuns că nu se simte foarte bine. Am bănuit că starea lui ar fi putut avea legătură cu diabetul. I-am sugerat să meargă la un control. Deşi mi-a promis că va merge, după câteva zile am fost sigură că nu s-a ţinut de promisiune. M-am gândit că era bine să-l iau pe Zain de mână şi să-l duc chiar eu la doctor. Eram hotărâtă să-l conving să meargă cu mine. Între timp, am apucat să vorbesc cu Nadia şi aşa am aflat că, de fapt, realitatea era alta.

Zain îi povestise lui Yakub că soţia sa aflase de relaţia lui cu mine. Nu de mult, aceasta mă văzuse în maşină la Zain. Se întâmplase în timp ce noi aşteptam la un semafor, iar ea se afla într-un taxi, chiar în dreptul nostru. Ne-a văzut sărutându-ne şi a înţeles că nu eram nimeni alta decât iubita lui. Cel puţin asta fusese varianta expusă, în urma căreia Zain primise o mulţime de reproşuri. Am aflat tot de la Nadia că mai existau şi alte indicii care putuseră s-o conducă spre adevăr. Zain se văitase lui Yakub că nevastă-sa ar fi auzit şi în somn numele meu. Dar una este să-ţi imaginezi că bărbatul tău te înşeală şi alta să vezi cu ochii tăi. Căsnicia lor se afla într-un punct dificil. Nadia nu putuse

să-mi zică mai multe pentru că Yakub nu intrase în detalii. Dar pentru mine a fost suficient să-mi dau seama că, de fapt, ăsta era motivul pentru care stătea Zain abătut și că trecea printr-o perioadă tensionată, de vreme ce adevărul ieșise la iveală și de partea cealaltă. Chiar dacă s-a ferit să-mi spună că avea probleme în familie, iată că aflasem. Dar nu m-a deranjat că s-a ascuns de mine. Acum, însă, că știam lucrurile astea, chiar eram curioasă să aflu cum se va termina totul. Și până la urmă am aflat, dar tot prin intermediul lui Yakub, care s-a lăsat tras de limbă de către Nadia. Așa am auzit că, după o serie de discuții în care Zain a încercat să aplaneze conflictul, acesta s-a văzut nevoit să-i dea soției sale de ales. În cele din urmă, ea a ales să nu se despartă de el. Însă odată cu decizia asta, n-a avut decât să-l accepte pe Zain exact așa cum era – cu bune și cu rele.

Trecuse o vreme de când aflase și ea că soțul ei trăiește cu mine. Firește că nu-i convenea, mai ales dacă îl iubea așa cum îl iubeam și eu. Dar presupun că acceptase să treacă cu vederea lucrul acesta, în ideea că, într-o zi, Zain se va plictisi de mine și mă va părăsi. Asta nu s-a întâmplat. Dimpotrivă, relația noastră era minunată. Dar asta nu cred că mai știa nevastă-sa. Chiar mă întrebasem, atunci când auzisem că aflase de mine, ce ar fi făcut ea dacă ar fi avut o putere nemaiîntâlnită. Poate că m-ar fi spintecat, ar fi pus sare pe rană și apoi și-ar fi înfipt colții în mine. Sau ar fi invocat demonii să facă toate astea în locul ei. Sau, pur și simplu, poate că m-ar fi blestemat să am aceeași soartă ca și ea. Să

trăiesc lângă un bărbat care nu-şi doreşte un copil de la mine. Care insistă să fac avort atunci când află că am rămas însărcinată. Care se poartă frumos cu mine şi, dacă-l întreb, îmi spune că mă iubeşte, dar în realitate numai Dumnezeu ştie ce fel de iubire mai e şi asta. Care uneori mă strigă pe numele altei femei, şi cu toate astea se preface fericit în căsnicie. Care doarme lângă mine şi, în somn, se întâmplă să pronunţe numele aceleiaşi femei. Care, deşi trăieşte în casă cu mine, nu e mai mult decât un musafir. Care nu apucă să-mi vorbească, pentru că „treburile" îi ocupă tot timpul. Care, în cele din urmă, îmi recunoaşte că una dintre „treburi" poartă un nume de femeie – acelaşi pe care l-am auzit din gura lui de câte ori vorbea cu mine şi se gândea la *ea*... Sau, cine ştie ce altceva ar fi făcut soţia lui. Dar oricum nu m-ar fi îmbrăţişat. Doar eram intrusa, cea care-i ameninţa căsnicia şi care se bucura acum în locul ei de dragostea lui Zain.

Stăteam în pat şi mă uitam, împreună cu Zain, la un film. Tocmai primisem un mesaj şi l-am rugat pe Zain să-mi dea telefonul de pe noptiera de lângă el. Văzuse că era de la Felix şi a fost curios să vadă ce scria: „Salut, iubita, crezi că poţi veni mâine seară", mă întrebase colegul meu, care pregătea o petrecere de ziua lui la un club. Felix spunea „iubita" tuturor colegelor noastre, aşa că nu mi s-a părut nimic deplasat în ceea ce-mi scrisese. Toate fetele din grupă care nu-şi confirmaseră încă prezenţa au primit atunci un mesaj identic de la Felix. Numai că Zain nu ştia despre toate astea. Întreaga săptămână mă ţinusem să-i spun că sâmbătă eram invi-

tată la ziua unui coleg, dar uitasem de fiecare dată. Când Zain a văzut mesajul, a făcut o criză de gelozie. Cum putea un băiat oarecare să mi se adreseze altfel decât mă chema, se întreba el. I-am explicat apoi despre ce era vorba, dar n-am fost sigură că m-a crezut. În noaptea aceea, Zain a plecat supărat de la mine. Nu l-am sunat deloc a doua zi. Dacă-i va trece supărarea, atunci mă va suna el, mi-am spus, și apoi am căutat să-mi fac de lucru. După ce mi-am făcut ordine prin îmbrăcăminte, m-am apucat să fac același lucru și în sertarele noptierelor, prin care se adunaseră tot felul de chestii nefolositoare. Am luat fiecare obiect la mână, aruncând ceea ce nu mai aveam nevoie. Când mi-am terminat treaba, se făcuse deja ora trei. Zain tot nu mă sunase. Reușise să mă enerveze. M-am urcat în mașină și-am plecat la cumpărături. Îi spusesem lui Felix că voi veni la ziua lui și voiam să-i cumpăr un cadou. Plecasem cu gândul să-i iau un parfum. Între timp, am văzut o rochie care mi-a plăcut și am cumpărat-o. Nu mi-au mai ajuns banii și pentru parfumul lui Felix, dar i-am cumpărat o agendă și un pix personalizate. Până la urmă, m-am gândit că erau mai utile unui viitor jurnalist și că gestul conta mai mult decât cadoul în sine. Trecuse ceva vreme până să m-adun de pe drumuri. Ajunsă acasă, mi-am făcut repede un duș, după care am sunat-o pe Pamela. Ne vorbisem să mergem împreună la ziua lui Felix și rămăsese să stabilim ora.

Nu după mult timp, a trebuit să plec de acasă și să trec s-o iau pe prietena mea. Zain tot nu mă sunase, dar nu voiam să mă mai gândesc la el. În

noaptea asta îmi propusesem să mă simt bine. Am dat drumul la muzică şi am început să mă machiez. După ce mi-am aranjat părul, am îmbrăcat rochia cea nouă. Era foarte scurtă, dar nu-mi stătea rău. Dimpotrivă. Mă priveam în oglindă şi nu-mi venea să cred că sunt eu. Era prima oară când renunţam la pantalonii stretch sau la rochiile lungi şi elegante cu care mă îmbrăcam când era vorba să merg la vreo petrecere. Rochia asta neagră era croită să cadă în valuri, de la bust până la coapse, iar împrejurul şoldurilor avea o cusătură lată, ca o curea, pe care erau aplicate paiete aurii şi negre. Bustul meu se bucura acum de un decolteu generos, cu care încercam să mă obişnuiesc. Trebuia să fiu atentă la mişcări, ca să nu mă trezesc cu vreun sân pe-afară. Înainte să plec, am simulat un dans în oglindă, ca să-mi dau seama cam ce mişcări mi-ar permite decolteul . Între timp, am auzit două bătăi în uşă, apoi imediat şi soneria. M-am uitat la ceas: trecuse cam un sfert de oră de când trebuia să fiu la Pamela. Chiar atunci m-a sunat şi ea, dar nu i-am mai răspuns. Mi-am imaginat că este la uşă, aşa că m-am grăbit să deschid. Poate că se plictisise acasă şi venise la mine să mă ia, fără să mă anunţe.

Nu mi-a venit să cred când am văzut că, de fapt, altcineva se plictisise. De cum am deschis, Zain s-a grăbit să intre. Ce păţise de mă trezisem cu el la uşă? Zain era supărat pe mine şi, din câte ştiam, nu proceda aşa la supărare. Sau poate că mă înşelam. Totuşi, mi s-a părut ciudat că nu mi-a răspuns când l-am salutat. Apoi mi-am dat seama că era prea uimit de apariţia mea, ca să mai poată face

asta. Când a intrat, Zain s-a oprit în fața mea, la un pas distanță, mi-a aruncat o privire din cap până în picioare, după care mi-a spus:

— Ești foarte sexy în seara asta. Mergi undeva?

— Să-ți fie rușine!, i-am retezat-o eu.

— Am spus ceva greșit?

— Ai făcut ceva greșit. Nu m-ai sunat toată ziua!

— Nici tu!

— N-am vrut să te deranjez, Zain.

— Uau, ce grijulie ai devenit de la o vreme, mi-a spus în timp ce m-a prins de talie și m-a tras aproape de el, ca să mă sărute.

M-am eliberat din brațele lui. I-am zis că trebuie să plec și că n-am nimic împotrivă dacă vrea să meargă cu mine la ziua lui Felix. Zain nu voia să vină și mi-a spus că nici el nu se împotrivește ca eu să plec. Cu o condiție: să-mi schimb rochia.

Am refuzat să fac asta. Zain și-a vârât un deget în decolteul meu și mi-a dezgolit un sân.

— Așa vrei tu să mergi în club?

— Nu. Uite așa, i-am răspuns, după ce mi-am aranjat rochia la loc.

Zain a insistat, dar eu l-am refuzat categoric. M-a tras aproape de el și a început să mă sărute. Voiam să mă smulg din brațele lui ca să-mi protejez părul și machiajul. Dar m-a luat pe sus și m-a dus în pat, unde m-a imobilizat. Se așezase deasupra mea și mă forța să îl sărut. N-am avut putere să mă lupt cu el și i-am strigat să mă lase în pace. Dar Zain parcă nici nu auzea. Renunțasem să mă mai zbat și acum stăteam ca o mumie. Speram că așa se va enerva și se va opri. Însă pe Zain nu-l deranja

atitudinea mea. Mă sărută pe gât în timp ce se dez-
brăcă şi se lăsă uşor în jos, urmărind degetele care
se proptiseră în decolteu. S-a ajutat apoi de cealal-
tă mână şi mi-a sfâşiat rochia, eliberându-mi sânii,
din care a început să se înfrupte cu poftă. Când m-a
pătruns, am închis ochii şi i-am spus că n-am să-i
mai deschid până ce nu-şi va termina treaba, pen-
tru că nu vreau să-l mai văd. Eram nervoasă că-mi
rupsese rochia şi acum voiam să-l enervez şi eu pe
el. Dar replica lui a fost:

— Nu-i nimic, voi rămâne aşa până ce mă vei
privi din nou.

— Atunci, pe mâine, i-am zis în timp ce am căs-
cat ca şi cum mi se făcuse somn.

— Ştiam eu că-ţi place, mi-a răspuns ca un
ştrengar.

Era adevărat, dar nu voiam să-i recunosc. Mă
abţineam cât puteam să nu schiţez vreun gest, pen-
tru că în realitate l-aş fi făcut să vibreze de plăcere.
Dar nesuferita aia de raţiune mă îndemna să nu
rămân datoare. Mă îndemna să-i stric lui Zain tot
cheful, chiar dacă asta însemna să mă sacrific şi pe
mine. Am văzut însă că lui nici prin cap nu-i trecea
să se lase intimidat. Mişcările lui deveniseră şi mai
intense, de parcă ar fi vrut să-şi facă loc şi să intre
cu totul în mine. Nu mai puteam ascunde faptul că-
mi plăcea, dar încă mai voiam să-l enervez. Şi nu
mi-a venit decât o singură idee. Am deschis ochii
şi l-am pocnit cu palma pe obraz. M-am prefăcut
că tocmai mi-a stârnit râsul şi apoi l-am întrebat:

— Asta-i tot ce poţi face?

Zain nu mi-a răspuns, dar nici nu s-a enervat că

l-am pocnit aşa de tare. A ieşit din mine, s-a ridicat în genunchi şi m-a întors cu spatele la el. Mi-a înfipt o mână în păr şi una în talie şi m-a adus în poziţia dorită de el. A început apoi să mă penetreze şi mai adânc decât o făcuse până atunci. Mă simţeam ca o iapă posedată de un armăsar. Zain înteţise ritmul iar eu smunceam din şolduri. Prinsesem cearşaful cu mâinile şi îl strângeam cu putere. Ţipam, dar îmi plăcea durerea pe care mi-o provoca. Gemetele lui înăbuşite mi-au dat de înţeles că Zain e gata să juiseze. Dar s-a controlat. A ieşit iarăşi din mine şi m-a întors cu faţa la el. În timp ce mă săruta, m-a penetrat din nou. De data asta a făcut-o încet, ca să-şi menţină controlul. Am început apoi să-l provoc, vorbindu-i obscen. Îmi plăcea să mă joc cu mintea lui. Zain îşi intensifică mişcările şi cu greu reuşi să se mai controleze. L-am împins afară din mine şi am început să mă masturbez. M-a penetrat din nou, provocându-mi valuri de plăcere. Apoi a terminat şi el. În cele din urmă, m-am abandonat în braţele lui şi toată noaptea am dormit neîntoarsă.

După câteva zile, i-am oferit lui Felix cadoul şi i-am cerut scuze că n-am mai ajuns la ziua lui. M-a înţeles, dar îi părea rău că ratasem petrecerea. Pamela însă n-o făcuse şi îmi povestise că se distrase de minune.

De mult timp nu mă mai simţisem aşa. Mă trezisem tare prost dispusă. Avusesem o noapte agitată, plină de vise urâte. Nu mă odihnisem deloc bine şi din cauza asta nu prea aveam chef de nimic. Nici măcar să mă ridic din pat, darămite să mai merg şi la facultate. Şi nu m-aş fi dus, mai ales că era vineri

şi aveam şi nişte ore plictisitoare. Dar m-am gândit că o să mă simt mai bine dacă voi ieşi din casă, aşa că m-am îmbrăcat repede şi am plecat. Asta mi-a prins bine, fiindcă până pe la prânz aproape că-mi revenisem. La facultate mă întâlnisem cu Pamela şi numai ea reuşise să mă scoată din starea aceea. Cu o seară în urmă fusese cu Felix la restaurant şi mi-a spus că, în timp ce stăteau de vorbă, acesta i-a atras atenţia că-i ieşise sfârcul la aer. Când am auzit-o, m-a bufnit râsul. Dar, la cât de decoltată se purta Pamela de obicei, nici nu m-am mirat că i s-a întâmplat una ca asta. Apoi mi-a spus că Felix e acum iubitul ei. M-am bucurat să aud asta şi am felicitat-o.

Între timp, mi-am amintit că nu vorbisem cu Zain până la ora aceea. Nu mă sunase, aşa că am zis să-l sun eu. Dar n-am mai făcut-o. Mi-am dat seama că, de fapt, nu aveam telefonul la mine. Plecasem grăbită şi îl uitasem acasă. Dar când am ajuns acasă, primul lucru pe care l-am făcut a fost să pun mâna pe telefon şi să mă uit la apeluri pierdute. Nu aveam decât unul singur, iar acela era de la mama. Chiar m-am mirat că Zain nu mă căutase. Nu se mai întâmplase de foarte mult timp ca Zain să nu mă sune până la amiază. M-am gândit apoi că poate fusese foarte ocupat. Nu era exclus. Tocmai de aceea l-am sunat eu. Nu mi-a răspuns, aşa că mi-am văzut mai departe de treabă. Am făcut ordine prin casă, mi-am călcat nişte haine, am vorbit puţin cu Nadia şi în cele din urmă m-am apucat să scriu un referat de care aveam nevoie la facultate.

Aproape că se înnoptase până am terminat de scris, iar Zain tot nu dăduse vreun semn. Atunci

l-am sunat iarăşi. L-am apelat de câteva ori la rând, dar n-a fost chip să-mi răspundă. Mă apucaseră nervii şi nu mai ştiam ce să cred. Dacă Zain ar fi avut vreo problemă, mă gândeam că ar fi trebuit să-mi trimită măcar un mesaj şi să-mi spună că nu poate să vorbească. El însă nu mi-a dat niciun indiciu, aşa că m-am gândit să încerc să aflu din altă parte. Am sunat-o pe Nadia, să vad dacă ştia ea ceva. Dar când am văzut că nici ea nu-mi răspunde, am simţit că înnebunesc. Chiar nu mai înţelegeam ce se întâmpla cu oamenii ăştia. Parcă se vorbiseră să nu-mi răspundă. Acum chiar că nu mai aveam stare. Aveam nevoie să vorbesc cu cineva despre asta şi am sunat-o pe Pamela, care mi-a răspuns imediat. Când i-am zis că vreau să vorbim, m-a invitat la ea acasă. M-am îmbrăcat repede şi am plecat. Pe drum, mi-a venit o idee. Ştiam unde locuieşte Zain chiar de la el, fiindcă îmi arătase mai demult. Aşa că, în drum spre Pamela, am zis să trec prin faţa blocului său şi să văd dacă maşina lui era acolo. Dacă ar fi fost aşa, indiferent ce se întâmplase, măcar aveam certitudinea că Zain era acasă. Când am trecut pe acolo, n-am văzut nicio maşină. L-am mai sunat o dată, dar tot nu mi-a răspuns. Am simţit că mă trec transpiraţiile de nervi. Am plecat mai departe, dar nu m-am dus direct la Pamela. În drumul meu mai era un restaurant, unde Zain obişnuia să meargă cu mine. Am trecut şi pe acolo, să văd dacă nu cumva îi zăresc maşina prin parcare. N-am văzut-o. M-am dus la Pamela, şi când am ajuns la ea, am sunat-o şi am rugat-o să coboare. Nu i-am zis ce aveam de gând. I-am zis

doar că vreau să vină să mă ia din fața blocului, iar ea a coborât de îndată. Dar nu era singură, ci cu verișoara ei, care urma să rămână la ea peste noapte. Le-am rugat să urce în mașină și să meargă cu mine, să-l căutăm pe Zain. Pamela ar fi vrut să meargă să se schimbe, era în pijama, dar n-am lăsat-o. I-am spus că mă grăbesc. I-am explicat mai apoi că n-am dat de Zain întreaga zi și că aveam impresia că-și luase din nou o pauză. Și i-am mai spus că, dacă acesta n-a părăsit orașul, am să-l găsesc oriunde s-ar afla și o să-l fac să-mi dea o explicație, oricare ar fi aceea.

Am pornit numaidecât pe urmele acului din carul cu fân. Urma să trec prin fiecare loc în care știam că obișnuiește să meargă cu prietenii lui. Înainte de asta însă, am zis să mai verific o dată locurile prin care trecusem deja, ca să mă asigur că Zain nu a ajuns în urma mea pe acolo. Le-am spus și fetelor după ce marcă de mașină să se uite și apoi ne-am îndreptat spre Clona – restaurantul care ademenea din depărtare cu mirosul parfumat al narghilelelor. Cu puțin timp înainte de a intra în parcare, Pamela, care stătea mai mult tolănită pe bancheta din față, a sărit ca arsă. Văzuse un jeep negru ce ședea semeț printre limuzine. Imediat am auzit-o că strigă:

— Uite, Amy, cred că aia e mașina lui Zain!

M-am uitat, deși parcă refuzam să cred una ca asta. Mai erau și alți oameni care aveau mașini la fel, așa că ar fi putut fi o coincidență. Dar când m-am apropiat și am văzut numărul, am simțit că mă transform într-o locomotivă cu abur. Mașina aceea era a lui Zain, iar mie îmi venea acum să urlu

de nervi. Toată ziua mă temusem că Zain ar putea să aibă vreo problemă de nu mi-a răspuns și acum aveam să constat că problema lui era să se distreze fără mine. Și n-aș fi avut nimic împotrivă dacă asta era ceea ce-și dorea. Dar m-a înfuriat faptul că refuzase să-mi vorbească, și de data asta chiar că o făcuse fără niciun motiv.

— Ticălosul! am strecurat printre buze.

Am oprit mașina în mijlocul parcării și am coborât. Le-am rugat pe fete să mă aștepte, iar eu m-am îndreptat cu pași repezi spre restaurant. Eram atât de nervoasă încât, deși nu aveam idee cum voi face asta, în gând, mi-am spus totuși:

— Am să-l fac să regrete amarnic ziua în care m-a cunoscut!

Când am intrat în restaurant, mi-am aruncat privirea prin mulțime direct la masa de lângă fereastră. Aceea era tot timpul rezervată pentru Zain și prietenii săi. Am văzut că era ocupată, dar nu vedeam prea clar de către cine. În încăpere era o lumină slabă, iar de lângă ușă – de unde eram eu, și până acolo, era ceva distanță. M-am strecurat printre oameni și m-am îndreptat într-acolo. Mi-aș fi dorit să mă fac nevăzută până la masă, ca să-l surprind pe Zain și mai mult. Dar n-am avut noroc. Cu toate că eram pentru prima oară nemachiată, îmbufnată și în trening, vocalistul formației m-a zărit între timp. Apoi, printr-o dedicație, tot el a fost cel care a dat de veste că mi-am făcut apariția. În momentul acela interpreta chiar melodia lui Fadel Shaker – Ya Ghayeb[1]. Când veneam împreună

---

1 Tu, care ești departe.

cu Zain la *Clona*, acesta îmi dedica de fiecare dată melodia. Întotdeauna însă, îl vedeam că făcea asta cu ochii scăldați în lacrimi de fericire. Nici acum nu mă îndoiam că Zain mă iubește, dar nu înțelegeam totuși de ce uneori alegea să se comporte așa.

De îndată ce m-a văzut, cântărețul mi-a zâmbit. A continuat să cânte și, cu brațul larg deschis, m-a invitat să iau parte la petrecere. Tot printr-un zâmbet, chiar dacă mai constrâns, mi-am arătat la rândul meu recunoștința. Apoi am mers mai departe prin mulțimea ce-mi luase seama datorită primirii pe care o avusesem. Dar tot ce voiam acum era să ajung mai repede la Zain. Îl ochisem deja și am văzut că fuma o narghilea. Aruncasem o privire și la prietenii lui, care-mi zâmbeau cam sfios. Mi s-a părut că mă priveau de parcă aș fi fost o placă tectonică pe punct de ciocnire, în loc de Amalia. Pesemne că furia mi se citea pe față. Cu toate astea, când m-a văzut, Zain afișă tot atâta ironie câtă ar fi încăput într-o mie de state unite ale ironiei. Atitudinea lui m-a scos din minți și mai tare.

Lângă Zain stătea un prieten de-al său. Când am ajuns la masă, acesta s-a ridicat și m-a poftit lângă iubitul meu. Agitată cum eram, m-am împiedicat de piciorul măsuței și am aterizat direct în fund, pe canapeaua aceea joasă ce definitiva aspectul marocan al restaurantului. Apoi m-am apropiat de Zain și i-am șoptit:

— Bună, deranjez?

— Deloc, Amy! Sunt chiar încântat, mi-a răspuns el ironic.

— Observ, i-am zis eu. Ce făceai pe aici?

— Te așteptam! Chiar m-am mirat când am văzut că nu mai ajungi, mi-a spus apoi, ca dovadă că se simțea ofensat că am venit după el.

— Am vrut să te anunț că mai întârzii, dar nu mi-ai răspuns, i-am replicat.

— Scuze, n-am auzit, a zis el.

— Înțeleg. Totuși, de ce nu m-ai sunat tu?

— N-aveam cum. Am uitat să-mi plătesc factura, m-a persiflat el cât ai zice pește.

— Și? Lasă-mă să ghicesc! N-ai putut să mă suni de pe un alt telefon pentru că, din greșeală, mi-ai șters numărul pe care n-ai reușit să-l reții vreodată. Corect? l-am întrebat.

— Uimitor! Cum ai ghicit, Amy?

— Zain, lasă ironia și spune-mi sincer. Mâine o să-mi răspunzi la telefon sau nu?

— Păi, ce motiv aș avea să n-o fac?

— Zain, astăzi m-am convins că ție nu-ți trebuie motiv. Dar dacă tot m-ai pus pe drumuri, ar fi și păcat să nu-ți dau unul.

M-am ridicat să plec. Între timp, am luat la întâmplare un pahar cu whiskey de pe masă și l-am împroșcat cu furie pe Zain. După asta, însă, am luat-o din loc și am ieșit în grabă pe ușă. Nu după mult timp, l-am auzit pe Zain strigând:

— Amyyy, oprește-te!

Strigătul lui a țâșnit ca o săgeată prin mine. Dar nu i-am răspuns și nici nu m-am oprit. Mi-am aruncat numai o privire peste umăr și am văzut că Zain se ținuse după mine, iar Yakub după el. Aproape că-mi venea să râd. În ipostaza asta, parcă eram rupți din desene animate. Începând cu Yakub, ară-

tam de parcă am fi fost Spike, Tom şi Jerry. În sinea mea, mă temeam de reacţia pe care ar fi putut s-o aibă Zain dacă m-aş fi oprit. Şi asta pentru că, până atunci, nu-l văzusem furios nici măcar puţin, darămite atât de furios. Şi totuşi, prin dreptul maşinii mele, Zain m-a prins din urmă. Am mai făcut câţiva paşi şi am întins mâna să deschid portiera. Atunci Zain m-a apucat de cealaltă mână, m-a tras de am făcut stânga împrejur şi am dat nas în nas cu el. A arătat apoi cu degetul spre hainele sale ude şi m-a întrebat:

— Ce-i asta, Amy?

— Whiskey cu gheaţă, dacă nu mă înşel, i-am răspuns eu cu îndrăzneală.

Zain m-a strâns cu putere de mână şi s-a răstit la mine printre dinţi:

— Amalia, ştii ce mi-ai făcut tu acum? Silă!

— Ce coincidenţă, i-am spus eu în timp ce m-am smuls din strânsoarea lui.

După aceea am urcat în maşină şi am pornit. Yakub mi-a făcut cu mâna şi apoi, ca un consilier în probleme de amor, a început să-i vorbească lui Zain. Pe drum, le-am povestit şi fetelor toată întâmplarea. Şi chiar dacă m-am amuzat odată cu ele, în suflet numai Dumnezeu ştia ce port. Mâhnirea apăruse acolo ca o buruiană după ploaie, umbrindu-mi fericirea. În clipa aceea mi-aş fi dorit să vărs un potop de lacrimi, ca să distrug toată amărăciunea. Dar nu puteam. De nervi, nu mai aveam lacrimi nici cât să-mi limpezesc ochii.

A doua zi, cam pe la prânz, m-a sunat şi Nadia. Mi-a spus că e în drum spre mine, aşa că m-am îm-

brăcat și am plecat de la Pamela, care insistase să rămân la ea peste noapte. Eram nerăbdătoare să-i povestesc și Nadiei ce mi se întâmplase. Apoi am aflat că, de fapt, Nadia știa povestea, doar că nu-i venea să creadă că totul trecuse pe lângă ea.

Nadia mi-a spus că în seara aceea era și ea la *Clona*. Adusese cu ea o prietenă, și pentru că acesteia i se făcuse rău de la băutură, Nadia o însoțise la toaletă. De asta ratase întâmplarea. Tot ea mi-a spus că, în clipa în care s-a întors de acolo, a văzut că nimeni nu se mai distra. Prietenii lui Zain erau împrăștiați, unii pe la ușă, alții pe lângă masă și nici urmă de Yakub. Atunci s-a îndreptat și ea spre ieșire, ca să vadă dacă nu cumva Yakub era pe afară. La ușă însă a întâmpinat-o „reporterul", un arab, prieten de-al lor, pe lângă care nu trecea nici cel mai mic eveniment fără ca el să-i dea amploare și apoi să-l povestească mai departe. Toți băieții știau la cine să apeleze în cazul în care doreau să afle ceva. Reporterul le stătea oricând la dispoziție, cu știri grele, știri ușoare, știri de ultimă oră sau știri de specialitate. Pentru fiecare categorie în parte, uneori, el deținea informații cât pentru un jurnal întreg. Din cauza asta, băieții îl porecliseră așa.

Nadia însă mi-a spus că, în seara aceea, reporterul a fost și un fel de polițist, pentru că, atunci când ea a vrut să iasă din restaurant, el a oprit-o. Apoi i-a zis:

— Nu ieși, Nadia! Stai aici, că afară e scandal mare!

— Ce? l-a întrebat ea mirată.

— E mare scandal, n-auzi? a repetat el.

Când a auzit una ca asta, Nadia s-a gândit că era vorba despre niște derbedei care s-au luat la încăierat și atunci, speriată, a întrebat:

— Păi, și Yakub unde e?

— Cum adică unde e? S-a dus după Zain, a informat-o el.

— Unde s-a dus după Zain, acasă? l-a întrebat ea, știind că Zain nu venise acolo.

— Nu, Nadia, afară! N-ai auzit că e scandal mare?

— Am auzit, mă, că e „scandal mare, mare scandal". Da' spune-mi și mie, cine dracu' a făcut scandal? a întrebat Nadia nervoasă, în cele din urmă.

— Păi tu n-ai aflat încă? a întrebat-o și el la rândul lui, după care s-a apucat să-i povestească:

— Amy tocmai a fost aici. A venit după Zain, care ajunsese cu numai zece minute înaintea ei. Au discutat puțin și mai departe nu-mi dau seama ce s-a întâmplat. Cert e că Amy a luat un pahar cu whiskey de pe masă și dintr-o dată l-a împroșcat pe bietul Zain. După asta, Amy a șters-o de aici și Zain a plecat după ea. Atunci s-a ridicat și Yakub de la masă și s-a dus după ei, ca nu cumva să se întâmple vreo mare nenorocire.

Nadia mi-a spus că, după ce reporterul i-a expus situația, s-a simțit de parcă picase din lună. Se întreba cât timp o fi lipsit de la masă, de n-a știut nici măcar faptul că Zain apăruse acolo. Dar asta nici nu mai conta. Nadia fusese atât de nostimă când l-a parafrazat pe reporter, că nu mai reușeam să ne oprim din râs. Ea spunea că reporterul, care a comentat apoi situația, părea șocat de cele întâmplate. Pesemne că în percepția lui fusesem atunci

un fel de vrăjitoare, care venise să-l necăjească pe băiatul bun. Iar Zain, nesuportând să se lase oropsit, a ales să se transforme într-un zmeu şi să-şi ia zborul la vânătoarea de vrăjitoare. Nadia, însă, nu înțelegea un lucru. Ce aştepta reporterul tocmai în pragul uşii? Dar pentru mine n-a fost prea greu să-mi dau seama. Aştepta să se întoarcă zmeul, ca să-i ia interviu. Şi dacă zmeul s-ar fi întors şi cu vrăjitoarea în dinţi (pe post de trofeu), reporterul ar fi putut face din asta mai mult decât o ştire. Dar n-a prea avut noroc. Până la urmă, din povestea lui, zmeul nu s-a întors decât cu hainele puţin mai zvântate şi foarte nervos. Nadia mi-a spus apoi că, atunci când a revenit, Zain nici măcar nu l-a băgat în seamă pe reporter. A trecut pe lângă el ca şi când acesta nici n-ar fi existat şi s-a dus direct la masă. Şi-a luat iarăşi narghileaua şi a început să fumeze de parcă era o locomotivă pe abur. Tot Nadia mi-a spus că Zain n-a mai stat foarte mult apoi şi a plecat. Când am auzit asta, m-am bucurat. Ar fi fost nedrept ca eu să sufăr şi el să se distreze.

Câteva zile mai târziu, m-am trezit copleşită de tristeţe. Zain nu mă mai căutase de atunci şi parcă îmi pierdusem şi speranţa c-o va mai face. Eram conştientă că, reacţionând aşa cum o făcusem, am întrecut măsura. Dar nu regretam. Făcusem ceea ce am simţit. Regretam în schimb faptul că mă simţeam a nimănui de fiecare dată când Zain mă părăsea. Prietenele mele ştiau asta şi în astfel de momente aveau grijă să-mi fie alături. De fiecare dată, Pamela căuta să facă ceva care să-mi înlăture starea aceea de spirit. Acum, spre exemplu, mă

invitase la o şedinţă de spiritism, acasă la ea. Şi m-am dus. Mai făcuserăm asta şi era amuzant să vorbim cu spiritele. De fapt, era un fel de intervievare, căci noi le puneam întrebări, aşteptând ca ele să ne răspundă. Şi cum întrebările nu erau chiar în număr mic, aveam ceva de aşteptat. Acum însă bănuiam că va merge mult mai repede. Eu, cel puţin, nu voiam să ştiu decât dacă aveam să-l mai revăd pe Zain, după toată povestea asta. E adevărat că, până atunci, spiritele nu ne vorbiseră la propriu şi nici nu speram s-o facă vreodată. Dar noi voiam să credem că uneori îşi făceau simţită prezenţa. În cameră mai trosnea câte o piesă de mobilier sau televizorul. Căutam apoi să dăm înţeles acelor zgomote. Şi câteodată chiar reuşeam. De data asta însă am constatat că nu s-a auzit nici măcar o muscă prin cameră. Nu trosnise nimic în afară de articulaţiile noastre, atunci când ne ridicasem din poziţia de meditaţie. A fost pentru prima oară când spiritele ne-au ignorat. Sau poate nu. Poate că-şi luaseră concediu şi-au uitat să ne anunţe. Nu ne-am supărat, dar tot nu am renunţat la curiozităţile noastre. Ca nişte fete descurcăreţe ce eram, ne-am gândit să ne căutăm răspunsurile în altă parte. Aşa că, am ajuns la o ghicitoare. Ne-o recomandase o prietenă de-a Pamelei şi, deşi era o femeie de vârsta a treia, chipul ei nu lăsa să se vadă asta. În plus, era ospitalieră şi deosebit de agreabilă. Am fost încântată s-o cunosc, mai ales că auzisem că ştia să ghicească destul de bine viitorul în cafea. Când am ajuns la ea, i-am spus exact ce voiam să aflu. Femeia mi-a pregătit o cafea şi, în timp ce-am

băut-o, i-am povestit și ei pe scurt despre cum s-a terminat relația mea cu Zain. Când a auzit ce-am fost în stare să-i fac lui Zain de față cu toată lumea, femeia s-a crucit și apoi mi-a spus:

— Draga mea, ai avut noroc că omul ăsta a reacționat ca un adevărat cavaler. Cinste lui!

După ce s-a uscat zațul, a luat ceașca și a început să se uite cu atenție în ea. Primul lucru pe care mi l-a spus a fost că Zain mă iubește. Știam asta și indiferent de ce se întâmplase între noi, nu puteam să neg acest lucru. Dar mai știam, de asemenea, că unii oameni au tendința să-și înfrunte sentimentele și să-și urmeze rațiunea. Asta mă interesa de fapt să aflu. Dacă după această întâmplare, Zain avea să-și mai urmeze vocea inimii sau dimpotrivă. Îmi doream să scap de incertitudine, ca să pot să-mi eliberez gândul rămas captiv în amintirile cu Zain. Din cauza asta, aveam nevoie de acest răspuns. Ca să pot să-mi continui visul sau, dacă nu, măcar să-mi construiesc altul. Altceva parcă nici că mai voiam să aud. Și totuși, femeia mi-a dat câteva informații cu privire și la alte aspecte. Apoi m-a întrebat:

— Amalia, Zain poartă ochelari?

— Nu, i-am răspuns.

— Atunci va purta, și-ai să te convingi de asta. Să știi că o vă împăcați cât de curând, mi-a spus. Apoi a continuat:

— Ține minte! Peste un punct, care poate fi o săptămână sau o lună, ai să-l vezi pe Zain chiar în fața casei tale. Vă văd îmbrățișați, mi-a mai zis.

— O să-l văd cu ochelari la ochi? am întrebat atunci mirată.

— Păi, doar nu cu ei în mână, a răspuns femeia, zâmbind.

Atunci i-am zâmbit și eu și m-am arătat mulțumită de ceea ce-mi spusese. În sinea mea însă eram aproape sigură că ghicitoarea se înșelase. Cel puțin într-o privință: Zain nu purta ochelari de vedere, iar de soare, nici atât. Spunea că pe el nu-l deranjează soarele, ci ochelarii, că-i întunecă privirea. De altfel, nici nu văzusem să aibă vreun astfel de accesoriu.

După ce am plecat de la ea, m-am amuzat totuși pe seama acestui fapt. I-am spus Pamelei că ghicitoarea mi-a prezis că se apropie o eclipsă de soare. N-am putut să mă abțin să nu râd, pentru că Pamela m-a privit de parcă vorbisem limbi străine. Apoi m-a întrebat ce legătură are asta cu ceea ce voiam eu să aflu. După ce i-am povestit însă, ce mi-a spus de fapt femeia despre Zain, dar și care era realitatea, Pamela a înțeles, până la urmă, care putea fi legătura. Dacă într-adevăr aveam să-l văd pe Zain purtând ochelari, atunci se datora unui fapt important. De exemplu, un eveniment astronomic.

Câteva zile mai târziu Pamela a vrut să mergem în club, iar eu am sunat-o și pe Nadia. Mi-a spus că nu va ieși cu Yakub, așa că a mers și ea cu noi. În seara aceea ne-a însoțit și un vechi prieten de-al Pamelei, pe care mi-l prezentase și mie mai demult. Era turc și „turcul" îi rămăsese numele. De câțiva ani trăia în România, unde se ocupa de afacerea lui cu fructe și legume, pe care le importa din Turcia. Pamela îl cunoscuse la o petrecere, după ce se despărțise de iubitul ei, și și-a dorit să aibă o

relație cu el. A încercat, dar nu a fost să fie. În cele din urmă, au rămas prieteni.

Cu toate că în club era o atmosferă plăcută, n-am petrecut foarte mult timp acolo. Ne-am întors cu toții acasă la mine și am stat de povești până dimineața. Turcul ne-a povestit cele mai amuzante întâmplări din viața lui, făcându-ne să râdem până am trezit vecinii. Spre dimineață, vecinul de deasupra s-a supărat atât de tare, că nici n-a mai adormit. Bătea când în calorifer, când în pardoseală, de mi se clătina lustra, în speranța că vom face liniște. Dar n-am făcut. După atâtea zile în care mă perpelisem de dorul lui Zain, merita și sufletul meu să se răcorească puțin. Noroc cu băiatul ăsta, c-a avut ce să ne povestească.

Nici n-ai fi zis că turcul avea doar douăzeci și șase de ani. Trăise atâtea experiențe, și mai bune, și mai rele, încât părea cu zece ani mai în vârstă. Se căsătorise cu o turcoaică de la cincisprezece și, un an mai târziu, avea deja doi băieți gemeni. De atunci, fusese nevoit să-și ia viața în propriile mâini, pentru că părinții lui n-au avut cu ce să-l ajute. Pornise de la zero și a trebuit să lucreze orice ca să aibă cu ce să-și întrețină familia. Pentru un ban în plus, a ales să-și riște viața, acceptând să lucreze ca recuperator pentru mafioți. Mai târziu, după ce a reușit să strângă niște bani, și-a luat familia și a venit în România, unde s-a apucat de afaceri. Aici s-a descurcat foarte bine, până la un moment dat, când a căzut în patima cazinourilor și viața lui s-a schimbat radical. De aici au început certurile între el și soție, iar când a dat faliment, nevasta l-a pără-

sit definitiv. Şi-a luat copiii şi s-a întors în Turcia, la familia ei. Asta l-a demoralizat şi mai mult. La un moment dat, nu doar că nu mai avea ce să mănânce, dar datorită cazinourilor, făcuse datorii uriaşe, ajungând apoi să se ascundă de oamenii cărora le datora bani. Şi a durat o vreme până când a zis el stop şi de la capăt. Atunci a luat-o încă o dată de la zero. A muncit pe brânci ca să-şi plătească datoriile şi, în cele din urmă, a reuşit să-şi redeschidă afacerea.

Toate experienţele astea l-au maturizat pe prietenul nostru turc. Dar nu-i stătea rău. Era chiar atrăgător. Cel mai important însă era faptul că avea un suflet nobil. Se lăsa pe el ca să ajute pe alţii şi era un prieten de nădejde. M-am convins de asta. Într-o zi, Pamela şi cu mine am plecat la plimbare şi am rămas cu maşina în pană, undeva prin afara oraşului. Zain nu era în ţară, aşa că l-am sunat pe turc şi l-am rugat să ne ajute. El a lăsat atunci orice treabă, a venit după noi şi mi-a tractat maşina până la un service auto. La sfârşit, când m-am dus să plătesc reparaţia, am aflat că el achitase totul în locul meu şi n-a mai acceptat apoi să-i înapoiez niciun ban. Gestul său a spus multe despre el, căci a făcut asta fără nicio obligaţie, doar în numele unei prietenii. Până la urmă i-am mulţumit, fireşte, şi i-am promis în schimb că am să-i fac cinste cu prima ocazie. În realitate însă mi-aş fi dorit să accepte să-i înapoiez suma, pentru că ştiam că avea din nou probleme financiare. De la o vreme se reîntorsese la jocurile de noroc. Tot ăsta a fost şi motivul pentru care Pamela nu a putut să aibă o relaţie cu el. Turcul nu mai vedea decât cazinouri în faţa ochilor şi majoritatea timpului îl petrecea acolo. El nu stătea acasă decât atunci când nu mai avea bani. Cu gândul însă tot în cazino era. Cu toate astea, eu mai reuşeam câteodată să-l conving să lase jocurile şi să mergem să ne distrăm. Iar el se lăsa convins tocmai pentru că, atunci când ieşeam, eu debordam de energie, indiferent de ce purtam în suflet. Şi turcul ştia foarte bine ce purtam eu în suflet uneori. Nu-l cunoştea pe Zain, dar îi povestisem eu cât de nefericită mă făcea omul ăsta atunci când nu-mi vorbea. Chiar şi aşa, la orice chef, eu glumeam, râdeam, dansam şi ridicam lumea în picioare. El remarcase toate astea şi, de faţă cu ceilalţi, nu doar o dată l-am auzit spunând: „Fata asta are atâta viaţă în ea, că poate să trezească omul şi din morţi!"

Şi chiar îl trezeam. Se convinsese de asta într-o dimineaţă, după ce chefuiserăm la mine acasă. Atunci adormise în sufragerie, iar eu, în loc să mă duc la culcare, m-am aşezat la birou cu agenda şi cu pixul în mână. Mă pregătisem să iau notiţe. Ştiam că turcul vorbea şi limba arabă, pentru că el crescuse într-un oraş de la graniţă cu Siria. Mai prinsesem eu câte ceva de la Zain, dar atunci m-am gândit că n-ar fi rău să înţeleg şi mai mult limba arabă. E adevărat că nu era un moment tocmai potrivit pentru asta, dar mie nu-mi era somn. Aşa că, m-am apucat să-l întreb pe turc tot felul de cuvinte şi propoziţii, iar el, chiar dacă ar fi dormit buştean, se strădui totuşi să mi le traducă. Mai erau şi momente în care nu mai reacţiona. Dar atunci – vorba lui – îl trezeam din morţi, când ţipam odată:

— Turcule! Nu mai auzi?

El tresărea şi atunci iarăşi îl întrebam. Dar uneori nu mai reuşea să traducă niciun cuvânt până la sfârşit, fiindcă adormea la loc. La un moment dat, l-am auzit că a îndrugat ceva, dar n-am înţeles exact ce-a spus. M-am dus mai aproape de el şi l-am întrebat:

— Ai zis cumva 13?

— 17! a strigat el. Pariez pe 17, a spus din nou.

Atunci mi-am dat seama că ruleta aia blestemată îl bântuia şi-n somn. Şi nu doar ea. Acum mai eram şi eu, căci în loc să-l las să doarmă, mă apucasem să-l tachinez.

— Turculeee, cum se spune în arabă şaptesprezece?

— سبعة عشر (saba'min t'aaşăr), mi-a răspuns el printre dinţi.

— Şi tu pe ce pariezi acum? Pe şaptesprezece sau pe سبعة عشر (saba'min t'aaşăr)? am glumit apoi.

— Dacă mă laşi să dorm puţin, pariez pe ce vrei tu, mi-a răspuns.

Numai că eu nu aveam de gând să fac asta şi i-am explicat şi de ce:

— Turcule, eu te-aş lăsa, dar tu în loc să dormi, visezi. „Mi-e dor de tine", i-am mai cerut să-mi traducă.

Dar era prea obosit ca să mai continue, aşa că s-a gândit să mi-o reteze pe româneşte.

— Şi mie!

Într-o zi, la mai bine de trei săptămâni după ce eu şi Zain ne despărţisem, i-am împrumutat ma-

şina prietenului turc. Trebuia să ajungă urgent într-un alt oraş, iar el tocmai o vânduse pe a lui. Spre seară, când s-a întors, a venit să mi-o înapoieze. Dar odată cu maşina, turcul mi-a adus şi o veste. Mi-a spus că, în timp ce aştepta la un semafor din Bucureşti, un bărbat care voia să traverseze i-a atras atenţia. Mi-a zis că acesta se uitase cam insistent la maşina mea şi la el. Apoi şi-a retras privirea şi şi-a clătinat capul uşor, ca şi cum ar fi rămas dezamăgit de ceea ce văzuse. În cele din urmă, bărbatul a traversat chiar prin faţa autoturismului meu şi astfel turcul a putut să-l observe şi mai bine. După descriere, părea să fi fost nimeni altul decât Zain. Când am auzit asta, privirea mi s-a înlăcrimat. Îmi era foarte dor de Zain, fiindcă niciodată nu mai trecuseră atâtea zile în care să nu ne vorbim. Turcul a înţeles atunci cât de mult mi-a răscolit sufletul această veste şi mi-a spus:

— Plângi, dacă vrei, dar eu cred că ai toate motivele să zâmbeşti.

— De ce-aş avea, l-am întrebat îngândurată.

— Pentru că am văzut că ştii să trăieşti şi fără el, mi-a răspuns.

— Nu sunt prea sigură de asta. Acum mi-aş dori să-l văd, chiar şi numai pentru o clipă.

— Off! De ce n-am fost eu în locul tău la volan? l-am întrebat.

— Dacă ai fi fost tu în locul meu, poate că n-ar mai fi fost el în locul ăla. Ce zici de asta? Haide Amy, eu am învăţat de la tine că viaţa se trăieşte, nu se discută, mi-a zis el, ca să mă încurajeze.

După ce a plecat, m-a bufnit plânsul. Mă cuprinsese starea aceea în care mă simţeam mai singură ca oricând. În imensitatea singurătăţii mele, mă gândeam că mai trecuse încă o zi în care Zain nu binevoise să-mi zâmbească decât din poza pe care o strângeam la piept. Acum, lacrimile îmi cădeau din ochi ca din nori de ploaie, căci era prea dureros să văd că am ajuns să strâng în braţe numai o amintire. Mai târziu, m-am oprit din plâns şi, în linişte, m-am ascultat pe mine. După câteva clipe, am auzit o voce în mintea mea: *Ce rost are să mai priveşti unde ai ajuns? Ridică-ţi privirea şi vezi unde ai vrea să fii*, m-a îndemnat ea. Pe moment, n-am putut să-mi dau seama de unde apăruse acea voce, dar i-am mulţumit că mi-a venit în ajutor. Fusese ca o Forţă Divină, căci imediat am închis ochii şi l-am văzut pe Zain îmbrăţişându-mă, ca şi când totul se întâmpla chiar în clipa aceea. Asta m-a liniştit atât de mult, că la scurt timp am adormit ca un prunc.

Într-una din zilele următoare, m-am dus împreună cu Nadia la o pădure din apropiere. Am făcut o plimbare în natură şi am stat de vorbă. Ştia că-mi era dor de Zain, dar i-am explicat că, în ciuda acestui fapt, în sufletul meu nu mai era atâta zbucium. Apoi i-am spus că în dimineaţa aceea primisem un apel cu număr privat. Când Nadia a auzit că timp de câteva minute, până am închis, nimeni nu mi-a vorbit, s-a gândit imediat la Zain. Mi-a zis că n-ar fi avut cine să mă sune doar ca să-mi asculte vocea. Nadia era de părere că lui Zain i se făcuse dor de mine. Eu însă nu mai ştiam ce să cred. Şi până atunci ne mai despărţiserăm, dar niciodată nu trecuse atâta timp fără ca el să apară cumva şi să ne împăcăm.

Nu după mult timp, am plecat de la pădure. O lăsasem pe Nadia acasă și mă întorceam și eu acasă. Eram în mașină, când, am văzut că primesc un alt apel cu număr privat. Am spus de câteva ori alo, dar degeaba. Cine mă sunase, nu îndrăznea să-mi vorbească, dar nici să închidă. N-am închis nici eu. Doar am pus telefonul deoparte. Apoi am dat muzica puțin mai tare. Tocmai începuse un cântec ce-mi amintea de clipele în care Zain părea că nu-și imaginează viața fără mine. Parcă îl și vedeam cum fredona și el „Ya Ghayeb" când auzea această melodie. În momentele acelea mă privea de parcă îmi cerșea toată dragostea din lume. Eu, însă, dacă l-aș fi putut privi acum, nu i-aș fi cerut decât un răspuns. Mi-aș fi dorit să-mi spună dacă mai avea nevoie de dragostea mea sau nu.

Mă apropiam deja de casă, când dintr-o dată am fost nevoită să reduc viteza. Pe prima bandă, în fața mea, era o autodubă care rula foarte încet. Mai aveam vreo trei sute de metri până în fața blocului unde urma să parchez, așa că am semnalizat și am depășit mașina. Când am trecut pe lângă ea, am privit încruntată către șoferul acela, care părea că nu face altceva decât să încurce traficul. „Frate, da' prost te-a mai făcut mă-ta", apucasem să îngân puțin mai înainte. Apoi am tresărit, de parcă cineva mă auzise și m-a mustrat. Dar nu avea cine să mă audă în afară de conștiința mea. Numai ea putea să mă mustre atunci când am văzut că, de fapt, prostul acela era nimeni altul decât Zain. Dacă știam că era el, încă de la început aș fi afirmat contrariul. Sigur că numai un om inteligent putea să-şi alunge orgoliul. Altminteri, dacă Zain nu s-ar fi lăsat purtat de inimă, ştiam ar fi ocolit drumul acesta. Sau cel puţin ar fi trecut în viteză pe aici. Oricum, nu mă aşteptasem o clipă să-l văd pe Zain, şi mai ales la volanul unei dube. Aceasta era o maşină de serviciu, pe care nu o folosea decât şoferul, pentru transportul de marfă.

Dar ceea ce m-a uimit şi mai mult a fost faptul că l-am văzut pe Zain purtând ochelari de soare. În clipa aceea mi-a revenit în minte tot ce-mi spusese ghicitoarea. Atunci am oprit maşina în faţa lui şi, deşi îl vedeam în oglindă că deschisese portiera ca să coboare, parcă tot nu-mi venea să cred că era adevărat. Am coborât şi eu şi ne-am îndreptat zâmbind unul spre celălalt. Când ne-am apropiat, Zain m-a salutat. Eu însă, în loc să-l salut, l-am întrebat ce e cu el de poartă ochelari. Nu mi-a răspuns. Doar mi-a zâmbit şi apoi m-a luat în braţe. Atunci am înţeles că o făcuse doar ca să-şi ascundă privirea de mine. Tot atunci mi-am dat seama că apelurile fără număr fuseseră de la el şi ştiam că, până la urmă, singur îmi va mărturisi acest lucru. De câte ori ne împăcam, obişnuia să-mi povestească faptele şi trăirile lui din perioada despărţirii. Ceea ce n-am înţeles totuşi era altceva. Cum reuşise femeia aia să-l vadă pe Zain cu ochelari, tocmai într-o cafea? Chiar nu-mi imaginam sub ce formă ar fi putut să se arate ochelarii în cafea, când toată ceaşca înfăţişase numai puncte mici şi negre, după cum se uscase zaţul pe ea. Asta-i chiar culmea, am gândit eu. Cu toată uimirea mea, eram tare fericită că ceea ce-mi prezisese ghicitoarea cândva, se adeve-

rea acum. Trecuse mai bine de o lună de când Zain și cu mine nu ne mai văzuserăm. Însă, chiar dacă în tot acest timp buzele noastre fuseseră pecetlui-te parcă, acum eram sigură că, la fel ca mine, Zain mi-a purtat dorul neîncetat. Am simțit asta în clipa în care m-a îmbrățișat. Zain m-a strâns la pieptul său ca și cum m-ar fi regăsit după o veșnicie. Apoi a început să mă sărute. În momentul acela am închis ochii și am simțit că mă topesc. Când i-am deschis, în jur totul părea magic. Clipa reîntâlnirii făcuse parcă, din acel apus superb – un răsărit. În sufletul meu, cel puțin, soarele tocmai răsărise și acum mă încălzea din nou. Căldura aceea începuse să-mi cu-prindă și trupul. Era molipsitoare. În brațele lui am putut să simt asta. Am simțit că Zain ardea de do-rință, la fel ca mine, și până la urmă ne-am retras în cuibușorul de nebunii. Când am intrat în casă, un flux de aer cald a trântit ușa de la intrare și a închis-o. Pentru câteva clipe, Zain m-a sprijinit de aceasta și m-a sărutat nebunește. M-a condus apoi în dormitor. Din priviri, Zain părea că mă dezgo-lește mai repede decât reușea s-o facă acum, când tremura de atâta dorință. Mistuit de pasiune, m-a întins pe pat. A început să-mi dezmierde trupul și să-mi șoptească vorbe îndrăznețe.

— Vreau să te simt, Amy, l-am auzit pe Zain murmurând, înainte de a ne contopi într-o singură ființă.

## CAPITOLUL VII

Sfârşitul celui de-al treilea an universitar se apropia. Mai aveam de învăţat pentru câteva examene, de care abia aşteptam să scap. Gândul însă mă purta încă de pe acum în vacanţă. Visam atât de mult la dimineţile în care nu mai trebuia să mă ridic din pat, încât uneori mă lua somnul înainte să mai reţin vreun cuvânt. Era groaznic, pentru că, în felul acesta, examenele aveau să mă prindă nepregătită, iar dacă ratam vreunul, ştiam că n-aş mai fi avut linişte în vacanţă. Ştia şi Zain lucrul ăsta şi, deşi era genul de persoană care căuta să surprindă, a ales totuşi să mă motiveze. Mi-a promis că vom pleca într-o călătorie, dacă voi trece cu bine de toate testările.

La numai câteva zile de la ultimul examen promovat, Zain m-a luat de acasă dis-de-dimineaţă şi am pornit la drum. Ne îndreptam spre ţinutul Transilvaniei, dar nu aveam un loc anume unde trebuia să ajungem şi să rămânem. Noi nu voiam decât să călătorim, aşa că puteam să înnoptăm oriunde. Ne propusesem să vizităm locuri din Ardeal, Maramureş, Crişana, Banat şi Oltenia, şi asta în numai zece zile. Deşi părea o cursă contra-cronometru, nu mă gândeam că mă voi simţi obosită. Eram prea entuziasmată de această călătorie şi foarte îndrăgostită de Zain. Din cauza asta, oboseala nu se mai regăsea în context. Pentru mine, clipele petrecute alături de Zain căpătau întotdeauna alt sens. Dacă

eram tristă, mă înveseleam numaidecât atunci când Zain îmi zâmbea. Când mă făcea să râd, îmi alunga oboseala mai repede decât ar fi alungat vântul, cu adierea sa, norii de pe cer. Iar când mă îmbrățișa, visurile mele cele mai frumoase deveneau mai reale decât orice lucru real pe care-l aveam în fața ochilor. Chiar și călătoria asta fusese un vis cândva. L-am recunoscut. Peisajele încântătoare pe care le vedeam cu ochii mei semănau cu cele prin care imaginația mă purtase adesea în trecut. Doar clipele petrecute alături de Zain nu mai semănau. N-aveau cum, căci acestea erau mult mai frumoase și mai intense decât îmi imaginasem vreodată.

Chiar și acum, după atâtea zile de colindat prin țară, parcă tot nu mă simțeam obosită. Zain îmi dădea atâta putere, încât aș fi putut să merg cu el până la capătul lumii. Și aș fi făcut-o fără să obosesc, căci mă simțeam vrăjită chiar și numai de simpla lui prezență. Eram foarte fericită. Zain îmi dăruise o vacanță de neuitat. Îmi oferise zece zile pline de zâmbete și îmbrățișări în locuri de o frumusețe aparte. De la orașele în care încă se mai păstrează o atmosferă medievală și până la locurile pitorești, neatinse parcă de trecerea timpului, văzusem cam tot ce era de văzut. Alături de Zain, mă bucurasem de fiecare rază de soare, de cerul senin, de vânt, de nori și de fiecare strop de ploaie. Mă bucurasem de tot ce se poate bucura o femeie care se simte iubită și răsfățată. Clipele petrecute cu Zain nu cunoșteau alt nume în afară de fericire. Și totuși, la întoarcere, mă cuprinsese o oarecare nostalgie. Ca atunci când simți că nu vei mai trăi prea curând momente

atât de fericite, pentru că-ți reapar în minte niște limite pe care nu știi dacă vei putea să le depășești vreodată. Tocmai de asta mi-aș fi dorit atunci să rătăcim drumul spre casă și să ne pierdem într-un loc frumos. Într-unul din locurile acelea care, datorită lui Zain, deveniseră speciale pentru mine.

La câteva zile după ce ne-am întors din călătorie, Zain a aflat că tatăl lui era la un pas de moarte. Avea nevoie urgent de un transplant de ficat. Pentru Zain a fost cumplit să afle una ca asta. Imediat însă a început să facă toate demersurile pentru a-și putea transporta tatăl, din Irak, la o clinică din Germania, unde urma să fie operat. A reușit să-l ducă acolo și în cele din urmă tatăl său a fost salvat. Timp de două luni, însă, Zain trecuse prin clipe foarte grele. Nu l-am văzut în tot acest timp, pentru că fusese și el în Germania. În schimb, Zain mă sunase aproape zilnic și am știut cât de greu i-a fost până ce și-a revăzut tatăl pe picioare.

Îi simțisem lipsa enorm. În fiecare zi mă rugasem ca totul să se termine cu bine și cât mai repede, iar Zain să se întoarcă în România. Mă durea suferința lui. Dorul de el însă începuse, la un moment dat, să-mi dea insomnii. Zilele fără el mi se păreau lungi și plictisitoare iar nopților deja nu le mai vedeam rostul. Oricât îmi doream eu să dorm, pur și simplu nu mă lua somnul decât spre dimineață. Nu mai aveam chef de nimic. Timpul mi-l petreceam pe la prietenele mele, vorbind toată ziua despre el. Intrasem într-o rutină insuportabilă. Când s-a întors, totul a căpătat iarăși sens. Când l-am văzut din nou, după atâta timp, am simțit că viața mea a

pornit de unde rămăsese. Nopțile pe care Zain le-a petrecut apoi cu mine au fost cele mai odihnitoare. În brațele lui, toate gândurile de până atunci se lăsaseră alungate și, dintr-odată, mă vindecasem de insomnie. Dar nu puteam să spun același lucru și despre Zain. De câte ori a rămas la mine, am observat că noaptea dormea tot mai puține ore iar dimineața se trezea foarte devreme. Stătea în pat lângă mine până adormeam, iar apoi își deschidea laptopul și își făcea de lucru. Când mai deschideam câte un ochi și îl întrebam de ce nu doarme, îmi zicea că are de trimis câteva mail-uri. Treburi de afaceri, îmi spunea. Apoi mă săruta pe frunte și îmi spunea că mă iubește. Atunci mă cuibăream iarăși în sufletul lui, lăsându-i doar o mână cu care să lucreze, și cu un zâmbet de satisfacție pe chip, adormeam la loc. Îl simțeam că era stresat, dar mă gândeam că încă îl îngrijorează starea sănătății tatălui său. Știam că părinții lui Zain mai rămăseseră în Germania la niște rude, pentru ca tatăl său să poată fi monitorizat de aceiași medici, în timpul recuperării.

Însă după o săptămână, timp în care Zain părea că alesese să locuiască definitiv în casa și în brațele mele, aveam să primesc o altă veste. Motivul pentru care era atât de stresat, de data asta nu mai avea legătură cu tatăl său. Adevărul era că afacerea lui Zain tocmai se ruinase. Garda Financiară îi pusese sechestru pe toată marfa, iar asta însemna o pagubă de câteva sute de mii de euro. Paguba cea mai mare însă era că acum nu mai avea bani să înceapă o altă afacere. În Irak, Zain avea mai multe proprietăți pe care ar fi putut să le scoată la vân-

zare. Dar el știa că, în vreme de război, nu s-ar fi înghesuit nimeni să le cumpere. Așa că, tot ce-i mai rămăsese era să se gândească de unde ar fi putut să facă rost de bani. În situația în care se afla, băncile din România nu i-ar fi acordat niciun împrumut. Zain nu avea aici nici măcar o proprietate cu care să gireze. Tocmai de asta, s-a hotărât să plece în Liban, unde avea niște cunoștințe care, spera el, l-ar fi putut ajuta să obțină un împrumut bancar. În caz contrar însă, Zain mi-a spus că se va întoarce în Irak. Cel puțin pentru o vreme, mi-a zis apoi, când a văzut că m-am schimbat la față. Dar situația era de așa natură încât eram conștientă că „o vreme" ar fi putut însemna o lungă perioadă, dacă nu chiar definitiv. Iubeam țara lui pentru că-l iubeam pe el. Dacă Zain mi-ar fi cerut într-o zi să mergem împreună acolo, aș fi făcut-o fără să mă gândesc de două ori înainte. L-aș fi însoțit chiar și pe câmpul de luptă din Irak, și dacă s-ar fi întâmplat, aș fi fost fericită să mor odată cu el și să mă fac una cu pământul pe care el călcase. Dar știam că nu era cu putință să-l urmez. Fiind o țară în conflict, nu mi s-ar fi permis să intru decât în calitate de soție oficială și, cel mult, de jurnalist. Din nefericire, Zain era un bărbat căsătorit, iar eu doar o studentă la jurnalism.

M-am cutremurat când am aflat că Zain s-ar fi putut întoarce în Irak. Nu mai înțelegeam nimic. Nu înțelegeam de ce viața voia parcă să mă condamne la nefericire. Dacă destinul l-ar fi luat pe Zain de lângă mine definitiv, ar fi însemnat că-mi ia toată suflarea. Cum să mai trăiesc eu fără el? m-am întrebat atunci. Ce s-ar alege de sufletul meu

în urma lui, dacă soarta ar îndrăzni să-mi dea lo-
vitura de grație? Gânduri ca acestea mă chinuiau
după ce am aflat cu ce problemă se confrunta Zain.
Și mă chinuiau groaznic, pentru că nu-mi imagina-
sem vreodată că eu și Zain ne-am fi putut despărți
forțați de împrejurări, fără ca vreunul dintre noi
să-și dorească acest lucru. Nu-mi imaginasem nici
măcar faptul că el, sau eu, sau poate noi, vom alege
să ne despărțim definitiv într-o bună zi. Eram prea
obișnuită cu împăcările.

Când Zain a plecat în Liban, tot ceea ce mi-a mai
rămas a fost speranța. Speram că va găsi el o soluție
și se va întoarce cât mai curând în Romania. Știam
însă că, acum, Zain și cu mine împărțeam aceeași
speranță, iar asta mă neliniștea. L-am simțit când
a plecat, că nu era prea sigur că va obține banii de
care avea nevoie și regretam enorm că nu puteam
să fac altceva pentru el, decât să mă rog. Cu ochii
în lacrimi, mă rugam zi și noapte ca Zain să reu-
șească ceea ce-și propusese, fiindcă nu voiam să-l
pierd. Era cumplit doar când mă gândeam că exis-
tă această posibilitate. Iar gândul ăsta era mai greu
de suportat decât tot dorul pe care i-l duceam. Căci
mă topeam de dor, dar faptul că Zain mă suna zil-
nic de acolo, mă consola într-un fel. Când mă gân-
deam însă la ce răscruce se afla acum dragostea
noastră, simțeam că înnebunesc. Și mai rău era că
mă învinovățeam pentru toate astea. Dar aveam și
de ce. Sufletul meu purta povara unui blestem pă-
timaș ce-l aruncasem cândva asupra lui Zain, după
ce mă părăsise.

Cu inima frântă de durerea unei despărțiri pentru care nu reuşeam să găsesc vreun motiv, am rostit cel mai negru gând care mi-a venit atunci în minte. Am crezut că nu m-a auzit nimeni, pentru că în noaptea aceea eram singură, acasă la mine. Dar m-am înşelat. Universul mă auzise când m-am rugat să se aleagă praful de afacerea lui Zain într-o bună zi şi tot atunci să-l părăsească şi soţia. Cândva, îi dorisem asta pentru că voiam să simtă şi el câtă durere poartă în suflet cineva care este abandonat tocmai de persoana pentru care ar fi băgat mâna în foc că n-ar face aşa ceva. Şi ca durerea să-i fie şi mai mare povară, mi-am dorit să i se întâmple asta într-un moment dificil din viaţă, cum era acesta. E adevărat că atunci îmi dorisem asta din toată inima, pentru că eram foarte nervoasă. Dar nu m-am gândit nicio clipă că Universul mă va asculta şi că-mi va duce la îndeplinire chiar şi numai jumătate din ceea ce-mi dorisem. Asta m-a făcut să reflectez apoi la ceea ce citisem cândva: „Ai grijă la gândurile tale, căci vor deveni cuvinte. Ai grijă la cuvintele tale, căci devin acţiuni.". Acum, mai mult ca oricând, mi-aş fi dorit ca acestea să nu fi fost decât nişte vorbe în vânt. Dar viaţa îmi demonstrase contrariul şi asta mă durea. Deocamdată, nu mai puteam să sper decât că acelaşi Univers mă va asculta din nou şi va avea milă de sufletul meu plin de regrete. Îmi doream cu toată fiinţa să văd că gândurile mele cele mai bune s-au concretizat şi ele.

O lună mai târziu, Zain mi-a dat o veste care m-a făcut să vibrez de fericire. Obţinuse împrumutul şi acum urma să se întoarcă. De dimineaţă, înainte să urce în avion, Zain m-a sunat. Mi-a spus că îi este

foarte dor de mine şi că abia aşteaptă să mă reva-
dă. Şi eu eram nerăbdătoare să-l văd şi să-l strâng
în braţe. Îmi imaginam de atâta timp clipa aceea.
Când a ajuns în aeroportul din România, m-a sunat
din nou şi mi-a spus că trece puţin pe acasă şi apoi
vine la mine. Eram în culmea fericirii şi devenisem
foarte agitată. Abia aşteptam să-i sar în braţe şi
să-l sărut, dar ştiam că trebuia să mai am răbdare
vreo două ore. Până atunci, am zis să-mi fac ceva
de lucru, ca să treacă timpul mai repede. Mi-am
pregătit o baie relaxantă cu spumă şi uleiuri par-
fumate şi am luat cu mine o carte. Atât de tare mă
captivase povestea de dragoste pe care o citeam,
că nici n-am realizat că trecusără minute bune de
când eram în baie. Am ieşit când apa aproape se
răcise. După ce m-am îmbrăcat, am luat telefonul
şi l-am sunat pe Zain ca să-l întreb cât timp mai
întârzie. Nu mi-a răspuns. La puţin timp l-am su-
nat din nou. Când am văzut că nici atunci nu-mi
răspunde, m-am gândit că l-a luat somnul, fiind
obosit de pe drum, şi n-am mai insistat. Ştiam că
mă va suna el când se va trezi, aşa că m-am pus
în pat şi am continuat să citesc. După o vreme, mi
s-a făcut somn şi am adormit profund. M-am trezit
când afară se înserase deja. Când am văzut cât de
târziu se făcuse, am verificat imediat telefonul. Îmi
era teamă că între timp mă sunase Zain, iar eu nu
auzisem. Dar am văzut că nu aveam niciun apel de
la el, aşa că l-am sunat eu. Ştiam că Zain nu obiş-
nuia să doarmă atâtea ore. L-am apelat de câteva
ori la rând până mi-a răspuns. Apoi, cu un glas mai
mult şoptit, mi-a zis:

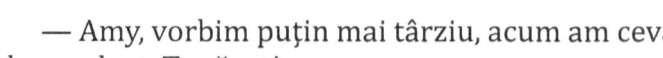

— Amy, vorbim puţin mai târziu, acum am ceva de rezolvat. Te sărut!

Zain nu mi-a dat şi alte detalii, dar nici eu nu i le-am cerut. I-am spus că-l iubesc şi apoi am închis. M-am gândit că era într-o discuţie importantă, şi cel mai probabil despre afaceri. Ştiam că Zain mă expedia în felul acesta doar atunci când mă nimeream să-l sun în mijlocul vreunei întâlniri. Tocmai de asta nu l-am mai deranjat cu niciun apel. Eram sigură că la sfârşit mă va suna el, aşa că am aşteptat. A doua zi însă, aşteptarea mea s-a prefăcut într-un coşmar. L-am sunat pe Zain să-l întreb ce s-a întâmplat cu el de nu mi-a dat nici măcar un semn de viaţă, dar nu mi-a răspuns. Am insistat până când am obosit şi în cele din urmă i-am scris un mesaj. „Zain, urăsc să îţi ascult tăcerea. Dar dacă asta e tot ce mai vrei de la mine, atunci o voi face." După ce i-am trimis mesajul, am izbucnit în plâns. Mai târziu, am sunat-o pe Nadia să-i povestesc totul, dar n-am reuşit să leg nici două cuvinte. Plângeam ca o nebună, fiindcă Zain nu-mi răspunsese nici măcar la mesaj. În felul acesta, mă obligase să-i ascult tăcerea, iar acolo se afla răspunsul pe care nu-mi doream să-l mai cunosc vreodată. Mă săturasem de atâtea despărţiri. Şi mai sătulă însă eram de felul în care acestea se produceau.

Până la urmă, Nadia a reuşit să mă mai calmeze şi m-a rugat să am răbdare. Era hotărâtă să afle de la Yakub ce s-a întâmplat cu Zain. Dar, după câteva zile, nu mare mi-a fost mirarea să aud că Nadia nu a primit niciun răspuns concret. Mă aşteptam la asta, pentru că Yakub era prietenul lui Zain. Pri-

etenii adevărați au întotdeauna ceva special în co-mun. Secretul. Yakub nu i-a spus Nadiei decât că în viața lui Zain s-a ivit o altă o problemă și că de data asta, cel mai bine pentru mine ar fi să nu aflu des-pre ce este vorba. Asta m-a bulversat și mai tare. E adevărat că, cel puțin acum, aveam certitudinea că Zain nu era supărat pe mine. Nici n-ar fi avut de ce. În schimb, alt gând apăruse în mintea mea, și de data asta era unul tare sumbru. Nu puteam să-mi imaginez decât că lui Zain i s-a făcut rău în ziua în care s-a întors din Liban și astfel a ajuns să depisteze că suferă de cine știe ce boală gravă. Mă gândeam că acum zace pe vreun pat de spital. Al-tfel, nu vedeam de ce Zain m-ar fi lăsat baltă după ce-mi spusese cât de nerăbdător era să mă vadă și nici sensul afirmației lui Yakub. Ce altă problemă ar fi putut avea Zain, despre care era mai bine pen-tru mine să nu aflu, mă întrebam? Doar fusesem alături de el cu fiecare problemă pe care o avusese și chiar dacă am suferit, nu-mi pierdusem mințile și nici nu murisem. Nimic nu m-ar fi devastat mai tare ca vestea că Zain ar fi fost grav bolnav, și de lucrul ăsta putea să-și dea seama oricine. Mai ales Yakub, care mă cunoștea destul de bine. Doar era prietenul de suflet al lui Zain și iubitul uneia dintre prietenele mele cele mai bune. Știa cât de mult îl iubeam pe Zain.

Zilele care au urmat au fost cumplite pen-tru mine. Nu mai aveam poftă de mâncare și nici somn. Plângeam și ziua, și noaptea, ca o bocitoare. Cu fiecare lacrimă ce zăbovea în ochi, simțeam că mă afund în ceață și nu mai reușeam să văd nimic

bun în jurul meu. În prima săptămână după vacanţă, nici pe la facultate n-am mai trecut. Eram prea transformată şi slăbită ca să mai dau ochii cu profesorii sau să mă concentrez. Prietenele mele făceau tot posibilul ca să-mi ridice moralul. Dar ce folos? Odată ce căzusem pradă imaginaţiei mele, nimic nu mă mai putea scoate din starea aceea de jale. Aveam senzaţia că se topeşte sufletul în mine când mă gândeam că Zain ar putea muri înainte ca eu să-l mai revăd vreodată.

Trecuse vreo lună de când nu mai ştiam de Zain şi în continuare eram terorizată de acelaşi gând nenorocit. Într-o zi însă, fără să mă anunţe, m-am trezit cu Nadia la uşa mea. Plecase de la birou şi venise direct la mine. M-am mirat, pentru că de obicei ea trecea pe acasă mai întâi, ca să-şi facă un duş şi să-şi schimbe ţinuta cu una mai lejeră. S-a necăjit când m-a văzut cu aceeaşi faţă. De vreo oră, de când mă întorsesem de la facultate, nu făcusem altceva decât să plâng. Nadia m-a rugat atunci să mă opresc din plâns şi să-mi alung gândul care îmi aducea atâta suferinţă. Între timp, mi-a şters o lacrimă şi m-a îmbrăţişat. Apoi m-a luat în bucătărie şi mi-a pregătit un ceai. După ce l-am băut, Nadia a vrut să ştie dacă mă mai liniştisem. I-am spus că mă simt mai liniştită, deşi eram mai degrabă extenuată. Îmi simţeam corpul moale şi-mi venea să dorm. Dar Nadia mi-a spus că trebuie să-mi vorbească.

Am mers împreună în sufragerie, m-am întins pe canapea şi m-am străduit s-o ascult. Nadia se apucase să-mi spună că, înainte de-a veni la mine,

pe drum s-a întâlnit întâmplător cu Maria, iubita lui Hasim, care îmi transmitea salutări. Deși ascultam, gândul meu era în altă parte. În clipa aceea nu mă interesa nicio Maria și nici salutările ei. Știam că Nadia și-ar fi dorit să nu mă mai vadă în aceeași stare și acum îmi imaginam că, povestindu-mi cu cine s-a mai întâlnit, nu voia decât să-mi distragă atenția. În realitate însă, Nadia avea să-mi dea o veste ce m-a lăsat fără cuvinte. Maria aflase de la Hasim care era motivul pentru care Zain mă îndepărtase brusc din viața lui și îi povestise și Nadiei.

Adevărul era că Zain avusese parte de o surpriză de proporții în momentul în care s-a întors din călătorie. Ușa era încuiată și soția lui nu mai era acasă. A încercat de mai multe ori să ia legătura cu ea, dar telefonul ei era închis. Abia atunci a priceput Zain ce se întâmplase de fapt. Fără vreun cuvânt de adio, aceasta îl părăsise. Zain s-a interesat apoi la rudele și apropiații lor și, în cele din urmă, a aflat că soția lui plecase în Spania, la fratele ei. Fără să mai stea pe gânduri, Zain s-a dus după ea și, ca într-o poveste cu final fericit, s-au întors împreună acasă. Aflasem de asemenea și motivul pentru care ea îl părăsise. Acesta eram eu. În fața unei povești ca asta, am rămas fără reacție. Nici nu mai puteam să mă bucur că Zain nu zăcea pe niciun pat de spital și că era bine. Ceea ce auzisem îmi spintecase sufletul, iar în mintea mea nu mai era loc decât de întrebări. Soția lui Zain alesese să-l părăsească, iar eu mă întrebam de ce i-o fi încălcat el alegerea? Și apoi, de ce făcuse ea treaba asta tocmai acum, când Zain se afla într-un moment de cumpănă, dacă tot avusese atâta timp la dispoziție? Doar știa de aproape doi ani că soțul ei avea o relație extraconjugală. Și, în cele din urmă, de ce trebuia să fiu tot eu cea care avea de suferit? Oh! Țâșniți lacrimi din ochi, ca să mă răcoresc! îmi venea să strig acum, când simțeam că mi se tăiase răsuflarea. Dar nu mai aveam putere. Tremuram numai. De data asta, viața îmi demonstrase nu doar că vorbele devin fapte, ci că se pot întoarce chiar împotriva celui care le rostește.

Zi după zi, așteptam cu sufletul la gură să se întâmple o minune. Aș fi vrut să mă sune, sau poate să-mi facă o surpriză bătând la ușa mea ca altă dată. Aș fi vrut să-l întâlnesc în drumurile mele și să-i mai fur măcar o îmbrățișare. Până la urmă, m-aș fi mulțumit să-l mai zăresc doar o dată, chiar și de la depărtare. Dar nimic din toate astea nu se întâmpla. De câteva luni nu-l mai văzusem pe Zain decât în gândurile mele. Buzele nu-mi mai fuseseră atinse decât de lacrimi, iar sufletul meu nu mai simțise altceva în afară de dor și amărăciune. Fusesem prădată de cel mai prețios sentiment – iubirea. Mă simțeam mică, neimportantă și a nimănui. Nu mă mai simțeam iubită și asta era cumplit. Erau nopți la rând în care îmi doream să dorm, dar nu reușeam. Ochii mei erau cufundați în lacrimi. Plângeau iubirea ce-mi dăduse aripi să zbor prin visuri mărețe. A iubi de unul singur nu este de ajuns. E un sentiment incomplet. Iubirea înseamnă să iubești și să fii iubit. Asta îți dă cu adevărat aripi. Și când ajungi să nu te mai simți iubit, înseamnă că iubirea ți-a fost furată. Și nimic nu poate fi mai trist

pe lume decât asta, pentru că fără iubire, aripile se frâng. Fără iubire, trăim iluzii şi deşertăciune; rătăcim, fără a şti dacă ne vom mai regăsi vreodată.

Din ziua în care Zain nu m-a mai căutat, universul meu s-a prăbuşit. Nimeni nu mai putea să mă facă să simt că trăiesc aşa cum o făcuse cel care intrase atât de adânc în sufletul meu. Nimeni şi nimic nu mai putea să facă asta, pentru că atunci când plecase, Zain îmi luase cu el toată fericirea, visurile şi speranţa. Mă ruinase. Şi mă întrebam cum de putuse să plece din viaţa mea fără să privească în urmă. Fără să se gândească la noi şi la iubirea ce ne înălţase sufletele. Fără să se gândească la atâtea amintiri frumoase câte adunasem. Fără să-mi spună măcar un rămas-bun...

Nu-mi venea să cred că Zain îmi făcuse aşa ceva. Ăsta nu era omul pe care eu îl cunoscusem şi de care mă îndrăgostisem. Nu mai era cel care-mi spusese de atâtea ori că iubeşte şi care îmi jurase cândva că mă va păstra în inimă pentru totdeauna. Nu mai era Zain cel pe care din glas îl simţisem că abia aşteaptă să mă vadă, atunci când se întorsese. Era transformat. Şi totuşi, cine l-o fi transformat în halul ăsta? O forţă necurată? Desigur! Uneori, raţiunea e forţa cea mai necurată. Stă locului, făcându-l pe suflet să creadă că i se supune, şi după aceea începe să-şi facă simţită prezenţa tot mai mult. Mai rău e că sunt situaţii în care nu cedează până când nu suntem de acord cu ea şi facem ceea ce ne dictează. Şi o facem pentru că ne simţim ameninţaţi şi ne este frică. Ne este frică să nu greşim. Sau să nu greşim mai mult decât am făcut-o până atunci. Dar

nu ne dăm seama că tocmai asta facem de cele mai multe ori atunci când ne lăsăm conduși de rațiune. Ne este frică să nu ne rănim și nu mai realizăm că tocmai suntem pe punctul de a face asta. Ne este frică să nu ne creadă lumea așa cum, în definitiv, mulți dintre noi suntem: imorali și haini. Căci cu noi înșine exact așa suntem. Ne otrăvim sufletele ca pe niște șobolani amărâți – unii cu gânduri sumbre, alții vrăjmășind pe cei de lângă ei. Unii, renunțând la visurile noastre, iar alții rămânând în relații în care au obosit să se mai prefacă fericiți.

Acum, gata!, aș fi vrut să pot spune. Zain a ales cu cine își va continua viața și a venit timpul să mă gândesc și la mine. Trebuia să demolez imperiul amărăciunii ce mi-a răsărit în suflet ca o ciupercă după ploaie. Știam că trebuia, nu era nevoie să-mi repet. Dar cum să fac asta atâta timp cât amintirile cu el își perpetuau existența? N-am cum, mi-am spus apoi. Îmi era prea greu, pentru că intram mereu în aceeași casă în care intrase și el de atâtea ori. Conduceam aceeași mașină în care urcase și el, nu doar o dată. Hoinăream pe aceleași drumuri ticsite de amintirile cu Zain și aveam aceeași prieteni care mă trimiteau cu gândul la el numai prin simpla lor prezență. Dacă nu ar fi fost Zain, poate că nicicând n-aș fi întâlnit-o pe Nadia. Dar poate că nici n-aș fi înțeles vreodată că viața nu te lovește, dacă nu e pregătită să te și aline. Adevărul era că și fără Nadia mi-aș fi amintit de Zain. Dar fără Nadia, poate că m-aș fi înecat în lacrimi și aș fi murit. În mijlocul unui ocean de durere, mă agățasem de ea ca de colacul de salvare. Nadia nu putea să mă

aducă la mal, căci de acolo, din larg, nici cu privirea țărmul nu-l puteam atinge. Dar cel puțin reușea să mă țină în viață, pentru o zi și încă o zi. Și pentru multe alte zile – până când Dumnezeu s-ar fi îndurat și mi-ar fi întins o mână care să mă desprindă din lumea apelor sărate ce-mi salinizaseră chipul. Până atunci însă nu aveam decât să visez. Cândva fusesem o mare visătoare. Dar acum nu mai reușeam să fac asta decât în somn. Poate și din cauză că, pentru mine, viitorul nu mai exista decât ca o noțiune a timpului.

Într-o dimineață rece și pustie, ca mai toate diminețile în care abia reușeam să ațipesc, am visat că, la vreme de seară, mergeam pe un drum îngust, de pământ, care era umbrit și mai mult de copacii din împrejurimi. Era o pădure tare sumbră. Dar eu nu eram singură. Alături de mine se afla Yakub, pe care îl rugasem insistent să mă ajute să-l întâlnesc pe Zain. El mă conducea și îmi vorbea într-una. Dar vorbele lui nu mă interesau câtuși de puțin. În timp ce Yakub încerca să mă convingă să renunț la această întâlnire, pe motiv că Zain nu mai este omul pe care eu îl știam, mi s-a părut că înaintea noastră o siluetă străbate întunericul. Din spate, semăna cu un bărbat. Atunci am alergat să-l prind din urmă, lăsându-l departe pe Yakub, care striga la mine să mă opresc. Nu i-am dat ascultare. Am continuat să fug după cel care înainta molcom în necunoscut, pentru că eram convinsă că este Zain. Când m-am apropiat, am văzut că bărbatul mergea cu capul plecat, ca și cum ar fi fost abătut. Din spate, l-am atins cu o mână pe umăr.

— Zain, tu eşti?Fără să-mi răspundă, bărbatul s-a întors cu faţa la mine. Era Zain, dar nu mi-a vorbit deloc. Mă privea numai, de parcă nu m-ar fi cunoscut vreodată. Am încremenit când l-am văzut. Era transfigurat. Zain nu mai avea păr, iar capul lui era atât de slab, că semăna cu un craniu. Ochii lui erau alungiţi în jos şi nu mai avea nicio culoare firească, de om. Era alb la faţă, de parcă ar fi fost o stafie, şi era îmbrăcat în haine de culoarea untului. Amuţisem şi voiam să fug. Dar nu puteam. O forţă parcă mă ţinea în loc, obligându-mă să-l văd pe Zain aşa cum refuzam să cred că devenise – un suflet transformat, bolnav, ca orice suflet ce renunţă la iubire. Mă uitam la el înspăimântată, căci de acum Zain începuse să-mi arunce priviri tot mai stranii şi mai nedesluşite. Sudoarea mi se prelingea pe tâmple iar inima îmi bătea ca un clopot în clipa în care m-am trezit. Mai grav a fost că nici n-am mai putut să adorm după acest coşmar, care parcă venise ca o confirmare a realităţii. Yakub avusese dreptate. Nici măcar în vis, Zain nu mai era omul pe care-l cunoşteam. Dacă ar fi fost acelaşi, ştiam că nu l-ar fi răbdat inima să nu mă mai caute niciodată.

Într-o zi, după ce Nadia ajunsese acasă de la serviciu, m-am urcat în maşină şi am plecat la ea. Acolo am mâncat, am mai stat puţin de vorbă şi apoi am venit, împreună, acasă la mine. Era sfârşit de săptămână, aşa că vreo două zile mă bucuram iarăşi de compania ei. De când Zain mă lăsase baltă, eram de nedespărţit. Mergeam zilnic la Nadia, iar la sfârşitul săptămânii venea ea şi rămânea la

mine. Între timp, Yakub ne anunţase că va veni şi
el. Nadia se întâlnea cu Yakub mai mult în prezen-
ţa mea. Uneori, ne strângeam la el acasă, alteori
la mine şi stăteam de vorbă până târziu în noap-
te. De faţă cu mine, Yakub evita să-l aducă pe Zain
în discuţii. Ştia că mi se umpleau ochii de lacrimi
doar când auzeam numele lui. Într-o seară, când
mi-a spus că Zain s-a retras ca melcul în cochilie
după despărţirea de mine, am izbucnit în plâns. De
atunci, Yakub nu mi-a mai pomenit de el. Oricum,
îmi ajungea câte aflasem. Zain renunţase la mine,
se izolase de prieteni, şi totul numai din cauza so-
ţiei. Nici nu ştiam ce mă durea mai tare – gelozia,
faptul că mă părăsise sau modul în care o făcuse.
Yakub devenise un suflet tare drag mie şi în preaj-
ma lui mă simţeam bine. Reuşea de multe ori să-
mi readucă zâmbetul la viaţă. Dar mă simţeam şi
rău, fiindcă prezenţa lui trezea în mine şi mai mult
amintirile cu Zain. Toate acele amintiri care acum
erau ca o hrană toxică pentru sufletul meu. Imedi-
at după o despărţire, nu e indicat să ne hrănim cu
amintiri, ci cu noi experienţe. Dar pentru că întot-
deauna iubirea e mai presus de orice experienţă,
eu tocmai asta făceam. Încercam să umplu golul
pe care-l lăsase Zain cu amintirile noastre cele mai
frumoase. Mă amăgeam însă, căci era prea devre-
me să pot face asta. În realitate, ele nu creau acum
decât un dezastru. Mă făceau să privesc trecutul cu
nostalgie, prezentul cu durere şi viitorul cu indife-
renţă. Mă făceau să-l urăsc pe Zain pentru că mă
părăsise şi să-mi doresc să-l fi vrăjit cândva ca să
fi fost acum numai al meu. Mă făceau să-mi doresc

să-i tulbur gândurile, aşa cum o făcea şi el, şi să-l caut neîncetat prin vise.

Nadia se dusese deja să doarmă. În bucătărie, unde stăteam uneori, Yakub încă mai îmi ţinea companie. Dar era târziu. După o noapte în care am încercat în zadar să-mi înec amintirile într-o sticlă cu vin, până la urmă m-am retras în camera mea. M-a bufnit plânsul când m-am aşezat pe patul gol şi rece şi am ţinut-o aşa până am adormit. După o vreme, m-am visat alături de Yakub şi Nadia. Se făcea că eram pe un deal înconjurat de copaci înverziţi şi îl aşteptam pe Zain. Ne aşezasem cu toţii pe singura bancă ce era amplasată undeva, la înălţime, iar soarele dimineţii strălucea deasupra noastră. La un moment dat, la marginea pădurii, puţin mai la vale, a apărut şi Zain. Nu părea prea schimbat. Stătea în picioare şi ne privea în linişte, fără să schiţeze nici măcar un gest. Când l-am văzut, m-am ridicat şi am vrut să merg la el. Yakub însă m-a apucat de mână şi m-a tras la loc, pe bancă. Mi-a spus că nu am cum să ajung la Zain. Ne-am ridicat din nou şi m-a îndemnat să privesc în jos. Abia atunci am văzut că, de fapt, pe mine şi pe Zain ne despărţea un abis întunecat ca bezna nopţii. Era înfiorător. Când mi-am luat privirea de acolo, nici soarele nu mai strălucea. Dimineaţa se prefăcuse în semiîntuneric şi pădurea era acum doar uscăciune. L-am mai privit pe Zain încă o dată şi am văzut că şi el era schimbat. Era foarte slab şi galben ca ceara. Arăta de parcă ar fi fost un muribund. Voiam să-l strig şi să-l întreb ce i s-a întâmplat, dar n-am putut. Amuţisem de uimire. O clipă

mai târziu, s-a întors cu spatele și a dispărut. Când m-am uitat lângă mine, am văzut că Nadia și Yakub nu mai erau nici ei. Din neant însă, altcineva apăruse acum în fața mea. La trup arăta ca o femeie, dar de fapt era un monstru. Gâtul ei susținea două capete uriașe, cu chipuri ciudate. Pe fiecare dintre acestea avea câte un singur ochi mare și negru, ca de fiară, câte o ureche și o gură zbârcită. Capetele aveau părul vâlvoi, de un alb bătrânesc și fețele erau întesate de niște negi mari, închiși la culoare. În fața mea apăruse cea mai spurcată creatură care mă privea acum foarte atent. Îmi era silă de ea și mă temeam de ce reacție ar fi putut să aibă. Dar nu lăsam să se vadă asta. Stăteam în picioare și o înfruntam cu privirea. După o clipă, cu o voce normală de femeie, mi-a spus:

— Amalia, nu știu ce vrei tu de la Zain, dar eu nu vreau să renunțe la fata mea! Ai înțeles?

Atunci mi-am dat seama că acea creatură oribilă era soacra lui Zain și imediat m-am trezit vorbind: „Puțin îmi pasă ce vrei tu, spurcăciune ce ești!"

M-am ridicat în șezut. Stăteam pe marginea patului cu capul în palme, încercând să înțeleg ce căuta soacră-sa în visele mele. Dar nu-mi dădeam seama. Era absurd. Nu o cunoșteam și nici nu mă gândisem la ea vreodată. Nu mă interesa persoana ei. Singurul care mă interesa era Zain, cel care, chiar și în vise, refuza să-mi vorbească. După numai două ore de somn, eram atât de furioasă că orice aș fi făcut, nu mai puteam să adorm. Dar eram și foarte scârbită de imaginea acelei creaturi, care se încăpățâna parcă să-mi iasă din min-

te. Ca să uit de ea, m-am apucat să fac curăţenie prin casă. Nu era mizerie, căci făceam treaba asta aproape zilnic, ca o eliberare nervoasă după nopţile în care aveam insomnii tot mai greu de suportat. Dar de data asta, cu excepţia camerei în care dormeau Nadia şi Yakub, mă apucasem de curăţenie generală. Întâi am deschis larg ferestrele, imaginându-mi că-mi aerisesc psihicul încărcat acum cu una dintre cele mai abominabile făpturi. Am luat apoi aspiratorul şi am început să aspir pe după fiecare piesă de mobilier pe care am putut s-o urnesc. Am şters praful, am spălat perdelele, geamurile şi grupurile sanitare. Ultimul lucru pe care l-am făcut a fost să spăl duşumeaua de vreo trei ori la rând. În mod normal, nu spălam pe jos de atâtea ori. Dar acum o făcusem închipuindu-mi că, în felul acesta, voi reuşi să-mi curăţ memoria de toţi negii acelei creaturi. Când s-a trezit, Nadia şi-a dat seama că n-am dormit şi m-a întrebat ce mi s-a întâmplat. I-am povestit şi ei visul, care a lăsat-o fără cuvinte., I-am explicat cât de rău mă simţeam. Viaţa mea era un adevărat coşmar. De parcă n-ar fi fost de ajuns că Zain mă părăsise pentru nevastă-sa, acum nici măcar în somn nu mai aveam parte de linişte. De data asta, mă bântuise împreună cu soacră-sa.

După câteva zile, am reuşit să dorm neîntoarsă o noapte întreagă. Dar cu puţin timp înainte să mă trezesc, am avut un alt vis. De data asta eram singură şi plecasem la cumpărături. Ajunsesem într-un centru comercial foarte mare, dar nu mă dusesem să-mi cumpăr haine. Căutam un magazin de piese auto. Într-un târziu, am găsit unul şi am

intrat. Era un magazin spaţios, ticsit cu tot felul de piese la care mă uitam, neştiind însă ce vreau să cumpăr. Practic, nu aveam nevoie de nimic. Numai că, la un moment dat, cam prin dreptul vânzătorului, am zărit atârnând de tavan o pereche de ştergătoare de parbriz. M-am dus direct la casă şi i-am cerut băiatului să mi le vândă. Când s-a întins după ele, l-am urmărit cu privirea. Aşa am ajuns să-l văd pe Zain, în stânga mea, care, de data asta, arăta ca în realitate. Conştientizam faptul că eram despărţiţi şi imediat ne-am strâns în braţe de bucurie că ne-am revăzut. Când mi-a zâmbit însă, am avut impresia că nu a făcut-o el, ci mai degrabă un mamifer canid. Dinţii lui erau, de fapt, nişte colţi care străluceau ca diamantele. Îl priveam cu dezgust şi pesemne că asta mi se citea pe chip, de vreme ce Zain mi-a spus:

— Amy, să nu-mi spui că nu-ţi plac dinţii mei Hugo Boss!

— Poftim?! Vrei să spui că ţi-ai implantat dinţi de cristal, de formă câinească, doar pentru că sunt de marcă? Hai, că l-ai întrecut pe dracu', i-am zis apoi.

Şi totuşi, după ce m-am trezit, pentru câteva clipe, m-am simţit mai bine. De când ne despărţisem, era pentru prima dată când îl visam pe Zain că-mi vorbeşte şi că-mi oferă căldura braţelor sale, de care îmi era atât de dor.

Stăteam în balcon şi priveam pe geam. Venise vremea ca natura să revină la viaţă. Oamenii mişunau pe străzi ca furnicile şi se bucurau de căldura timpurie a începutului de primăvară. Trecuse

aproape un an de când Zain nu-mi mai era alături. În tot acest timp, nu făcusem decât să mă închid în mine. Acum însă nu mai suportam starea asta. Simțeam nevoia să evadez, să mai fac și altceva decât să sufăr după Zain. Nadia tocmai își luase concediu. Știa că aș fi plecat oriunde, numai să scap de coșmarul în care mă afundasem. Și mi-a propus să mergem la țară, la bunicul ei, în Vâlcea. Fără să mai stăm pe gânduri, am plecat. Când am ajuns acolo, mă simțeam alt om. Casa aceea pitorească și priveliștea din jur îmi aminteau de frumoasa mea copilărie. Era minunat și voiam să profit de timpul petrecut acolo.

Așa că, după ce ne trezeam, eu și Nadia făceam drumeții prin împrejurimi. Când ne întorceam, ne opream direct în bucătărie. Aerul de munte ne făcea poftă de mâncare. Și mai frumos era că bunicul Nadiei ne făcea să râdem. Când ne așezam la masă, ne îndemna să mâncăm brânză cu ceapă, dacă vrem să ne iubească bărbații. Era un om tare glumeț. Într-o zi, l-am întrebat:

— Tataie, cine crezi că iubește mai mult, femeia sau bărbatul?

— Amândoi, taică. Numa` că femeia iubește mult și bărbatul iubește multe, a continuat el. Am râs când l-am auzit. Dar cel puțin într-o privință avea dreptate. Femeia nu știe să iubească decât mult.

Seara, mâncam nuci pe care ne chinuiam să le spargem în palme, în timp ce stăteam de vorbă. Apoi ne așezam la înălțime, pe pridvorul casei, și ne cinsteam cu vin din butoiul bunicului. De acolo,

observam cam tot ce se mişca pe drum. Vedeam copiii care băteau mingea sau alergau să prindă vreo pisică. Vedeam tinerii mânând vitele spre casă şi bătrânii adunaţi în faţa porţilor, dezbătând problemele săteşti. Dacă ne mai prindea şi miezul nopţii pe pridvor, nu mai vedeam decât câinii lătrând. Îmi plăcea acolo. Dar cel mai mult îmi plăcea că, de când ajunsesem la ţară, eu şi Nadia, ne-am surprins vorbind de toate şi mai puţin de Zain. Depănam amintiri din copilăria petrecută alături de bunicii noştri şi povesteam despre datinile de sărbători la care participasem cândva – eu în Moldova şi ea aici, în Oltenia. Dacă mai intra şi vreo bătrână în vizorul Nadiei, discuţiile deveneau şi mai interesante, pentru că oamenii de la sate reuşesc să fascineze prin credinţa lor neclintită de-a lungul vremii în mitologia populară. În copilăria ei, Nadia auzise tot felul de poveşti cutremurătoare, despre oameni blestemaţi sau bântuiţi de strigoi. Îmi povestise şi mie că în sat trăia o femeie căreia îi murise şapte prunci la naştere. Se zvonea că ar fi fost blestemată în urma unor nelegiuiri comise de ea, pe care însă numai Dumnezeu ştia dacă le făcuse sau nu.

Îmi pria şederea aici. Dar când mă gândeam că se apropie vremea să mă întorc acasă, simţeam că mă paşte depresia. Nu voiam să mă mai gândesc la Zain pentru că nu voiam să mai sufăr. Dar mă temeam că, de cum voi păşi în Bucureşti, asta se va întâmpla. Până atunci însă am zis că mi-ar prinde bine să mai vizitez nişte locuri. Aşa că, în ziua următoare, eu şi Nadia ne-am urcat în maşină şi am

colindat vreo jumătate de zi prin stațiunile învecinate. Mai era puțin până la asfințit, dar nu aveam de gând să ne întoarcem. Eram sătule de sandviciuri și nici obosite nu ne simțeam. De acum mergeam pe Valea Oltului și voiam să ajungem la Sibiu. Dar în drumul nostru, am văzut la un moment dat un indicator ce semnala intrarea spre cascada Lotrișor și ne-am răzgândit. Ne-am hotărât să vizităm cascada, chiar dacă trebuia să mergem pe un drum forestier. Părea practicabil. În plus, erau mai puțin de trei kilometri, așa că nu riscam să ne prindă noaptea pe acolo. Încet, am început să urc. Dar cu cât înaintam, vedeam cum drumul devenea tot mai greu accesibil. Prin pădurea deasă prin care abia răzbeau razele soarelui, datorită topirii ultimei zăpezi, se formaseră porțiuni cu noroi. Mai erau și pietroaiele, peste care însă reușeam să trec, chiar dacă nu aveam o mașină de teren. Dar mergeam la fel de încet ca și cum aș fi mers la pas. Asta îmi dădea impresia că mergeam în gol. Deși nu știam cât mai era până acolo și nici dacă voi putea ajunge cu mașina, eu voiam să văd cascada. La un moment dat, am văzut un jeep coborând. Am semnalizat luminos și șoferul a oprit în dreptul meu, să vadă ce vreau. Până atunci, în afară de câteva mașini parcate, nu văzusem niciun picior de om. L-am întrebat dacă știe cât mai este de mers până la cascadă. Mi-a zis că ar mai fi aproape un kilometru, dar că nu voi putea ajunge până acolo cu BMW-ul. Avea dreptate. Mașina mea era prea joasă pentru drumul acela tot mai denivelat. Nadia mă tot bătea la cap să ne întoarcem, de teamă că

ne va prinde noaptea în pădure. Acolo era oricum mai întuneric. Dar eu am parcat și până la urmă am convins-o să ne continuăm traseul pe jos. Am mai mers puțin și apoi ne-am oprit pentru câteva clipe. În timp ce Nadia își trăgea sufletul, eu admiram măreția naturii. Copacii erau atât de înalți, că parcă ne priveau din cer. O adiere de vânt a stârnit foșnetul pădurii. Asta mi-a amintit de Zain și mi-au dat lacrimile. De câte ori mergeam la munte, iubea să asculte freamătul codrilor. Dar nu am plâns. Mi-am înăbușit lacrimile, dorul și iubirea și-am început să urc grăbită. Aș fi vrut să fug de toate amintirile care mă legau de trecut. La scurt timp, m-am oprit. Ceva se întâmpla cu mine. Respirația mea era greoaie și simțeam că mă sufoc din ce în ce mai tare. Atunci m-am dat mai la marginea drumului și m-am așezat pe o piatră. Nadia tocmai mă ajunsese din urmă. M-a văzut că nu-mi era bine și m-a întrebat ce mi s-a întâmplat. Dar n-am știut să-i spun mai mult decât că nu pot să respir. Era pentru prima dată când făceam o criză de astm bronșic. Nadia mă îndemna să respir adânc, dar eu nu mai aveam putere. Credeam că mor. Mă simțeam atât de obosită, de parcă aș fi cărat o piatră de moară. Nu mai voiam să văd nicio cascadă. Acum îl rugam pe Dumnezeu să mă ajute să ajung la mașină și să pot conduce, pentru că Nadia nu avea permis. Am coborât încet. Când am urcat la volan, imediat mi-am deschis geamul. M-am mai odihnit puțin, iar apoi am întors și am plecat. Deși nu era prea departe, drumul până acasă, la bunicul ei, mi s-a părut o povară. Ajunsă acolo, m-am așezat direct

în pat. Respirația mea șuierătoare și greoaie mă secase de putere. După câteva ore, când am reușit să respir mai bine, am adormit ca după o zi grea de muncă. I-am mulțumit lui Dumnezeu că m-a ținut în viață. A doua zi am dormit până după prânz iar când m-am trezit, nu mai aveam nimic. M-am mirat când am văzut că pot respira din nou atât de bine. Și m-a mai surprins ceva. Visul.

Peste noapte, visasem că eram singură pe o uliță pustie, sub un clar de lună. În mijlocul drumului era o canapea ca un colțar, de culoare închisă, pe care mă așezasem. Stăteam acolo de parcă aș fi așteptat să se întâmple ceva. Apoi am avut senzația că cineva se apropie încet, pe la spatele meu. Dar nu-mi era teamă și nici nu m-am întors să văd cine era. Imediat după aceea a apărut în fața mea un bărbat.

— Zain, tu erai? am spus eu fericită.

Aproape că nu-mi venea să cred. Era la fel de frumos ca în realitate. M-am ridicat și l-am întâmpinat cu brațele larg deschise. El m-a sărutat pe frunte și m-a strâns tare la pieptul său. Apoi mi-a luat palmele în mâinile lui și mi-a spus:

— Amy, te rog, ajută-mă să-mi scot ciobul din picior, că mor de durere!

I-am urmărit privirea. M-am îngrozit când i-am văzut rana sângerândă, prin pantalonul sfâșiat. În pulpa piciorului stâng, imediat sub fesă, Zain avea înfipt adânc un ciob. Atunci am prins colțul și l-am tras cu putere. Din piciorul lui a ieșit o bucată mare de sticlă. L-am întrebat cine i-a făcut asta, dar nu mi-a răspuns. S-a aplecat și a luat de jos o sticlă fără fund, pe jumătate spartă, pe care mi-a arătat-o.

Atunci am văzut că lângă picioarele lui mai erau şi alte cioburi. Gestul său mi-a dat de înţeles că se rănise singur, din greşeală. După aceea m-a îmbrăţişat.

— Te mai doare? l-am întrebat.

— Deloc, habibi. Îţi mulţumesc, mi-a zis şi apoi a dispărut în noapte.

Până atunci nu mă gândisem decât la suferinţa mea. Acum însă o parte din mine îmi spunea că şi din sufletul lui Zain au curs lacrimi de sânge. Indiferent de alegerea pe care o făcuse, adevărul era că şi el mă iubise. Iar eu ştiam cel mai bine că dragostea nu dispare odată cu persoana iubită. Zain mă rănise, dar sigur se rănise şi pe el. Şi poate că l-a durut la fel de tare cum mi-a povestit în vis. Dar poate că acum se vindecase şi poate că prin asta a vrut să-mi spună că ar fi momentul să mă vindec şi eu.

După două zile, eu şi Nadia ne-am întors în Bucureşti. Până când am ajuns acasă la mine, se înnoptase deja. Mi-am făcut baie şi apoi m-am pus în pat cu gândurile mele. Îmi doream să las în urmă amintirile şi să mă concentrez pe lucruri constructive. În primul rând, trebuia să mă apuc să-mi fac proiectul de licenţă şi să învăţ pentru examen. Tot anul acesta, mai trebuia să iau în calcul şi admiterea la masterat. Să fie Comunicare mediatică şi publicitate sau Jurnalism de radio şi televiziune, mă întrebam. Parcă a doua variantă îmi surâdea. Şi totuşi, nici prima nu suna rău. Hmmm, eram indecisă. „Mă mai gândesc, mi-am spus, dar nu acum, căci sunt prea obosită de pe drum".

Câteodată, înainte să adorm, îmi alegeam o carte să citesc. Dar acum nu aveam chef, aşa că am

deschis televizorul. Mi-ar fi plăcut să văd un film de comedie. Dar n-am găsit. Căutam şi nu vedeam decât ştiri sociale dezolante, filme de groază sau neinteresante şi meciuri de fotbal. Mai puteam să mă uit la desene sau la filme documentare. Dar până la urmă am ales să urmăresc o emisiune de divertisment, difuzată în reluare. Platoul emisiunii era plin de artişti. La un moment dat, Andra a fost invitată pe scenă şi a început să cânte: *„Mă întreb, chiar şi acum, unde eşti / Ce să fac, cum să-ţi spun că-mi lipseşti, / Fiindcă tu ai ales cel dintâi, / N-am ştiut cum să-ţi spun mai rămâi..."* Zain, nu mă lăsa şi fără lacrimi! Sunt tot ce mi-a mai rămas, aş fi strigat atunci, ca să mă audă. Dar nu mă auzeam decât eu şi poate perna ce-o strângeam în braţe. Mai bine urmăream ştirile acelea deprimante, cu morţi şi cu răniţi, decât s-o fi ascultat pe Andra. Piesa asta răscolise în mine cele mai dureroase amintiri, iar acum plângeam ca o nebună şi ca o proastă. Mai târziu am adormit şi am avut un somn presărat cu vise. Când m-am trezit, unul dintre ele mi-l aminteam atât de clar, încât aveam impresia că încă visez.

Stăteam sub coroana impresionantă a unui copac şi cât vedeam cu ochii erau numai flori şi iarbă. În soarele ce dădea atâta strălucire naturii, vedeam zburând fluturi coloraţi. În jurul meu era un paradis. Mai în depărtare, pe singura alee ce străbătea întinderea verde, se plimbau o mulţime de oameni. La un moment dat, din toată mulţimea l-am remarcat pe Zain. Simţeam că plutesc de fericire când l-am văzut că vine înspre mine. Dar când s-a

apropiat, am trăit un sentiment ciudat. Bănuiam ceva ce refuzam să cred. Zain înainta cu privirea ațintită spre mine. Şi dintr-o omenire întreagă aş fi recunoscut acei ochi blânzi şi umezi care acum mă priveau, dar care parcă nu mă vedeau. Când Zain a ajuns în dreptul meu, mi-a strâns mâinile şi cu o voce tremurândă, mi-a spus:

— Amy, am orbit! Nu te mai pot vedea, habibi.

Când am auzit una ca asta, am simțit că mă sfâr-şesc. Zain s-a ghemuit apoi la pieptul meu şi am început să plângem. După ce i-am şters lacrimile, l-am luat de mână şi am plecat la drum. Cu grijă, îi făceam loc prin mulțime. Teama însă că cineva l-ar putea răni din greşeală, m-a făcut să-l ridic pe Zain şi să-l port pe brațe ca pe un fulg. Trupul lui era atât de uşor, de parcă aş fi ridicat doar sufletul din el. Dar nu aveam idee încotro mă îndreptam, pur şi simplu mă lăsam călăuzită de soare. Şi nici Zain nu mă întreba, de parcă avea încredere că alesesem calea cea bună. Înainte ca visul să se sfârşească l-am privit şi i-am spus:

— Zain, de acum voi fi tot timpul lângă tine!

Şi aş fi fost, dacă mi-ar fi permis! Dar el n-a vrut. Şi mă gândeam, după ce m-am trezit, că poa-te chiar aşa se întâmplase. Poate că Zain nu mai avea de mult ochi pentru mine. Dar eu aveam şi în continuare îl purtam pe brațe – în gândurile mele, sperând totuşi că, într-o bună zi, şi greutatea amintirilor cu el se va preface într-un fulg.

## CAPITOLUL VIII

Trecuse atâta vreme peste despărţirea noastră şi eu încă nu-l uitasem pe Zain. În singurătatea mea, mă gândeam doar la el. Durerea mai pălise; dorul, însă, deloc. Îmi era atât de dor de el, că vorbeam singură prin casă, imaginându-mi că într-o zi îl voi revedea. „Ştii, Zain, viaţa mea a căpătat alt sens de când nu mai suntem împreună. M-am gândit că ar fi mai bine să mă călugăresc. Poate că asta gândesc şi bărbaţii care îmi zâmbesc şi atât. Poate că de asta nu mă abordează nici unul. Sau poate din cauză că mă consideră mioapă."

Nu pot să cred! Mă sună mama. Ridic telefonul şi încep să mă plimb aiurea prin casă, întrebându-mă dacă să-i răspund. Nu ştiu cum reuşeşte, însă de fiecare dată mă sună numai în astfel de momente şi-mi întrerupe gândurile. Preţioasele mele gânduri! Şi bine ar fi să fie numai asta. Dar mama vorbeşte atât de mult, că pot să uit şi ce-am învăţat, darămite o idee care tocmai mi-a venit în minte. Şi totuşi, nu pot să nu-i răspund. Poate că are vreo problemă în trafic, m-am gândit. De curând, face parte din rândul conducătorilor auto şi hârbul pe care-l conduce uneori se încăpăţânează să nu-i dea ascultare. Aşa că i-am răspuns:

— Alo!

— Ce faci, Amy?

— Învăţ, i-am spus, ştiind că asta funcţionează

de fiecare dată când vreau ca mama să-şi reducă nuvela doar la ideea principală.

— Ah, păi atunci învaţă! Te sun mai târziu.

— Acum spune-mi, dacă tot m-ai sunat. Încă o problemă cu „junghiul", sau ce?

— Nu chiar. Dar tot despre junghi este vorba, mi-a zis şi apoi s-a apucat să-mi turuie.

— Amy, ştii că vreau să păstrez maşina asta până învăţ să merg mai bine. Problema e că nici până acum n-am reuşit să obţin ITP-ul. Toţi mi-au spus că e prea bătrână şi că are prea multe probleme care nu mai garantează siguranţa la trafic. Unii chiar m-au sfătuit s-o dau la fiare vechi, pe motiv că nu mai merită nici cea mai mică investiţie. Şi până la urmă, ce crezi?

Ce puteam să mai cred? La cât de fâşneaţă o ştiam pe mama, m-am gândit că făcuse ea ceva şi fie obţinuse autorizaţia de circulaţie, fie găsise s-o vândă ori să facă vreun schimb mai avantajos. Dar oricum ar fi stat treaba, tot nu aveam chef să-i ascult povestea de la preambul şi până la mulţumiri. Aşa că, mai în glumă, mai în serios, i-am spus:

— Ai vândut hârbul fără ITP şi ţi-ai mai luat şi o grămadă de bani pe el.

— Nu, Amy, altceva am făcut. L-am sunat pe Zain.

Când am auzit asta, am simţit nevoia să mă aşez. Tremuram de emoţie. Oare minunea e pe cale să se întâmple? m-am întrebat. Ardeam de nerăbdare să aflu, iar mama nu se mai oprea din strănutat. Tocmai atunci o apucase.

— Noroc că l-am găsit în țară, a continuat ea. L-am întrebat dacă poate să mă ajute cu treaba asta și m-a asigurat că mă rezolvă. Dacă ai ști cât sunt de bucuroasă!

— Și eu la fel, i-am spus.

— Amy, să treci să iei mașina de la mine, fiindcă mâine dimineață va trebui să mergi tu cu Zain. Eu am programare la doctor.

„Dacă ai ști cât sunt de bucuroasă", i-aș fi zis. Dar m-am gândit că, în loc să răspundă „și eu la fel", mama m-ar fi întrebat de ce. Chiar dacă nu mă mai văzuse cu Zain de atâta timp, ea nu era prea sigură că ne-am despărțit. Însă ceea ce știa sigur era că afacerea lui Zain se prăbușise și că din cauza asta a fost nevoit să plece din țară pentru o perioadă. Ultima oară când mă întrebase de el obținuse, ca de fiecare dată, același răspuns. Zain nu s-a întors încă. N-am vrut să știe că m-a părăsit definitiv pentru că nu voiam să-și dea seama cât sufăr. Dacă ar fi știut, poate că n-ar mai fi îndrăznit să ne aranjeze o întâlnire ca asta. Sau poate că da. În fond, mama îl îndrăgea pe Zain și nu mă îndoiam că sentimentul era reciproc.

— Vezi, mamă, mi-a mai zis, să dormi la noapte mai devreme, ca să reușești să te trezești. Pe la opt jumate Zain a spus că va fi la tine. Să te încadrezi în timp, ca să nu întârziați. Ai grijă, să nu uiți să-ți pui ceasul să sune! Ai auzit, Amy? Sau mai bine te sun eu? Aș vrea să fiu sigură că te trezești.

— Mă trezesc, mama, nu-ți face griji! Și dacă vrei să te asiguri, poți să mă suni și tu, i-am spus în cele din urmă.

Dimineaţa, într-adevăr, mă trezeam mai greu. Dar de data asta era ceva ce mama scăpase din vedere. Urma să-l întâlnesc pe cel care-mi dădea aripi mai iute decât un Red Bull. „Oh, mami, te iubesc!", am strigat după ce-am închis telefonul. De bucurie, am început să mă învârt ca o copilă, cu braţele deschise. Aveam impresia că o să-mi iau zborul. Dar n-am zburat. Am ameţit doar şi m-am lovit tare cu capul de uşă. Atunci m-am dezechilibrat şi am căzut în fund. În alte condiţii, poate că aş fi plâns de durere. Acum însă nimeni nu putea să râdă mai mult ca mine de prostia mea. Bine că nu mi-am spart capul.

Luasem maşina de la mama şi acum mă pregăteam de somn. Doar câteva ore mă mai despărţeau de ziua la care sperasem atâta vreme. Înainte să mă pun în pat, m-am aşezat în genunchi şi i-am mulţumit lui Dumnezeu că m-a ajutat să-mi păstrez speranţa. Demult nu mai făcusem asta. Am adormit apoi fericită. Înainte de asta, am avut grijă să-mi pun ceasul să sune. Dar dacă aş fi uitat, n-ar fi fost totuşi o problemă. Emoţiile de cu seară m-au trezit, oricum, înaintea alarmei. Am avut tot timpul să mă pregătesc. Când am ieşit din casă, a început să-mi sune telefonul. Eram sigură că mama era, fiindcă rămăsese că mă sună. Dar când am scos telefonul din buzunar, am văzut numărul lui Zain. Nu-mi venea să cred. Mă gândeam că-mi uitase numărul. Imediat, m-a cuprins un val puternic de emoţii. N-am putut să-i răspund. Am făcut câţiva paşi înapoi, am descuiat uşa şi am alergat la baie. Emoţiile se opriseră în stomac. Bine că n-am păţit asta pe drum, mi-am spus, şi apoi am coborât grăbită. Zain

m-a văzut când am ieşit din bloc şi atunci a cobo-
rât şi el din maşină. Arăta la fel cum îl ştiam, doar
că acum purta ochelari de vedere. Dar nu-i stătea
rău. Când ne-am apropiat, am zâmbit şi ne-am sa-
lutat. Zain s-a întins să mă sărute pe obraz. Ne-am
îmbrăţişat. I-am inspirat parfumul şi apoi m-am
prins de gâtul lui şi am început să-l sărut. Nu in-
tenţionasem să fac asta, dar nu m-am putut abţine.

— Mi-a fost dor de tine, i-am spus.

În tăcere, Zain m-a strâns tare la pieptul său. Nu
mai era loc de cuvinte.

— Mergem? m-a întrebat după câteva clipe.

— Hai!

Apoi am urcat în maşină. N-am mai spus niciu-
nul nimic. L-am întrebat numai în ce direcţie ne în-
dreptăm şi m-am prefăcut că sunt atentă la drum.
În realitate, îmi venea să plâng. Era tare ciudat. Îmi
dorisem atât de mult să-l revăd, iar acum nu mai
puteam lega nici două cuvinte. Aveam nevoie să
mă descarc înainte să-i pot vorbi. Dar cum şi unde,
mă întrebam. Chiar dacă Zain îşi dădea seama ce
e în sufletul meu, nu era momentul să mă jelesc în
faţa lui. Dacă el putea să se abţină, atunci trebuia
să mă abţin şi eu. Ajunsesem într-o intersecţie în
care trebuia să mă asigur. Prima dată m-am uitat
în stânga. Era liber. Când am întors capul în dreap-
ta, Zain a făcut acelaşi lucru. Atunci am putut să-l
privesc fără să mă vadă şi ceva mi-a atras atenţia.
Din ochii lui scăpase o lacrimă care-i lăsase o urmă
lucioasă pe obraz. Aşa, va să zică, tu plângi, iar eu
mă chinuiesc să fac pe deşteapta, ascunzându-mi
sentimentele. Îmi maltratez sufletul ca să nu par

dementă, iar tu taci și plângi de unul singur și mă crezi puternică. Ei bine, află că nu sunt așa, mi-am spus, și apoi mi-am lăsat lacrimile să curgă.

— De ce plângi? m-a întrebat.

După ce am traversat intersecția, am oprit pe dreapta și i-am răspuns uitându-mă în ochii lui:

— De bucurie, Zain. De bucurie că te-am adulmecat, că te-am mai strâns la piept o dată. Și de necaz că nu mai ești al meu... Dar tu de ce-ai plâns? l-am întrebat la rândul meu.

Drept răspuns, n-am primit decât un zâmbet.

Sinceritatea m-a eliberat. Zain m-a strâns în brațe și după aceea ne-am văzut de drum. Acum era mult mai bine, pentru că puteam să vorbesc. Lacrimile curseseră, iar cuvintele nu mai aveau în ce să se înece. Eram fericită. Au trecut câteva ore până am rezolvat problema cu mașina. Când ne-am întors, Zain a dat să plece, dar eu l-am invitat în casă. I-am spus că putem să bem un ceai împreună, dacă nu se grăbește. Nu m-a refuzat. Am intrat și am aprins becul de pe hol. Casa îmi părea acum mult mai luminată decât de obicei; de parcă se bucura și ea că-l vede pe Zain. Era minunat. Am pregătit ceaiul și am rămas în bucătărie să-l bem. Zain nu-și mai lua ochii de la mine. Și nici eu de la el. Aș fi vrut să-l întreb de ce mă părăsise, dar nu îndrăzneam. Pur și simplu, mă gândeam că nu e cazul, că Zain nu venise la mine ca să se simtă ca la interogatoriu. Venise ca un prieten, căruia mama îi ceruse ajutorul. Oricât mi-aș fi dorit, noi nu mai eram într-o relație. Trebuia să am grijă ce scot pe gură într-un moment atât de fragil, dacă voiam să-

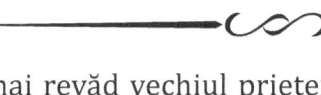
mi mai revăd vechiul prieten şi cu alte ocazii. Un sărut şi câteva îmbrăţişări nu-mi dădeau dreptul să spulber visul de-al mai avea vreodată în faţa ochilor. Aşa că am vorbit despre alte lucruri. Despre studiile mele, despre zilele frumoase petrecute împreună şi despre ce s-a mai întâmplat cu vieţile noastre cât timp nu ne-am mai văzut. Planuri de viitor nu-mi făcusem, dar de faţă cu Zain am inventat ceva cu privire la carieră, ca să nu pară că în tot acest timp n-am făcut altceva decât să mă gândesc la el. Zain era încă şi mai reţinut. Îşi repusese afacerea pe picioare şi spunea că-n ultima vreme n-a făcut decât să-şi împartă timpul între muncă şi doctori. Diabetul îi afectase vederea. Până acum, ochii lui suferiseră destule intervenţii cu laserul. Chiar şi aşa, Zain nu mai vedea la fel de bine ca înainte. Când am aflat asta, amintirea unei vorbe de-a mea spusă la mânie mi-a dat fiori. Aceiaşi fiori mă trecuseră şi mai demult şi îmi era puţin teamă. Dar Zain vedea totuşi şi încercam să nu mă mai învinuiesc. În fond, eu nu puteam fi vinovată decât pentru ceea ce mi se întâmpla mie şi atât. Şi eu mă pricopsisem cu astm bronşic fără să mă blesteme careva, presupun. Poate că ceea ce i se întâmpla azi, Zain îşi crease cu mult timp înainte să mă cunoască. Sau poate că toate problemele îi fuseseră predestinate. Poate, numai Dumnezeu ştia. De minute bune de când tot vorbeam despre perioada în care nu ne mai văzusem, nu aflasem decât că Zain nu se abătuse de la rutina treburilor zilnice. În realitate, eram conştienţi că ne minţim, că nu facem decât să mascăm suferinţa prin trecusem amândoi. Era

clar că suferise şi el. Mi-am dat seama din entuzi-asmul cu care vorbea despre trecutul nostru. Parcă în viaţa lui nu mai avusese altceva mai frumos în afară de aceste amintiri. Mai târziu, Zain s-a ridicat să plece. Primise nişte telefoane. L-am condus la uşă şi înainte de-a ieşi l-am îmbrăţişat. El a început atunci să mă sărute. O făcea la fel de pasional ca altă dată. Şi-a lăsat telefonul pe cuier şi m-a ridicat în braţe. Ştiam ce va urma şi totuşi nu-mi venea să cred. Acum mă simţeam de parcă evadasem într-o dulce reverie.

N-am îndrăznit să-mi doresc mai mult de atât. Ziua aceea fusese perfectă. Dar Zain m-a sunat a doua zi şi am continuat să ne vedem. Nu aveam idee pentru cât timp de acum înainte, dar mă stră-duiam să nu mă mai gândesc la asta. Putea să fie pentru o zi, putea să fie pentru o viaţă. Acum însă aveam nevoie să-mi trăiesc clipa de fericire, cel puţin la fel de intens cum trăisem şi durerea. Dar pentru asta trebuia să iert, să uit şi să nu mai am aşteptări. Trebuia să nu mă mai gândesc la ce va fi mâine, dacă voiam să nu mă mai rănesc. Aveam nevoie să-mi vindec sufletul şi speram să reuşesc. Şi mai aveam nevoie de ceva. De un răspuns la o întrebare care mă obsedase atâta amar de vreme. Şi cum ne vedeam zilnic de mai bine de trei săptă-mâni am prins momentul şi într-o zi l-am întrebat:

— Zain, de ce m-ai părăsit?

Ştiam de ce, dar mă gândeam că nu ştiu totul. În plus, mi-ar fi plăcut să aflu adevărul chiar de la el. Dar nu eram prea sigură că o să-l aflu. Faptul însă că-mi dăduse ocazia să-l întreb, mă făcea parcă să mă simt mai bine. Şi totuşi, după câteva clipe de stat pe gânduri, Zain mi-a răspuns:

— De prost ce-am fost! Uneori, nici eu nu reuşesc să mă înţeleg, Amy. Aş vrea să fie bine pentru toată lumea, dar am momente în care nu mai ştiu ce vreau de la viaţă!

Aş fi putut să-l contrazic, dar n-am făcut-o. Zain nu era un om prost. Dar numai cine nu-i om nu s-a confruntat măcar o dată în viaţă cu sentimente precum teama sau confuzia. Când vorbim despre suflet, nu e unul mai deştept decât altul. Orice suflet tânjeşte la fericire şi fiecare o caută în felul lui. Unii poate că o găsim sub forma unor împrejurări, iar alţii în oameni. Puţini însă suntem cei care ştim unde să căutăm fericirea şi încă şi mai puţin suntem cei care reuşim s-o găsim în noi înşine. Dar până la urmă suntem liberi să alegem şi nu e un secret faptul că alegerile noastre nu conduc întotdeauna la cele mai fericite situaţii. Sau cel puţin nu atunci când vrem şi când credem noi.

Începuse numărătoarea inversă când m-am apucat de proiectul de licenţă. Îl lăsasem de azi pe mâine şi apoi am fost nevoită să-l lucrez într-o săptămână. L-am depus la secretariat în ultima zi a termenului limită. Avusesem mult de învăţat pentru examen. Fusese o perioadă foarte solicitantă şi atunci m-am văzut mai rar cu Zain. Dar satisfacţia a fost pe măsură. Obţinusem maximul de punctaj la fiecare probă. Acum eram deja masterandă şi studiam publicitatea.

\*\*\*

— Amy, e ora unu. Trezeşte-te, habibi, mi-a spus Zain în ultima zi din an. Mă duc acasă să mă schimb şi apoi vin să te iau. Vom petrece revelionul la Sofia.

— Cine-i asta, soacră-ta? am glumit eu.

Zain s-a amuzat.

— Amy, mergem în Bulgaria, mi-a spus el.

Când l-am auzit, imediat am aruncat pilota de pe mine şi am sărit din pat.

— A, da? Sigur că mergem! Bucuria mi se citea pe chip.

— Hai, mişcă-ţi fundul, ca să nu întârziem, i-am spus în timp ce l-am grăbit cu o palmă peste fese. Zain m-a sărutat şi a ieşit zâmbind.

Nu se poate, mi-am spus apoi, la aşa surpriză chiar că nu mă aşteptasem. Eu şi Zain, de revelion, în Bulgaria. Suna interesant! Dar cu ce să mă îmbrac, oare? O rochie de seară? Ba nu! Mai bine o pereche de pantaloni şi o bluză. Simplu şi elegant. Nu ştiam la ce restaurant vom merge, dacă ne va însoţi cineva sau dacă ne va aştepta careva pe acolo, dar nici nu aveam de gând să-l întreb pe Zain despre toate astea. Nu voiam să stric surpriza pe care cine ştie de când mi-o pregătea. Deocamdată, era suficient atât cât ştiam. M-am pregătit destul de repede, iar Zain n-a întârziat să apară. Din Bucureşti am plecat doar noi doi şi înainte de ora patru eram deja în vamă.

— Documentele dumneavoastră, vă rog, ne-a spus poliţistul de frontieră.

Zain i-a întins paşapoartele.

— Unde mergeţi? ne-a întrebat în timp ce le verifica.

Zain şi cu mine am răspuns în acelaşi timp. Eu am spus Bulgaria şi el Grecia. Ne-am uitat apoi unul la celălalt şi am zâmbit. Poliţistul ne privea nedumerit. După o clipă am vorbit din nou în cor. De data asta însă eu am spus Grecia şi Zain, Bulgaria. Poliţistul zâmbea şi el, dar în realitate cred că-i venea să râdă de-a binelea. Apoi ne-a înmânat actele.

— Poate vă hotărâţi pe drum, ne-a zis. Oricum, drum bun, oriunde v-aţi duce. Şi un an nou fericit!

— Mulţumim. Un an nou fericit şi dumneavoastră, i-a spus Zain.

Am ridicat geamul şi imediat după ce-am pornit l-am întrebat:

— Zain, de ce i-ai spus că mergem în Grecia?

— Ca să-mi dau importanţă, mi-a spus surâzând. Apoi a continuat: nu ştiu, habibi, aşa mi-a venit. Dar tu de ce ai repetat după mine?

— Păi, am crezut că am descoperit adevărul. Dar m-am înşelat. Sau nu?

— Amy, acum mergem la Sofia, aşa că urmăreşte indicatoarele, ca să nu ne rătăcim!

— Da' urmăreşte-le tu, că eu conduc şi nu pot face atâtea lucruri deodată. Zain a râs.

— Ce-i aşa amuzant?

— Amy, tu ai auzit de GPS?

Ne-am îndreptat privirea către acesta şi am început să chicotim.

— Nu crezi că ar fi mai bine să-l folosim?

— Şi Columb... şedea în dreapta! Zain, tu chiar meriţi un premiu, i-am spus în cele din urmă.

Mergeam deja de aproape trei ore prin Bulgaria

şi cerul se întunecase. Zain adormise pe bancheta din dreapta. Mă plictisisem, pentru că nu mai aveam cu cine să vorbesc şi mă simţeam şi puţin cam obosită. Am dat mai tare volumul la muzică, dar Zain tot nu s-a trezit. Atunci am început să-mi omor timpul jucându-mă cu proteza mea dentară. O împingeam cu limba înainte şi înapoi. De vreo două luni, în urma unei chistectomii, îmi pierdusem un dinte, iar acum, până ce implantul avea să fie pregătit pentru susţinerea lucrării, purtam o simpatică proteză. Pentru câteva clipe, am continuat s-o zgândăresc. Apoi am frânat brusc şi Zain s-a trezit speriat.

— Amy, s-a întâmplat ceva?

— Daaa, am strigat disperată, nu pot să-mi petrec revelionul fără dinte. Aş arăta groaznic, Zain!

— Ce?!

Zain mă privea de parcă vorbisem mandarina.

— Ce-ai auzit. Dintele! L-am pierdut pe undeva prin maşină. Caută-l Zain, i-am strigat în timp ce cotrobăiam pe sub banchetă.

El ştia că eram nedespărţită de dintele fals şi acum era cam nedumerit.

— Cum adică l-ai pierdut?

— Pur şi simplu. Mi-a ţâşnit din gură ca un glonţ când l-am zgândărit cu limba. Mă jucam cu el, Zain, ca să nu mor de plictiseală.

Zain a râs. Mie însă îmi venea să plâng. Îmi era teamă că n-am să-mi mai găsesc dintele. Cu o lună în urmă mai pierdusem o proteză. Eram acasă cu prietenele mele şi după ce băusem vreo două pahare de whiskey, a căzut în toaletă când am vomitat.

— Haide Amy, chiar nu ți-ai găsit și tu altceva cu care să te joci?

— Ce voiai, Zain, să mă scobesc în nas? Nu puteam, că aveam mâinile ocupate. Acum taci și caută sau nu vom mai ajunge niciodată la Sofia!

— Ușurel, habibi, o să-l găsim dacă n-ai avut geamul deschis, mi-a spus de îndată ce s-a ghemuit și a început să caute alături de mine.

— Gata, am strigat fericită după câteva clipe de scormoneală. L-am găsit!

— Ridică-te, Zain și dă-mi, te rog, geanta de pe bancheta din spate.

— Vrei să-l pui în geantă, să-l păstrezi până la anu'? a glumit el.

— Nu mai râde! Scoate de acolo apa de gură, că vreau să-l spăl și să-l pun repede unde-i este locul.

Am încercat să-mi dezinfectez cât mai bine proteza, iar Zain s-a amuzat. Nu l-am băgat în seamă. Eram fericită că acum aveam iarăși dinte. Nu după mult timp, am ajuns la Sofia. Era aproape ora nouă și centrul orașului era pustiu. Nu aveai ce să vezi pe acolo în afară de câțiva trecători rătăciți. La un moment dat, Zain mi-a spus să opresc. A coborât din mașină și s-a îndreptat către un grup de tineri, cu care a vorbit ceva.

— Ai aflat unde e restaurantul? l-am întrebat când s-a întors.

Zain a zâmbit.

— Ce restaurant?

— Hai, Zain, termină cu glumele! Unde petrecem revelionul?

— Aaa! Pe drum, mi-a spus râzând.

— Cum adică pe drum?

— Așa cum ai auzit. Plecăm în Grecia, Amy! Se pare că bulgarii nu sărbătoresc revelionul.

— Tu vorbești serios?!

— Da! De ce?

— M-am gândit că ai pregătit totul dinainte și că mergem undeva la sigur. Bietele mele gânduri... au fost trase pe sfoară. Zain, măcar de data asta puteai să te lipsești de draga ta imprevizibilitate și să-mi fi spus și mie că mergem în expediție, i-am zis în timp ce mă descălțam.

Apoi am început să-mi masez tălpile, reproșându-i că datorită lui m-am cocoțat pe tocuri și că eram gata să mă îmbrac în cea mai elegantă rochie. Zain s-a amuzat și după câteva clipe mi-a spus:

— Să mergem, Amy! Poate în Grecia avem mai mult noroc.

Și am pornit. Până la Salonic, unde voiam să ajungem, aveam de parcurs mai bine de trei sute de kilometri. Conduceam cu muzica tare și cântam cât mă țineau plămânii. „Cântam" e un fel de-a spune. Unii ar fi fost de părere că răgeam ca o vacă. Dar Zain mă suporta, pentru că mă găsea amuzantă. Miezul nopții ne-a prins pe drum. Când primele focuri de artificii s-au arătat în zare, am frânat. Poate mai brusc decât prima oară.

— Dintele? a întrebat Zain.

M-a bufnit râsul:

— Nu, iubire. La mulți ani!

Mi-am desfăcut centura și am sărit în dreapta, pentru că nu voiam să ratez îmbrățișarea de trecere în noul an. Ne-am sărutat, ne-am făcut urări și

ne-am pus dorinţe. Era un revelion special. Pentru câteva clipe, doar ne-am privit. Ochii lui Zain oglindeau dragoste curată.

— Zain, n-am cuvinte să-ţi spun tot ce însemni pentru mine.

M-a sărutat pe frunte şi m-a strâns la pieptul său.

— Dar dacă m-aş îmbăta, poate că aş face rost de câteva, am continuat eu.

— Cum a făcut beţivul din tramvai? m-a întrebat zâmbind.

— Ce vrei să spui, Zain, un banc sau o realitate?

— Un banc inspirat din realitate, mi-a zis şi apoi a început să-mi povestească.

„Un beţiv urcă în tramvai şi dintr-o dată se trezeşte vorbind: toate femeile din partea stângă sunt curve şi toate femeile din partea dreaptă sunt proaste! La auzul acestor vorbe calomnioase, o doamnă care se afla pe partea stângă a simţit nevoia să-l înfrunte. Cum îţi permiţi să mă faci pe mine curvă, mă, beţivule? Eu, care în treizeci de ani de căsnicie, nu mi-am înşelat bărbatul nici măcar o dată! Atunci scuză-mă doamnă, a zis beţivul, vezi că în partea dreaptă mai e un loc şi pentru tine!"

O oră mai târziu, am ajuns să facem cunoştinţă cu drumurile încinse de circulaţie ale Salonicului. Oameni laolaltă puteau fi zăriţi pe la fiecare colţ de stradă, iar muzica şi chiotele de bucurie răsunau de oriunde. Spre deosebire de capitala Bulgariei, aici era mare sărbătoare. De data asta nimerisem în lumea noastră. O lume aglomerată şi petrecăreaţă. De ceva vreme foamea ne dădea târcoale, aşa că

ne-am oprit la primul restaurant care ne-a ieşit în cale. Era un loc cu mâncare bună şi cu muzică grecească frumoasă. Nu înţelegeam niciun cuvânt din limba lor, dar îmi plăcea cum sună. Ritmul era viu şi în ciuda oboselii reuşea să te ţină treaz. După ce-am mâncat, am pornit în căutarea unui loc în care să ne odihnim. După mai multe încercări, abia am găsit o cameră la un hotel modest, în care nu era decât un pat şi un şifonier. Pentru noi însă era suficient. Când am intrat, mi s-a părut la fel de rece ca afară. Nu exista încălzire. Baia era foarte mică, dar cel puţin aveam apă caldă. Într-un alt loc fusesem înştiinţaţi că hotelul nu dispune decât de apă rece. Mi-ar fi plăcut să petrecem până dimineaţă, dar eram prea obosiţi. Din cameră însă aveam vedere la bulevard şi, fie că voiam sau nu, ne delectam auzul cu forfota de afară. Totuşi, în zgomotul acela pe care l-am auzit ca prin vis cât timp am dormit, reuşisem să mă odihnesc. După câteva ore de somn, ne-am trezit şi am plecat la plimbare. În ciuda gerului, soarele strălucea cu putere. La prima oră, cafenelele erau pline deja. Străzile erau intens circulate iar faleza era împânzită de oameni. Ţara asta mi se părea minunată. Era un tărâm cu voie bună, soare şi vitalitate. Mă uimea faptul că oamenii de aici continuau să fie matinali, chiar şi după o noapte pierdută în agitaţia unei sărbători. Pentru români o noapte petrecută în felul lor implică, de obicei, câteva zile de refacere. Pe scurt, românul zace. Şi la fel aş fi făcut şi eu, dacă n-ar fi trebuit să revenim acasă după numai trei zile.

Trecură sărbătorile de iarnă şi trecu şi vara.

Trecuse o vreme de când Zain îmi înapoiase zâmbetul, de când bucuria îmi alungase tristețea. Totuși, parcă nu trecuse decât o clipă. Pe de o parte însă era adevărat. Până la urmă, oricât ar dura – pentru cel ce trăiește ca un muritor, fericirea tot o clipă este.

## CAPITOLUL IX

În următorul an, Zain a plecat în Irak pentru o lună și a întârziat vreo patru. În tot acest timp, nu m-a sunat decât o singură dată, când a ajuns acolo. Îmi pierdusem speranța că se va mai întoarce la mine, dar am refuzat să mă mai las copleșită de tristețe. Am ieșit din casă, am luat contact cu oamenii și am încercat să urmez cursul firesc al vieții. Când s-a întors, Zain m-a căutat. Dar și asta era firesc, pentru că teoretic nu ne despărțisem.

— Zain, mă voi căsători, i-am spus într-o zi, cu glasul gâtuit de emoție. Ca și când se prinse de poantă, mi-a zâmbit și m-a felicitat.

— Vorbesc serios, Zain! Peste două săptămâni mă voi căsători civil în România, iar nunta va avea loc la Bagdad.

Zain mă privea de parcă se întreba din ce film m-am inspirat. În fond, era sigur că-l iubesc și cred că-și imagina că nu-mi doresc decât să-l tachinez.

— Habibi, da' nu puteai să alegi și tu un loc mai romantic? Ce-ți veni să faci nunta în Irak, nu ți-e teamă că vei avea parte de mai multă acțiune decât îți dorești? m-a întrebat el surâzând.

— Poate, dar cu timpul am învățat că trebuie să-mi înfrâng temerile, i-am zis privindu-l atent în ochi.

Am văzut că Zain nu mă credea. Se abținea să nu râdă ca după o glumă bună și m-a felicitat. După aceea m-a întrebat:

— Și cu cine te căsătorești?

— Ce mai contează, oricum nu mă crezi. Dar să știi că mi-aș fi dorit s-o fi făcut cu tine, i-am zis.

Apoi i-a sunat telefonul. Zain s-a ridicat de pe canapea și s-a retras pe balcon să vorbească. La scurt timp, a revenit în cameră, m-a luat în brațe și m-a sărutat pe frunte.

— Scuză-mă, habibi, despre ce vorbeam?

— Era soția? l-am întrebat. A încuviințat din cap cu un gest scurt.

— Ce voia?

— Să o duc la părinții ei.

— Atunci du-te și du-o, i-am spus în timp ce m-am ridicat de lângă el. Imediat, Zain a fost și el în picioare și m-a întrebat:

— Mi se pare numai sau chiar vrei să scapi de mine, Amy?

— Sigur că nu, Zain, dar vreau să nu fii grăbit în clipa în care vom relua discuția. Vorbim... Sună-mă când te întorci!

Zain m-a îmbrățișat. Chipul lui însă trăda acum un zbucium interior. Pe măsuța din fața noastră, telefonul meu tocmai se aprinsese și un număr fără nume s-a arătat pe ecran.

— Te apelează cineva, s-a grăbit el să mă aten-ționeze.

— Voi suna imediat înapoi. Te conduc, Zain!

Ne-am sărutat de rămas bun şi după ce-am închis uşa, pierdută în gânduri, m-am întors în camera de zi şi m-am aruncat pe canapea. Mi-am amintit că-mi sunase telefonul. Bănuiam cine mă căutase. Când m-am uitat, într-adevăr, apelul era de la Munir. Viitorul meu soţ, mi-am spus în gând, încercând acum să mă conving pe mine însămi. Era absurd, căci pe Munir îl cunoscusem cu numai cinci luni în urmă, pe când Zain se afla în Irak. După numai trei luni de relaţie, acesta mă ceruse în căsătorie, iar eu acceptasem. Eram dezamăgită de faptul că Zain nu mă mai căutase şi m-am gândit că e momentul să-mi schimb viaţa, să trăiesc liniştită alături de un om care doreşte să-mi ofere stabilitate. Pe Munir nu-l iubeam, dar nu asta mă îngrijora. Mă gândeam că am tot timpul să mă îndrăgostesc. Problema era alta. Luasem o decizie într-un moment vulnerabil şi ideea întemeierii unei familii începea să mă sperie, cu atât mai mult cu cât clipa se apropia. Dar nu puteam spune acelaşi lucru şi despre Munir. Părea foarte sigur pe el şi-mi lăsase impresia că ştie ce-şi doreşte de la viaţă încă de când l-am cunoscut.

Pe Munir îl cunoscusem cu vreo două săptămâni înainte de a-l cunoaşte efectiv. Prima dată mă abordase într-o cafenea, unde eram cu Nadia. Voia să ne cunoaştem mai bine, dar l-am refuzat. Două săptămâni mai târziu, ne-am revăzut într-un club. Era o noapte geroasă de iarnă şi bătea un vânt de te lua pe sus. Cu toate astea, n-aveam chef să stau în casă. Mă simţeam prea singură. Aşa că am pus mâna pe telefon şi mi-am convins prietenele să ie-

şim. L-am sunat şi pe prietenul turc şi a venit şi el. Nu prea era în apele lui. Stătea la masă şi bea, iar din când în când Pamela îi ţinea companie. Eu eram ocupată cu dansul. În clipele acelea, nu voiam să aud altceva în afară de muzică. Dansul mă relaxa şi nu mă opream decât pentru a mă răcori cu câte o bere. La un moment dat, mai spre dimineaţă, Munir a venit la mine. Mi se părea că-l ştiu de undeva, dar în clipa aceea nu reuşeam să-mi amintesc de unde. Am făcut cunoştinţă şi m-a întrebat ce vreau să beau. Nu mai voiam nimic. După câteva beri, eram deja ameţită. Am dansat puţin împreună şi apoi i-am spus că trebuie să plec. Mi-a cerut numărul de telefon şi de data asta i l-am dat. A doua zi m-a sunat şi a vrut să ne întâlnim. Nu aveam niciun motiv să-l refuz. Practic, acum eram singură. De câteva săptămâni nu mai ştiam nimic de Zain. Şi totuşi i-am spus să-mi şteargă numărul. Dar n-a făcut-o. Munir a continuat să mă sune în fiecare zi, până când, după vreo săptămână, am cedat şi m-am dus să mă întâlnesc cu el.

Munir era un tânăr drăguţ, cu doar trei ani mai mare decât mine. Avea părul negru, uşor ondulat şi ochii căprui-verzui, pe lângă colţurile cărora se formau cute mici ori de câte ori zâmbea. Avea o statură peste medie şi un corp subţire, frumos conturat. Era un băiat atrăgător. Ca într-un joc al destinului, şi de data asta întâlnisem tot un irakian din Bagdad. În urmă cu câţiva ani, Munir venise în România să studieze medicina, iar acum era medic rezident. N-am avut timp să-mi dau seama când şi de ce intrasem în această relaţie şi deja mă aflam în

pragul căsătoriei. Totul s-a petrecut foarte repede. Munir se îndrăgostise la prima vedere și era hotărât să-mi fie alături pentru tot restul vieții. Eu însă nu prea știam de capul meu. Sărisem în brațele lui ca într-o barcă de salvare, sperând că într-o zi mă va face să uit de Zain, la fel cum părea că uitase și el de mine. În cele cinci luni de când ne cunoscusem, Munir nu reușise să mi-l alunge pe Zain din minte. Dar de vină pentru asta era Zain, care m-a căutat după ce s-a întors, și eu, pentru că am continuat să mă văd cu el.

Mi-a trebuit ceva timp până să-mi fac curaj și să-i spun că mă voi căsători. Mă gândeam că vestea asta îl va da gata pe Zain. Că va leșina în brațele mele, că va începe să plângă, să strige și să mă implore să nu mă căsătoresc. Că-mi va jura că renunță la căsnicia lui doar pentru a fi cu mine și că va încerca să mă convingă să fugim în lume, cu tot cu visurile noastre. Sigur că mă gândeam că pot să-mi iau și țeapă, ceea ce s-a și întâmplat câteva zile mai târziu, când am reluat discuția. Zain mi-a spus că-mi respectă decizia și apoi a dispărut. M-am simțit ca o fraieră.

Mama aflase că m-am despărțit de Zain, dar nu știa care era adevăratul motiv. Poate că bănuia. Eu însă niciodată nu-i spusesem că este căsătorit. Între timp, îl cunoscuse pe Munir și își făcuse o impresie bună despre el. Din punctul ei de vedere, Munir era un băiat sincer, determinat și cu foarte mult bun simț. Era fericită văzând cât de bine ne înțelegem. Nimeni nu s-ar fi gândit că încă îl mai iubeam pe Zain. Mama a fost surprinsă să afle că ne vom căsători atât de repede, dar n-a fost împo-

trivă. Văzuse și ea cât de mult mă iubește Munir și părea bucuroasă că va avea un medic în familie. Ceea ce o îngrijora însă era plecarea noastră în Irak. Știa că Munir își dorește să ne stabilim acolo și asta o neliniștea și mai mult. Se temea că în țara lui nu vom putea trăi în siguranță.

Ziua cea mare sosise. Cu sufletul fremătând de emoții, am intrat în curtea instituției unde Munir și cu mine urma să ne oficializăm relația. Alături de noi erau câțiva prieteni de-ai lui Munir, mama și niște rude, sora mea – care venise din Londra special pentru cununia noastră și prietenele mele. Yakub venise și el să ia parte la eveniment, dar n-a putut să rămână. A lăsat-o pe Nadia, ne-a felicitat și a plecat imediat. Un angajat de-al său tocmai fusese implicat într-un accident rutier. Înaintea noastră mai aveau loc vreo trei căsătorii. Profitând de razele blânde ale soarelui de mai, am așteptat afară. Eu și Nadia stăteam mai deoparte, aproape de gardul mic ce delimita primăria de stradă și vorbeam în taină despre Zain. Doar ea știa ce era în inima mea. Chiar și acum îmi venea să plâng amintindu-mi cu câtă ușurință îmi spusese Zain că-mi respectă decizia. Nadia însă mă încuraja să uit de el și să privesc cu încredere spre viitor. Era de părere că Zain nu m-a meritat și că Munir va reuși într-o zi să-mi câștige dragostea. Din punctul ei de vedere, era doar o chestiune de timp. Poate că avea dreptate. Până la urmă, timpul aduce cu sine doar ceea ce ne dorim cu adevărat. Să strănut însă era ultimul lucru pe care mi-l doream acum, când eram machiată. Dar de când mă trezisem, numai asta făceam.

Ceva îmi provoca alergie. Gândul că mă căsătoresc, glumea Nadia. La un moment dat, mi-am împreunat palmele ca să-mi acopăr gura, m-am întors cu spatele și am strănutat. Noroc, mi-a spus ea. Dar n-am apucat să-i mulțumesc. Am rămas fără cuvinte când mi-am ridicat privirea din palme. Nadia văzuse că peste drum era parcată mașina lui Zain, dar nu-mi spusese. Spera că nu-l voi vedea. Înainte însă ca circulația să se înțețească l-am putut zări la volan, dincolo de geamul deschis, privindu-mă. Părea trist. Deși nu știu dacă mai trist decât mine. Acum, când îl văzusem, mă simțeam de parcă mi se răsucise cuțitul în rană. Îl iubeam pe Zain și numai Dumnezeu știa pentru cât timp de acum înainte aveam să-l port în suflet pretutindeni.

Munir mi-a făcut semn că trebuie să intrăm, iar eu l-am urmat. Înainte de asta însă m-am prefăcut că-mi aranjez rochia la spate și mi-am mai aruncat o dată privirea la Zain. Rămăsese țintuit de gânduri în mașină. Acum, chiar și eu mă simțeam prizoniera gândurilor lui. În fața ofițerului stării civile, toată lumea a pășit încrezătoare, mai puțin eu. Aveam un sentiment ciudat, de parcă inima ar fi vrut să-mi iasă din piept și să se furișeze în brațele lui Zain. Așezați ca pentru începerea ceremoniei, Munir și-a petrecut o mână peste talia mea și m-a mângâiat ușor. Inima a început să-mi bată cu și mai multă înverșunare, căci mâna lui nu ajungea s-o atingă și pe ea. Dar, oricum, n-ar mai fi fost vreme de mângâieri. Ofițerul s-a grăbit să înceapă ceremonia.

— Cetățene Munir El-Adami, o iei în căsătorie pe cetățeana Amalia Fodor?

— Da, se auzi răspunsul ferm a lui Munir.

— Cetățeană Amalia Fodor, îl iei în căsătorie pe cetățeanul Munir El-Adami?

În loc să răspund, am strănutat de câteva ori la rând.

— Vă rog să mă scuzați o clipă, am spus apoi.

Și imediat am țâșnit pe ușă afară, aruncându-mi privirea direct dincolo de drum. Oh, Doamne, cum am putut să-mi imaginez că Zain mă va aștepta?! El nu e ca mine. El n-ar fi în stare să lase totul baltă și să alerge spre visul lui. Sau poate că nu e în stare nici măcar să viseze, mi-am spus în gând. Apoi am fugit înăuntru și printr-un zâmbet am încercat să-mi maschez dezamăgirea. M-am scuzat în fața tuturor și l-am rugat pe ofițer să reia ceremonia, dacă se poate. Făcând o excepție, acesta ne-a întrebat din nou.

— Cetățene Munir El-Adami, o iei în căsătorie pe cetățeana Amalia Fodor?

— Da!

— Cetățeană Amalia Fodor, îl iei în căsătorie pe cetățeanul Munir El-Adami?

— Da, am răspuns și eu.

Ziua căsătoriei noastre s-a terminat cu o mică petrecere. Înainte de asta am fost la moschee, unde ne-am căsătorit și religios. Era pentru prima dată când intram într-un astfel de lăcaș. După ce Munir m-a învățat că trebuie să mă descalț la intrare, am urcat scările unei vile. Am traversat sala de rugăciune, o cameră spațioasă amenajată cu mochetă, în care se aflau numai o bibliotecă și un pupitru, și am intrat în biroul imamului. Am fost invitați să ne aşezăm pe nişte fotolii. Imamul m-a salutat şi mi-a explicat în ce constă căsătoria religioasă. Nu era un ditamai ritualul ca la creştinii ortodocşi. Aici nu aveam nevoie de părinţi spirituali sau de lumânări imense împodobite cu flori, şi pentru că eram majori, nici măcar de martori. Pentru a ne uni destinele în faţa lui Allah nu era nevoie decât de acordurile noastre. Imamul ştia de la Munir că nu-mi doresc să mă convertesc la islam, aşa că totul s-a terminat în numai câteva minute. Întâi, am avut parte de un fel de slujbă foarte scurtă, în limba arabă, iar apoi au urmat jurămintele, care s-au ţinut în română. Imamul ne-a îndemnat să ne jurăm dragoste şi credinţă până la sfârşitul vieţii. Am făcut-o şi pe asta. Chiar dacă încă nu ajunsesem să-l iubesc pe Munir, m-am gândit că, până la sfârşitul vieţii, am tot timpul să mă îndrăgostesc. În cele din urmă, am semnat un contract de căsătorie religioasă. În acesta era stipulată o sumă de bani pe care Munir avea să mi-o plătească în caz că într-o zi ar fi ales să mă repudieze. Practic, o garanţie care mi-ar fi asigurat existenţa pentru o perioadă. Înainte de a ieşi din birou, imamul mi-a zis să am grijă de contract, pentru că în islam acesta este mai important decât cel conceput conform prevederilor legale. O fi, mi-am spus în sinea-mi, dar pentru mine nu-i decât o diplomă în plus care-mi conferă acum titlul de doamnă.

Fusese o zi lungă, plină de emoţii. Eu şi soţul meu – idee cu care nu reuşisem încă să mă obişnuiesc, am ajuns acasă după miezul nopţii. După ce mi-am făcut baie, m-am pus în pat lângă Mu-

nir. Înainte să-mi ureze noapte bună, m-a luat la pieptul său şi m-a sărutat. Rămăsesem cu capul pe mâna lui, încercând să adorm. Ca să scap de toate imaginile de peste zi ce-mi treceau prin minte, am încercat să-mi controlez respiraţia cu ajutorul numărătorii în gând. Unu, doi, trei, patru – inspir, unu, doi – mă abţin, unu doi, trei, patru – expir. Practic, era o formă de meditaţie, dar citisem undeva că funcţionează şi atunci când vrei să te ia somnul. Apucasem să fac de câteva ori exerciţiul ăsta, când am fost întreruptă de Munir.

— Amy, ce s-a întâmplat cu tine la starea civilă?

— Poftim?!

— De ce-ai ieşit pe uşă în toiul ceremoniei?

Credeam că Munir era atât de obosit, că nici nu-şi mai aminteşte. Se părea însă că evenimentele de peste zi nici pe el nu-l lăsau să doarmă.

— Nu s-a întâmplat nimic. Doar că trebuia să-mi suflu nasul şi-mi era ruşine să fac asta în faţa tuturor.

— Eşti sigură? În glasul lui am simţit atunci o urmă de scepticism.

— Foarte sigură!

— Mie mi s-a părut că ai avut un moment de ezitare, mi-a zis apoi.

Avea dreptate, dar nu puteam să-i recunosc. Noroc că strănutasem. Aşa am găsit repede ce să-i motivez.

— Sigur că nu Munir, dar ai văzut şi tu de câte ori am strănutat. Să ştii că n-aş fi ieşit dacă nu simţeam că au început să mi se prelingă mucii.

Munir a râs. Asta demonstra că mă crezuse.

A doua zi de dimineață, Munir a plecat la ambasadă ca să depună o copie după certificatul de căsătorie. Fără acest act, n-aș fi obținut viza atâta timp cât Irakul se afla în stare de conflict. În urma lui, rămăsesem cu Zain în minte. De când apăruse la cununie, sufletul meu era mai răvășit ca niciodată. Aveam sentimentul că începusem un alt capitol de viață fără să-l fi încheiat pe primul, iar asta nu-mi dădea pace. Voiam să aflu care era motivul pentru care Zain venise acolo și nu aveam decât să-l sun. Așadar, cu mâinile tremurânde de emoții, am luat telefonul și l-am apelat.

— Bună, habibi!

— Bună, Zain! Ești drăguț să-mi spui și mie de ce-ai venit ieri? l-am întrebat de cum mi-a răspuns.

— Îmi pare rău, Amy, n-aș fi vrut să dai cu ochii de mine! Dar îmi era dor să te mai văd o dată.

— Și acum nu-ți mai este?

— Întotdeauna o să-mi fie, Amy. Să nu uiți că ai fost cea mai frumoasă parte din viața mea.

— Da. Păcat că nu mi s-a permis să fiu decât o parte!

— Habibi, mi-a spus în timp ce un oftat lung l-a întrerupt, iartă-mă pentru tot ce ți-am greșit vreodată!

— Te-am iertat de atâtea ori, Zain. Sper să te pot ierta și de data asta.

— Îți mulțumesc, Amy!

— Nu trebuie.

— Te iubesc! mi-a spus apoi.

— Dar nu într-atât încât să-ți permiți o viață alături de mine, Zain.

— N-aveai de unde să ştii, habibi. Dar îţi respect alegerea şi-ţi doresc din suflet să fii fericită!

— Greşeşti. Soţia ta a fost o alegere! Soţul meu a fost singura variantă. Rămâi cu bine, Zain Alwaheed! i-am spus înainte să închid.

Apoi m-a bufnit plânsul. Mă durea prea tare că Zain nu îndrăznise niciodată să lupte pentru dragostea noastră. După ce mi-am şters lacrimile, mi-am jurat că n-am să-l mai sun nici dacă ar fi să mor. Aş fi făcut-o oricum degeaba. Între mine şi Zain nu părea să mai fie cale de întoarcere.

După toate astea, eu şi Munir am avut parte de o perioadă solicitantă. Ziua mergeam la cursuri şi seara munceam pentru lucrarea de disertaţie. Munir, pe lângă cursuri, mai mergea şi la practică prin spitale, iar noaptea învăţa. Nu realizam când trece timpul. Mi-am dat seama că trecuse o lună de la căsătorie abia după ce promovasem masteratul şi Munir îşi încheiase anul de stagiatură.

Cam două săptămâni mai târziu, Munir şi cu mine am ieşit din casă cu mâinile prinse în bagajele noastre voluminoase. Plecam în Irak. L-am lăsat pe el să le facă loc în maşina mamei şi m-am dus la magazinul de peste drum să-mi cumpăr o apă. Atât voiam. Când am traversat însă, ochii mei tulburi de după o noapte nedormită se prefăcură în izvor. Îmi era greu să las în urmă ţara, casa, familia, prietenii şi toate amintirile frumoase şi să plec definitiv într-un loc în care nu mai fusesem până atunci decât cu gândul. Dar acum, cel mai greu îmi era să-l las pe Zain aici – în maşina lui, vizavi de casa mea, şi să plec în gând, cu ochii săi înlăcrimaţi, cu care reuşi-

se să-mi sfâșie sufletul când mă privise. Cu toate că mama îmi spusese că în urmă cu câteva zile Zain o sunase ca să afle de fapt când voi pleca, nu mă așteptam să-l văd din nou. Acum eram atât de aproape de el, că îmi venea să deschid portiera și să-i sar în brațe. Dar n-am făcut decât să-l privesc și în treacăt ne-am mimat câte un sărut. Mi-am șters apoi lacrimile de pe obraji cu dosul palmei și cu pași mărunți am înaintat spre magazin. De acolo, în loc de apă, mi-am cumpărat un pachet de șervețele. Am scos unul cu care mi-am șters mai bine ochii și încă unul pe care l-am sărutat lăsând pe el o urmă de ruj. Când am ieșit, mi-am pus ochelarii de soare și am trecut din nou pe lângă Zain. Prin geamul deschis am lăsat, discret, să-i cadă în brațe șervețelul pe care-l sărutasem. Era un sărut de un trist adio. În clipa în care șervețelul mi-a alunecat printre degete, am simțit atingerea lui Zain pe mână. Fiorii mi-au cuprins tot corpul. Fusese o atingere pe care nu aveam s-o uit prea curând.

Când am ajuns în fața lui, Munir m-a privit cam mirat. Teoretic nu ar fi avut de ce, căci ochelarii negri pe care-i purtam nu lăsau să se vadă că am plâns. Mi-am dat seama abia după ce m-a întrebat dacă mi-am cumpărat apă. Ca s-o dreg, i-am spus că-mi voi lua din altă parte pentru că aici se stricase frigiderul și nu am găsit apă decât la temperatura camerei. Adevărul însă era că uitasem de apă, iar acum că-l văzusem pe Zain, nici sete nu mai îmi era. Nu mai aveam în minte decât acea atingere. Până atunci, Zain irosise zile în șir, iar în cele din urmă ajunsese să răpească o clipă de mângâiere.

Mi-am dat seama că regretă, dar era în zadar. Timpul nu-i ca omul. Timpul nu suferă după nimeni, ca să ierte și să se întoarcă.

Am urcat în mașină și am pornit spre aeroport. Stăteam tăcută pe scaunul din față și părea că sunt atentă la ce se discută. Munir încă mai încerca să risipească emoțiile mamei. Căuta s-o asigure că situația conflictuală din Irak nu ne va afecta, spunându-i că acum totul se petrece departe de zonele locuite. Auzeam discuția lor, dar ca din fundal. Gândul meu nu mergea cu ei. Zain era atât de aproape de mașina mamei, că nu puteam să-mi iau privirea din oglinda retrovizoare. „De ce ești, Zain, în urma mea, când ar fi trebuit să-mi fii alături?", am întrebat în gând. Dar niciun răspuns care să mă aline nu-mi trecea prin minte. La un moment dat, am auzit semnalizatorul mașinii care începuse să ticăie precum numărătoarea inversă. Zain a accelerat atunci și a ținut drumul înainte. L-am urmărit cu privirea, până când tot ce-am mai putut zări a fost un scurt semnal de avarii. În cele din urmă, mama a virat la dreapta, intrând pe drumul care ducea în parcarea aeroportului. După ce ne-am îmbrățișat, eu și mama ne-am despărțit cu zâmbetul pe buze. Ea era o fire optimistă și chiar dacă uneori îi venea să plângă, n-o făcea. Cel puțin nu în fața mea și a surorii mele. Ne-a urat apoi drum bun și a rămas în aeroport până când am sunat-o și i-am spus că suntem gata de decolare. Munir parcă intuia că nu eram în apele mele și mă tot întreba cum mă simt. I-am zis că am emoții și zâmbind încercam să-l asigur că sunt pozitive. Zâmbetul meu însă era cam palid şi nici cuvintele nu păreau a fi prea convingătoare. În cele din urmă, m-a lăsat să-mi închipui că mă crezuse. Când am început să ne înălţăm, am întors capul şi am privit pe geam. Cu cât zbura mai departe, avionul lăsa în urma lui un oraş tot mai pustiu. Clădirile dispăreau de parcă le înghiţea pământul. Acum nu se mai vedea înapoi decât un gol şi era la fel de mare ca cel pe care îl simţeam şi eu în suflet de când Zain se depărtase.

După un tranzit de câteva ore în Turcia, în cele din urmă am aterizat pe aeroportul Bagdad – cunoscut iniţial drept Aeroportul Internaţional Saddam. Era foarte mare iar Munir îmi povestea acum că, în vremurile de dinaintea războiului, acesta arăta de-a dreptul spectaculos. Eram convinsă de asta căci, asemeni sufletului meu, înainte de a fi distrus, orice lucru are în el ceva spectaculos. Când am ieşit din aeroport, ardea soarele de ne toropea. Nu se simţea nicio adiere, aşa că am început să-mi fac vânt cu paşaportul. Nici un membru al familiei nu ne aştepta, fiindcă Munir nu spusese nimănui când vom veni. Voia să fie o surpriză. Aşa că ne-am aruncat bagajele într-un taxi şi am pornit spre casă. După ce-am înaintat vreo câteva sute de metri, la primul punct de control am fost opriţi. Un bărbat înarmat până în dinţi a întins detectorul gazelor de luptă de jur împrejurul maşinii. Când a constatat că suntem curaţi şi că nu există niciun risc să explodăm în trafic, ne-a dat undă verde. Datorită punctelor de control şi a circulaţiei restricţionate pe o singură bandă, traficul era infernal până la ieşirea din aeroport. Cam la fel ca traficul din centrul

Bucureştiului la o oră de vârf. Apoi s-a mai degajat. Dar când am ajuns în mijlocul oraşului, ne-am împotmolit iarăşi în aglomeraţie.

Aproape că nu-mi venea să cred. Ajunsesem în Bagdad, simbolul epocii de aur şi a civilizaţiei islamice, şi cât vedeam cu ochii, acum, datorită războiului, era numai haos. Munir, care venise în România cu puţin timp înainte de invazia Irakului din 2003, era şi el şocat de paragina în care se afla astăzi ţara sa natală. Afară erau cu mult peste patruzeci de grade, iar eu nu înţelegeam cum reuşeau militarii aceia înfofoliţi în uniforme să stea cât e ziua de lungă la punctele de control. Trecând pe lângă nişte blindate, mi-am amintit iarăşi de Zain.

— Să vizitez Bagdadul a fost doar un vis cândva, i-am spus atunci lui Munir.

— Amy, să ştii că visele se împlinesc.

— Dar nu toate şi nu la toată lumea, Munir. De ce oare?

— Cel ce nu şi-a împlinit niciun vis înseamnă că nu a visat îndeajuns. E simplu, mi-a spus surâzând după ce m-a sărutat pe obraz.

„Aiurea, Munir!", am zis în sinea mea, numai Dumnezeu ştie cât am visat să fi fost acum, alături de mine, Zain în locul tău. Şi apoi m-am întors la gândurile mele. Cândva, Zain îmi spusese că, în Războiul din Golf, avusese norocul de a fi tanchist. Ce-i drept, supravieţuise. Dar nu puteam să-mi dau seama cum de rezistase într-un morman de fiare încinse. Acum nu puteam să-mi dau seama cum făceau faţă arşiţei de afară nici femeile acelea îndoliate parcă. În pantalonii mei trei sferturi,

cu capul descoperit şi în tricou, mă simţeam mai dezbrăcată chiar şi decât unii bărbaţi, care purtau veşminte ca nişte robe lungi şi albe şi turbane de aceeaşi culoare. Mai ciudat era că, sub norii de praf roşiatic sub care zăcea Bagdadul, albul acelor haine încă mai era alb. Din cauza controalelor la tot pasul, şoferul mergea cu geamurile mai mult deschise. De afară venea un miros de te trăsnea. Din asfaltul încins parcă ţâşnea petrol, pe care, neavând încotro, îl inhalam acum ca pe o briză. După câteva zeci de minute de mers cu maşina, Munir mi-a spus că numai un filtru ne mai desparte de casă. Mai mulţi soldaţi stăteau de strajă lângă două blindate, asigurând paza singurei intrări în cartier. Restul punctelor de acces erau blocate. Pe străzile prăfuite care duceau spre casă, şoferii făceau slalom printre gropi. Spre deosebire de şoselele ca-n palmă, străduţele chiar arătau ca după bombardament. Realitatea însă era alta. Munir spunea că acestea au fost distruse intenţionat, ca urmare a strategiilor militare de apărare.

În cele din urmă, taximetristul a oprit lângă o poartă metalică prin care nu se vedeau nici razele soarelui şi s-a grăbit să ne descarce bagajele. În curte nu era nimeni. Era prea cald ca să poţi sta afară. Am intrat apoi în casă şi prima care a dat cu ochii de noi a fost sora lui Munir. Când ne-a văzut, a strigat de bucurie şi într-o clipă toată familia roia în jurul nostru. Cu toţii m-au primit cu braţele deschise, iar eu m-am arătat încântată să-i cunosc. Araba pe care o învăţasem cu timpul îmi prindea foarte bine acum. Nu vorbeam prea bine gramati-

cal, dar înțelegeam și reușeam să mă fac înțeleasă. Mama lui Munir încă mai plângea, căci era pentru prima dată după opt ani când își strângea fiul la piept. În casa aceea mare locuia soacra mea împreună cu ceilalți doi copii ai săi, o fată și un băiat – care, la rândul lui, era căsătorit. Munir îmi spusese că a mai avut un frate mai mare, care murise într-un atentat alături de tatăl lui, în timp ce el se afla la studii în România. Îmi imaginam cât de trist este să te întorci acasă după niște ani și să-ți vezi familia aproape înjumătățită. Dar Munir se resemnase și foarte bine făcuse. Până la urmă, pe fiecare ne așteaptă același lucru, căci viața e doar un contract de muncă de creație pe perioadă determinată.

După câteva zile, au început și vizitele. De dimineață și până seara, în casă era numai un du-te-vino. De la rude la vecini și până la cele mai îndepărtate cunoștințe, cu toții erau nerăbdători să-l revadă pe Munir și să-i cunoască soția. Zâmbitoare și parcă mult prea vorbărețe, nicio femeie nu înțelegea ce m-a împins să-l urmez pe Munir tocmai în Irak. Ele ar fi dat orice să scape de pe tărâmul atentatelor. Dragostea, motivam. În țara asta s-a născut dragostea mea. Dar Dumnezeu știa că nu despre Munir vorbeam și speram să mă ierte. Cei din familie se purtau minunat și făceau orice doar ca să mă simt ca acasă. Apoi, de la lucruri și până la afecțiune, Munir era atent să nu-mi lipsească nimic. În cele două săptămâni de când sosisem în Bagdad, aproape în fiecare seară ieșisem în oraș. Munir mă scosese la cumpărături, la restaurante sau terase, încercând astfel să-mi facă acomodarea mai ușoară

şi mai plăcută. Apreciam toate astea. Şi mai apreciam că, practic, el fusese viza cu care ajunsesem să păşesc în ţara lui Zain şi a poveştilor cu Şeherezada. În vremuri tulburi ca acestea, mi-ar fi fost imposibil să obţin o viză de turist în cazul în care inconştienţa m-ar fi împins de una singură în Irak.

Pregătirile pentru nuntă erau gata deja. Sora lui Munir mă ajutase să îmbrac rochia pe care aveam s-o port şi acum priveam în oglindă să văd cum îmi vine. Vei fi cea mai frumoasă mireasă, mi-a spus cumnata. I-am zâmbit. Apoi a ieşit din cameră, iar eu am rămas vorbind în sinea mea. Mda. Mâine voi fi mireasa lui Munir şi voi îmbrăca rochia asta superbă de un alb imaculat. Dar nu-i drept! Ar trebui mai degrabă să port o rochie neagră, simplă, căci sentimentele mele faţă de Munir nu sunt decât în curs de imaculare şi nu ştiu cât va dura acest proces. Oh, Doamne, oare chiar începe să mă mustre conştiinţa sau caut numai să mă încăpăţânez să fiu mireasa altcuiva decât am visat vreodată? Nu! În ritmul ăsta o să înnebunesc. Gata, mi-am spus după ce am tras adânc aer în piept. Gata cu orice gând! Am să îmbrac rochia albă şi mâine voi fi pur şi simplu mireasă! Şi dacă mă supăr, sunt gata să port frumuseţea asta şi poimâine, la cină, căci arăt de-a dreptul spectaculos în ea. Şi chiar arătam. A doua zi, la petrecere, toate femeile remarcaseră asta şi nu s-au putut abţine să nu mă complimenteze. Restaurantul unde s-a ţinut nunta fusese amenajat foarte frumos. Faţă de nunţile româneşti, doar muzica şi darul erau diferite. În loc de bani, ei dădeau cadouri. În rest, era cam la fel. Mâncare, bău-

tură și multă voie bună. Ce-i drept, alcool nu consumau decât foarte puțini, iar femeile nici măcar nu-l gustau. Unele erau mulțumite doar cu un ceai și cu faptul că, de față cu bărbații, puteau trage fără rușine din țigară. A fost frumos. Petrecerea însă n-a durat mai mult de câteva ore, căci în Bagdad riscul atentatelor era crescut și ziua, și noaptea.

Cu puțin noroc, avusesem parte de o nuntă fără incidente. A doua zi, Bagdadul a fost ținta mai multor atentate. După ce văzuse la știri că o mașină capcană explodase în apropierea restaurantului în care petrecusem, soacra mea a sărutat pământul de fericire că nu se întâmplase asta cu o zi în urmă. Scăpasem de atentat, dar acum se părea că eram sortită să mor de dorul lui Zain. Fără el, țara asta era, de fapt, numai deșert, nu locul în care îmi dorisem cândva să ajung. Eram singură în cameră când am închis ochii și m-am întors cu gândul în România. În clipa aceea m-aș fi întors cu totul, dacă aș fi putut, căci măcar în poze – pe care le ascunsesem bine de ochii lui Munir, și tot l-aș fi văzut pe Zain. Conștiința însă nu mă lăsa să-i fac asta lui Munir, mai ales după ce mă întrebase de atâtea ori dacă sunt sigură că vreau să-l urmez. Dacă i-aș spune că vreau să mă întorc, ar zice pesemne că am râs de el, mă gândeam eu. N-am să-i fac una ca asta! Am hotărât că ne vom stabili aici și cu timpul mă voi obișnui. Într-o zi, cu siguranță că pacea va domni și peste acest ținut, așa că de acum mă voi întoarce în România numai în vizită.

Câteva zile mai târziu, într-o dimineață, am fost trezită brusc din somn de către una dintre cumna-

tele mele. În gesturile ei am văzut disperare şi tot ce-am înţeles a fost să-mi iau banii şi bijuteriile şi să cobor în salon. Fără să mai întreb de ce, am sărit numaidecât din pat şi am urmat întocmai instrucţiunile, căci îmi era clar că ceva avea să se întâmple. Dintre cei doi prunci ai săi – un băieţel în vârstă de trei ani şi o fetiţă de zece luni, abia mai zăream chipul cumnatei mele mignone, ce şedea pe canapea ţinându-şi ocrotitor fiii în braţe. În timp ce coboram scările, aceasta m-a strigat şi mi-a făcut semn să vin să mă aşez lângă ea. În dimineaţa acelei zile eram numai noi două acasă. Ceilalţi erau plecaţi cu treburi prin oraş şi tocmai atunci mi-a fost dat să văd o trupă de soldaţi năvălind în locuinţă. Imediat vreo patru militari au început să ia casa la răscolit de sus în jos, efectuând o percheziţie de armament şi muniţie. Cumnata, copiii şi cu mine am fost însoţiţi afară, în curte, de alţi doi militari încruntaţi, care ne păzeau cu armele îndreptate înspre noi mai ceva ca pe capii unei grupări teroriste. Alte două persoane păzeau poarta. Semăna cu un film de acţiune, dar aici totul era cât se putea de real. Aveam mari emoţii. Şi cu toate astea, mi-a trecut prin minte ceva care m-a făcut să-i zâmbesc tipului din faţa mea. Nu încercam să-l seduc, după cum poate-şi imagina. Dar dacă aş fi intrat în vorbă cu el, abia trezită, când nici măcar apă de gură nu apucasem să folosesc, mă gândeam că poate aş fi reuşit să-l neutralizez. Puţin mai târziu, trupa a părăsit locuinţa noastră pentru a se îndrepta spre o alta, iar noi ne-am recâştigat libertatea. Nu şi odihna însă. În urma nemernicilor ăstia, care cu astfel

de ocazii obişnuiau să deposedeze oamenii de bunuri de valoare, era acum prăpăd. În trista situaţie în care se afla Irakul, cei ca ei ajuseseră să fure, profitând de faptul că nu mai avea cine să-i tragă la răspundere. Abia acum pricepusem şi eu cum stătea treaba pe acolo. Cumnata mea, pe care o ajutam să facă ordine la loc, se străduise să mă facă să înţeleg toate lucrurile astea. Eram uluită. Aflând de ce erau în stare huliganii ăştia, n-am putut să mă abţin să nu-i înjur. La scurt timp a venit şi Munir şi m-a surprins drăcuind.

— Ce s-a întâmplat Amy, pe cine înjuri? m-a întrebat el.

Eram atât de nervoasă, că imediat am început să mă văicăresc.

— Iartă-mă Munir, dar în ritmul ăsta, o s-o iau razna. Am trecut peste faptul că nu pot dormi nici ziua, nici noaptea de căldură şi că trebuie să stau în beznă ori de câte ori se opreşte curentul. Azi dimineaţă însă m-am văzut nevoită să sar din pat şi să-mi adun catrafusele, doar pentru că unor escroci li s-a făcut de-o percheziţie. Asta-i prea de tot, Munir! Îmi pare rău, dar eu nu mai pot. Ştiu că nu sunt decât de o lună în Irak şi că ţi-am promis că te voi urma, în ciuda situaţiei de aici. Dar peste toate, praful şi căldura insuportabilă reuşesc zilnic să-mi dea multe bătăi de cap. Uneori, efectiv simt că nu mai am aer să respir, Munir!

— Te înţeleg, Amy! Vrei să ne întoarcem?

— Munir, nu-ţi cer să mă urmezi, dacă gândeşti că te-am dezamăgit!

— Ce vorbă-i asta, Amy? m-a dojenit el. Să ştii

că am observat şi fără să îmi spui că nu ţi-e bine aici. Aşa că, săptămâna viitoare ne întoarcem în România, mi-a zis surâzând, în timp ce mi-a întins biletele de avion.

Nu-mi venea să cred. Când am văzut biletele, parcă îl văzusem pe Dumnezeu. De bucurie, am sărit de gâtul lui şi l-am pupat. Apoi, mai convingător ca niciodată, i-am spus:

— Te iubesc, Munir!

— Eu încă şi mai mult, Amy, mi-a zis în timp ce mă strângea la piept.

Acum eram sigură de asta. Munir chiar mă iubea şi merita mai mult decât vorbele pe care i le oferisem până atunci. Chiar merita să-i fac bagajul şi să-l iau cu mine.

## CAPITOLUL X

Cinci zile mai târziu, ne aflam iarăşi pe pământ românesc. Ce încântare! Prietenele erau bucuroase că mă revedeau şi abia aşteptau să le împărtăşesc din experienţa mea de acolo. Mama era foarte fericită că revenisem cu bine atât de curând şi că ne hotărâsem să trăim pe mai departe în România. Fericirea ei însă era incomparabilă cu a mea. Îmi fusese prea de dor de casă şi de toate amintirile pe care le încuiasem în ea. Îmi fusese dor de natura vie de aici, de aerul îmbietor al dimineţilor şi al serilor de vară şi chiar şi de aerul meu condiţionat, care nu era întrerupt decât de mine. Oh, Doamne, cât aer aveam acum!

Şi totuşi, după câteva zile, era gata să mi se taie respiraţia. Plecasem la farmacie să-mi iau un medicament pentru combaterea infecţiei urinare. Auzisem că urinările dese pot fi simptome ale infecţiei tractului urinar. I-am cerut farmacistei medicamentul, dar fiind vorba despre un antibiotic, mi-a spus că nu mi-l poate elibera fără prescripţie medicală. Am vrut să plec. Ştiam că Munir mi-ar fi făcut rost de el. Dar înainte să mă întorc şi să mă îndrept spre ieşire, farmacista m-a întrebat dacă acuz şi dureri la urinare. Când i-am spus că nu, mi-a recomandat în schimbul antibioticului un test de sarcină. L-am cumpărat, dar nu pentru că aş fi avut acum nevoie de el. Munir mă proteja întotdeauna. Şi totuşi, când am ajuns acasă, am citit instrucţiunile şi l-am făcut. Câteva minute mai târziu, am recitit ce scria pe cutie, fiindcă ceva îmi era neclar. Două liniuţe roşii la fel cum îmi arăta testul, indica o sarcină. Imposibil, mi-am spus, poate că nu l-am folosit cum trebuie. E adevărat că-mi întârziase puţin menstruaţia, dar nu era prima dată când mi se întâmpla. Acum însă tremuram de emoţii. Am pus mâna pe telefon şi mi-am făcut de urgenţă o programare la ginecologie. În dimineaţa următoare, am ajuns la cabinet şi stresată, şi obosită. Toată noaptea mă visasem însărcinată. I-am explicat medicului de ce venisem şi după ce m-a consultat, mi-a spus:

— Felicitări doamnă El-Adami! Într-adevăr, sunteţi în a şasea săptămână de sarcină.

Nu pot să cred! Dă-mă afară din cabinetul tău cât mai repede, ca să nu încep să-ţi urlu în braţe.

Nu de alta, dar chiar nu sunt pregătită, mi-am spus în sinea mea. Apoi am plătit consultația și am plecat. Am urcat în mașină și, îngândurată, am pornit spre casă. Mă gândeam că abia ne întorsesem și eu nu aveam încă un loc de muncă. Munir era și el la stadiul de planuri. Voia să-și deschidă un cabinet de cardiologie și să angajeze medici cât timp se specializa el. Chiar nu eram pregătiți să devenim părinți. O, Doamne, ține-mă să nu mor! Oare ce va zice Munir și despre asta, m-am întrebat eu. Gândul mi-a zburat apoi la Zain și câteva lacrimi mi-au umezit chipul. Dintr-o dată, parcă toate durerile din lume se năpustiseră asupra mea. În suflet îl purtam pe Zain, în conștiință purtam realitatea și în pântec un copil. Mă simțeam plină până la refuz și mă temeam de ce ar fi putut să mă aștepte. Dacă dragostea mă doare așa de tare înseamnă că maternitatea mă va zdrobi. Să mă trezesc cu un prunc plângând în brațe, iar eu să nu știu ce să-i fac... Ar fi cumplit, mi-am spus. Apoi gândurile mi-au fost întrerupte de Munir. Îi spusesem că merg la un control de rutină și acum mă sunase ca să afle ce-am făcut la doctor. I-am spus că sunt bine și atât. Când am ajuns acasă, m-am așezat pe pat lângă el și mi-am afundat chipul în pernă. În ochii mei, valuri de lacrimi stăteau să rupă granița și să-mi inunde uscatul obrajilor. Și-a dat seama că ceva e în neregulă. A pus mâna pe mine și m-a întors încet cu fața la el.

— Amy, ce s-a întâmplat, m-a întrebat cuprins de griji.

Imediat mi-am ascuns chipul la pieptul său și printre lacrimi i-am spus:

— Sunt însărcinată!

— Vrei să spui că vom avea un copil?

Am clătinat din cap în semn că da. Nu mai aveam putere să vorbesc.

— Dar asta-i minunat Amy, nu trebuie să plângi, mi-a zis în timp ce m-a strâns în brațe. Apoi mi-a șters lacrimile și, fericit, a început să-mi sărute pântecul.

Chiar dacă încă mă gândeam cu groază la perioada care avea să urmeze, faptul că Munir fusese atât de încântat mă făcuse să mă simt mai bine. Cu fiecare zi ce trecea, se arăta tot mai fericit și - de parcă mai trecuse de zece ori prin asta, știa exact cum să se poarte cu o femeie însărcinată de acum și cu depresii și capricii pe deasupra. Norocul lui însă era că, în timpul zilei, reușeam să stau prea puțin trează. Dormeam foarte mult și ziua, și noaptea. Nici foame nu-mi era. Așa că, prin luna a șasea de sarcină, nu se vedea decât un ghemotoc de burtă. Din trimestrul al treilea însă lucrurile au început să se schimbe. Mâncam cât pentru doi, iar corpul meu începuse să ia proporții. Mai târziu, burta stătea parcă să-mi explodeze și, odată cu ea, și nervii mei. Prin luna a opta, arătam deja ca un dovleac gigant și cântăream în plus cu aproape treizeci de kilograme. Abia atunci, când nu mai reușeam să mă încalț singură ori să mă mai mișc în voie, depresia prenatală și-a arătat colții cu adevărat. La ecograf se vedea de acum cu certitudine că un băiețel avea să vină pe lume în cel mai scurt timp, iar Munir chiar că nu-și mai încăpea în piele de fericire. Sărbătorile de iarnă de anul acesta mi se păreau obositoare. Parcă îmi era greu şi să mai gândesc. Dar nu era asta o problemă. Menajera îmi curăţase casa, Munir împodobise bradul şi, ca de obicei, tot el avea să şi gătească. Eu nu mai aveam de făcut decât să calc hăinuţele acelea minuscule, să le admir şi apoi să le aranjez în şifonier. De câteva luni, de când ne mutasem într-un apartament mai mare, Munir şi cu mine ne tot îngrijeam de camera copilului. N-am vrut să-i lipsească nimic în clipa în care micuţul avea să facă cunoştinţă cu aceasta. Numai la alegerea numelui ne cam împotmolisem. Nu prea reuşeam să ne hotărâm ce nume i s-ar potrivi cel mai bine. Ne-am răzgândit de mai multe ori, până când am decis că fiul nostru se va numi Rais. Era un nume simplu şi drăguţ, cu semnificaţie de lider în cultura arabă.

Intrasem deja în luna februarie. Într-o zi, pe la prânz, m-au luat contracţiile şi am fugit la spital. Doctorul era de părere că până seara ar fi trebuit să nasc. Minunea însă nu s-a produs decât în dimineaţa celei de-a unsprezecea zi, după un travaliu extenuant. Şi ochii îmi erau tulburi după atâta efort. Dar când mi-am strâns fiul la piept, vederea mi s-a limpezit şi toată durerea parcă se evaporase deja de-un secol. Acum aveam un sentiment puternic de fericire. Dădusem naştere unui îngeraş care se cuibărise în sufletul meu, încălzindu-l cu inocenţa sa. Imediat după mine, cel care l-a văzut şi i-a urat bun venit a fost Munir. Puternic impresionat, când şi-a luat fiul în braţe, a început să lăcrimeze. Din sala de naştere am fost transportată apoi în salon, iar Munir a plecat la Oficiul de Stare

Civilă ca să înregistreze copilul. Adormisem deja. Câteva ore mai târziu, când am deschis ochii, l-am găsit pe Munir alături de mine. Stătea pe un scaun și mă privea zâmbind. M-a întrebat cum mă simt și după ce mi-a mulțumit că i-am dăruit un fiu, m-a sărutat și a ieșit. Credeam că pleacă. Dar imediat s-a întors cu un buchet de trandafiri roșii, în care era înfipt certificatul de naștere.

— Mulțumesc Munir, încă un motiv de bucurie, i-am spus în timp ce primeam florile. Apoi am luat certificatul care era împachetat ca un rulou și am tras repede de capătul panglicii cu care era legat. Eram nerăbdătoare să admir primul act de identitate din viața fiului meu.

— Zain?! Când am citit numele ăsta, un fior a trecut prin mine ca o săgeată.

— Zain El-Adami? am întrebat apoi cu glas pierdut și cu privirea nedezlipită de pe hârtia aceea oficială.

— Amy, regret că n-am apucat să mă consult cu tine în privința acestui nume, dar nici nu mi-a trecut prin minte până nu mi-am văzut copilul. Te rog, spune-mi că-ți place, mi-a mai zis el.

— E în regulă, Munir, Zain sună foarte frumos, i-am spus, rătăcind cu gândul printre amintiri. Dar ce-a fost cu tine de te-ai răzgândit?

— Amy, Allah ne-a dăruit o frumusețe de copil, de aceea l-am numit Zain. E atât de dulce că mi-e teamă c-ai să-i oferi până și dragostea ce mi se cuvine mie, a glumit el.

Munir era foarte fericit. Stătea lângă pat plimbându-și mâna prin părul meu și îmi povestea cât

de mult îmi semăna micuțul. Dar ori de câte ori îi pronunța numele, mă treceau fiorii. Zain era un nume atât de drag sufletului meu, că până la urmă, prin prisma îngerașului pe care mi-l dăruise, Dumnezeu făcuse ca acesta să devină sacru. Aproape că nu-mi venea să cred. Sufletele din sufletul meu purtau acum un singur nume. Zain.

Ațipisem de câteva minute. Un scâncet m-a făcut să deschid ochii. Asistenta îmi adusese copilul să-l alăptez, iar Munir trebui să ne lase singuri. Mi-au dat lacrimile când mi l-a pus în brațe. Nu credeam că voi reuși să-i dau să mănânce. Era atât de mic, că mă temeam că sânul meu mare va cădea ca o piatră de moară peste năsucul lui cât un năsturel, iar micuțul Zain nu se va putea hrăni și respira în același timp. Dar el nu s-a împiedicat deloc de temerile mele. Când a început să se hrănească, mi-am dat seama că știe să supraviețuiască la fel de bine ca un leu în savană.

*\*\**

Eu și Munir ne bucuram nespus de miracolul din viața noastră. Micuțul Zain era atât de cuminte, de parcă n-ar fi fost copil. Dormea profund și nu plângea mai deloc. Cu fiecare zi ce trecea, devenea tot mai frumos și mai zdravăn. Ori de câte ori se trezea, nu făcea decât să ne zâmbească și să ne cerceteze cu privirea lui albastră. Îmi moștenise culoarea ochilor și nuanța deschisă a pielii. Părul însă, de un negru strălucitor, îl moștenise de la tatăl său. Relația dintre mine și Munir se mai schim-

base puțin. Acum eram mai mult tată și mamă decât soț și soție. Și nu din cauza lui, ci pentru că eu mă simțeam mai bine când mă refugiam în minunata copilărie a lui Zain, când mă pierdeam printre jocuri și culori, printre râsete pline de umor. Zain era un înger de copil și venise pe lume pentru a mă împlini, fiindcă odată cu el creștea și sufletul meu.

De acum, micuțul Zain nu mai era chiar atât de mic. Avea mai bine de trei anișori și vorbea, ușor peltic, și română, și arabă. Devenise atât de energic, că uneori cu greu reușeam să mai ținem pasul cu el. Cu toate astea era extrem de vigilent, reușind astfel să se ferească și singur de accidente. Și așa a fost încă din prima zi în care a început să meargă. Zain cel mic nu se lovea niciodată de obstacole, iar asta nu-mi stârnea numai mie admirația. La grădiniță nu accepta să fie hrănit și nici schimbat de haine de către îngrijitoare. Prefera să facă el, cu mânuțele lui mici, toate lucrurile astea, indiferent de cât de bine sau nu o făcea. Când revenea acasă, ne oferea munți de dragoste și mie, și lui Munir. Înainte de culcare, eu și micuțul Zain ne dezmierdam minute în șir. Eu îl pupam cu patos pe obrajii lui dolofani și trandafirii, iar el îmi întorcea fiecare sărutare. Apoi, cât cuprindea cu mânuțele lui dibace, micuțul meu îmi arăta că mă iubește.

Munir observase că atenția mea era canalizată în mare parte pe copil, dar nu se supăra. El nu voia decât să mă vadă fericită. Uneori, nu mai apucam să-i urez nici noapte bună. Încercând să-l adorm pe Zain, mă lua somnul lângă el și nu mă mai trezeam până dimineață. Apoi, peste zi, abia dacă ne

mai întâlneam. De vreo doi ani, de când lucram în publicitate, nu mai aveam prea mult timp liber la dispoziție. Munir însă, nici atât. Când nu era la cursurile de specializare, era fie în spital, la practică, fie în cabinetul de cardiologie pe care-l deschisese de curând și de care era tare mândru. Și asta nu era tot. Ca să petreacă timp cu noi, uneori îl prindeau zorii învățând pentru examene. Toate astea îi dădeau dureri de cap la propriu, care nu cedau decât cu medicamente. Îmi era și milă de el, căci în ultima vreme părea tare extenuat. Dar Munir nu se plângea. Spunea că eu, micuțul Zain și medicina suntem marile lui iubiri, pentru care ar face orice. Așa era. În cei câțiva ani de căsnicie, am putut să-mi dau seama de asta. Știam ce înseamnă să pierzi nopți și zile de dragul a ceea ce iubești, fără să simți că te sacrifici. Într-un fel, nedrept poate, Munir mă iubea la fel cum eu încă îl mai iubeam pe Zain. Chiar dacă nu mai știam nimic de el de când plecasem în Irak, nici până acum nu reușisem să-l uit. Numele fiului meu îl păstra viu în amintirea mea. Cu timpul, Munir și-a câștigat și el un loc în inima mea. Era omul pe care mă puteam baza în orice împrejurare și în care aveam încredere că nu mă va părăsi niciodată. Era prietenul meu devotat, era cel care nu avea secrete față de mine. Munir era definiția sincerității. Nu existau argumente care să pună asta la îndoială.

Într-o dimineață de sâmbătă, Munir s-a trezit, ca de obicei, înaintea mea. M-a întrebat dacă vreau să mergem împreună la cumpărături și i-am răspuns că nu. Profitând de faptul că eram liberă, am

vrut să mai lenevesc în pat, așa că Munir a luat băiatul și a plecat. Mai târziu, m-a sunat și mi-a zis că se oprește cu Zain în parc. Știind că vor întârzia, m-am apucat să fac ordine prin casă. Întâi am început să strâng de pe birou cărțile pe care Munir le lăsase împrăștiate cu o seară în urmă. Trebuia să le pun la locul lor, pentru că știam că, dacă ar fi încăput pe mâinile lui, micuțul Zain n-ar fi ezitat să le mâzgălească. Când am deschis dulapul în care-și ținea el materialele se studiu, câteva cărți și caiete puse de-a valma au căzut. Atunci le-am scos pe toate și am început să le aranjez, una câte una. Printre toate lucrurile acelea, am găsit și niște radiografii băgate între câteva coli îndoite. Nu mi-ar fi atras atenția dacă n-aș fi văzut scris numele lui Munir. M-am uitat pe ele, dar nu am înțeles nimic. Apoi am desfăcut colile în care fuseseră radiografiile și am văzut că erau, de fapt, niște analize. Le-am pus deoparte și, după ce mi-am terminat treaba, le-am luat la răsfoit. Când s-a întors, Munir m-a găsit cu ochii în ele. Și-a dat seama că-mi trădase încrederea. Și totuși s-a repezit să mi le smulgă din mână, reproșându-mi pentru prima oară că i-am umblat prin lucruri fără să-l întreb. Imediat m-a bufnit plânsul. Dar nu pentru ceea ce-mi reproșase, ci pentru ceea ce citisem. Munir mi-a confirmat apoi că de aproape doi ani se lupta cu o tumoare cerebrală inoperabilă. Din clipa aceea am simțit că mă sfârșesc încet și sigur.

Tragedia însă a fost că, după numai câteva luni, Munir a fost răpit fulgerător din viața noastră, iar acum eu și micuțul Zain sufeream cumplit. După

ce ani de-a rândul învăţase să vindece, într-un fi-
nal Munir nu făcuse decât să rănească inimi, iar
asta era numai ironia sorţii. Ultima imagine cu el
mă marcase. Încă îl mai vedeam în braţele mele, pe
acel pat de spital, dându-şi ultima suflare. Apoi mă
vedeam pe mine privindu-l printre lacrimi şi im-
plorându-l să se trezească. Nu-mi venea să cred că
murise. Faţa-i râdea de parcă visa frumos. De când
îl pierdusem pe Munir, simţeam că m-am pierdut
pe mine. Nu mai aveam curaj să-mi doresc nimic de
la viaţă, căci tot ce-mi dorisem se năruise. Îl pier-
dusem pe Zain, şi acum şi pe tatăl copilului meu.
Uneori, nu mai aveam curaj nici să-mi privesc fiul
în ochi. Mă simţeam atât de neputincioasă, că îmi
era ruşine chiar şi de mine însămi. Şi îmi era şi tea-
mă. Mă speriau zilele ce aveau să vină şi nopţile în
care nu puteam să dorm. Apoi, când mă gândeam
cât de tânăr murise el, îmi era teamă că poate nici
eu nu voi avea şansa să-mi văd copilul crescând.
Sau şi mai rău, îmi era teamă că voi înnebuni. Une-
ori, îmi era teamă chiar şi de oameni. Aveam im-
presia că se uită la mine şi că-şi dau seama că încep
s-o iau razna. Nici prietenelor nu mai îndrăzneam
să le povestesc prin ce trec, de teamă că se vor în-
depărta. Mă săturasem atât de mult de mine şi de
temerile mele, că-mi venea să urlu. Trebuia să fac
ceva ca să ies din starea asta, şi nu ştiam ce. Suflе-
tul-mi striga: *ajută-te!* Mintea se întreba: *dar cum?*

Într-o zi, l-am lăsat pe Zain cu mama, iar eu
m-am urcat în maşină şi am plecat singură la mun-
te. Nu aveam un loc anume în care-mi doream să
ajung. Când m-am trezit, cineva parcă mi-a spus:

du-te unde vezi cu ochii! Acel imbold mă făcuse să plec de acasă şi să mă îndrept spre munte. Am rătăcit pe drumurile ce duceau spre munţii Făgăraş până când, la un moment dat, am văzut un indicator pe care scria *Mănăstirea Rupestră*. Nu ştiam nimic despre locul acela, dar eram mulţumită că acum cel puţin aveam o ţintă. Mergeam să vizitez o mănăstire. Nu după mult timp, am ajuns. Am intrat, am spus o rugăciune şi după ce am aprins câteva lumânări am vrut să plec. În drum spre maşină, am întâlnit un bătrân ce părea de-al locului şi dacă tot ajunsesem până acolo, l-am întrebat ce-ar mai fi de vizitat prin zonă.

— Doar grota, dacă nu aţi fost deja acolo, mi-a spus el.

Nu aveam idee despre ce vorbeşte, aşa că s-a oferit să-mi dea câteva informaţii. Mi-a spus că grota, veche de mii de ani, este locul unde dorinţele se împlinesc şi unde oamenii vin să se încarce cu energie pozitivă. De aici îi provine şi numele de Templul Dorinţelor. I-am mulţumit şi, la îndrumarea lui, am plecat spre grota ascunsă privirilor de un pâlc de pădure. Mă gândeam că era exact ce aveam nevoie. După ce-am urcat un deal, m-am aşezat pe iarbă să mă odihnesc. Era un aer plăcut şi linişte în jur. Mă simţeam atât de bine acolo, jos, că nu m-aş mai fi ridicat. În acelaşi timp, abia aşteptam să păşesc în locaşul sfânt despre care aflasem ca printr-o minune. Când am intrat în templul ce aducea cu o biserică subterană, am văzut că tavanul era scobit în aşa fel încât razele soarelui să pătrundă şi să lumineze întregul loc. Chiar acolo,

câţiva oameni, aşezaţi în cerc, stăteau în picioare, cu ochii închişi şi palmele întinse şi se rugau. N-am vrut să-i întrerup, aşa că m-am alăturat discret şi am adoptat aceeaşi poziţie. Am închis ochii, încercând să mă concentrez asupra unei dorinţe, dar mi-am dat seama că nu eram în stare să spun nici măcar o rugăciune. Gândurile veneau şi plecau din mintea mea ca un abur. Apoi am început să simt în palme şi în genunchi nişte furnicături plăcute, ca atingerea unui fulg. Şi corpul parcă era uşor, iar pe chipul senin simţeam cum lacrimile îmi sărută zâmbetul. În liniştea aceea divină evadasem într-o altă lume, o lume care nu cunoştea frica sau întristarea. Acum eram în lumea în care lacrimile curgeau doar de fericire. Nu mi-am dat seama cât m-am aflat în starea asta, dar timpul nu mai avea nicio relevanţă. Când am deschis ochii, în razele de soarele ce pătrundeau în încăpere am văzut o mică sferă de lumină. O priveam cum se înălţa şi-mi imaginam că-mi spune: „haide, urmează-mă! Dacă vrei să vezi soarele, ridică-te şi înfruntă norii! Ei se vor înclina înaintea curajului tău".

Lumina dispăru, dar ca printr-o minune, luă cu ea şi temerile mele. Am plecat de acolo liniştită şi fericită. Acum, oamenii îmi erau prieteni şi nu mă mai speriam de zilele ce aveau să vină şi de nopţile în care nu puteam să dorm. Nici sentimentele nu mă mai înspăimântau. Dacă-mi venea să plâng, plângeam fără să mă mai gândesc că voi înnebuni. Plângeam ca să mă descarc şi atât.

Chiar şi după aproape un an de la despărţire, încă mai aveam momente în care, atunci când mă

gândeam la Munir, îi scăldam memoria în lacrimi. Dar aveam grijă să nu mă vadă micuțul Zain, ca să nu-l fac să sufere și mai mult. Știa că tatăl lui e printre îngeri și-i explicasem că nu se va mai putea întoarce la noi decât în vise. Într-o zi, supărat că, de când murise, nu-și visase tatăl niciodată, m-a întrebat ce caută Munir acolo. I-am spus că și îngerii au nevoie de doctori. Replica lui m-a lăsat fără cuvinte. Zain mi-a zis că îngerii ar trebui să știe că și el are nevoie de un tată. În noaptea aceea m-am pus în pat lângă fiul meu, încercând să adorm. Numai că vorbele lui de peste zi, care încă îmi răsunau în minte, m-au făcut să plâng. Știam că lacrimile mele nu-i puteau spăla sufletul lui mic de un dor atât de mare, dar nu puteam să mă abțin. Munir fusese un tată minunat. Când m-am liniștit, mi-am strâns fiul la piept și târziu, după miezul nopții, am reușit să adorm. În somn mi s-a arătat apoi o lumină puternică, ce semăna cu un far aprins în noapte. Aproape imediat, aceasta s-a prefăcut într-o ființă, iar eu priveam uluită, fără să mai pot articula vreun cuvânt. Ființa aceea era Munir. Mi-a zâmbit și după câteva clipe, cu glas parcă divin, mi-a șoptit: „Amy, tu nu poți fi decât mamă și soție, nu și tată! Zain te iubește..." Și a dispărut. Am deschis apoi ochii și am văzut că încă îmi țineam fiul în brațe. I-am privit chipul gingaș și, după ce l-am sărutat, am coborât ușor din pat. Era ora șase când m-am uitat la ceas, dar n-am putut să mai adorm. Visul acesta, pe cât de clar - pe atât de neînțeles, mă răvășise și-mi alungase tot somnul. Știam și eu că Zain mă iubește, doar eram mama lui. Şi totuşi ce-o fi vrut să-mi spună? Poate că mă înşel, dar simţeam că nu fusese doar un vis şi atât.

În după-amiaza acelei zile l-am luat pe Zain şi-am plecat în parc. După ce ne-am plimbat o vreme, ne-am aşezat pe o bancă. Sunase telefonul şi am răspuns. Era Nadia. I-am povestit şi ei că l-am visat pe Munir şi că mă cuprinsese tristeţea. Micuţul Zain, care voia să ne plimbăm în continuare, mă tot întrerupea, îndemnându-mă să mergem. L-am rugat să aibă răbdare, dar degeaba. Ca să mă lase să vorbesc, i-am propus ca să asculte vântul şi să-mi spună dacă-i şopteşte ceva. Dar el mi-a zis că-l ascultă deja.

— Şi ce-ţi spune? l-am întrebat atunci din curiozitate.

— Îmi spune că iubeşte...

După ce-am încheiat convorbirea, am început şi eu să ascult vântul. Şi la un moment dat am înţeles că fiul meu avea dreptate. Vântul îmi spunea şi mie că mă iubeşte. Şi o spunea tuturor celor care-l ascultau. Tuturor celor care încetau să-l mai critice că ridică praful şi care simţeau în schimb răcoarea pe care el o oferea în semn de iubire faţă de oameni. Apoi m-am întors cu gândul la vis şi am zâmbit. Chiar dacă îl criticasem cândva că n-a luptat să rămână cu noi, mi-am dat seama că Munir ne iubea de oriunde ar fi fost şi că tocmai încerca să mi-o arate. Şi chiar dacă visul nu-mi era prea clar, am înţeles totuşi ceva. Sufletul e ca vântul. Dacă îl ascultăm, el continuă să ne vorbească.

Câteva zile mai târziu, într-o dimineaţă, am tras o spaimă soră cu moarte. Zain încă dormea. Dar eu mă trezisem şi am deschis geamurile în celelalte

camere, ca să aerisesc. La scurt timp, am auzit o explozie care m-a cutremurat. Într-unul din blocurile de vizavi se produsese o deflagrație de la o acumulare de gaze. Echipajele de salvare se grăbeau să ajungă la fața locului, iar în dimineața aceea sirenele răsunară în tot cartierul. Proprietarii apartamentului, doi bătrâni, soț și soție, decedaseră, iar pe posturile de televiziune rula această știre încontinuu. Auzind asta, m-a cuprins o stare ciudată de indispoziție. De când murise Munir, veștile astea mă întristau. Dar micuțul Zain nu avea de unde să știe cum mă simțeam. El știa că în zilele calde nu ratam nicio distracție în aer liber și de când se trezise mă ruga într-una să-l scot în parc. Îmi venea să plâng când mă gândeam cât de fericit ar fi fost Munir dacă ar fi trăit, să iasă cu Zain în locul meu. Dar cum el nu mai era, trebuia să mă lepăd de indispoziția ce mă cuprinsese și să-i fac pe plac fiului meu.

Am ieșit din bloc și, mergând pe aleea din față o mireasmă puternică m-a înviorat. Înfloriseră salcâmii, iar vântul le adia podoaba, împrăștiind parfumul lor. Soarele domnea peste azurul cerului. Când am ajuns în parc, am urmărit pentru câteva clipe jocul de lumini al razelor aurii ce străfulgerau copacii. Era minunat. Apoi mi-am aruncat privirea în jur. Verdele crud al ierbii și florile multicolore ce brăzdau din loc în loc întinderea, conturau un tablou de primăvară superb. Copiii alergau în toate părțile, tinerii gălăgioși se plimbau în grupuri și cei mai în vârstă ședeau pe bănci, unii discutând, iar alții contemplând natura. Micuțul Zain era și el

tare fericit. Mergea călare pe mașinuța lui albastră, pe care o împingea cu picioarele ca o broscuță și din când în când făcea ochi dulci trecătorilor. Era atât de vesel și sociabil, încât reușea să capteze atenția tuturor. Îi plăcea să se apropie de oameni, să-i țintuiască cu privirea lui ca cerul și să le zâmbească și apoi să zburde printre ei. Și dacă nu eram atentă, mai făcea și câte o ștrengărie. Când vedea câte un cățeluș mergând liber pe lângă stăpân, îi plăcea să-l sperie și apoi să alerge după el să-l prindă. Mereu încercasem să-i explic că nu-i frumos să facă asta și până la urmă părea că m-a înțeles.

De data asta mergea liniștit pe mașinuță, fără să se mai apropie de vreun cățeluș. La un moment dat, a zbughit-o de lângă mine, făcându-mă să tresar când am văzut că fusese gata să lovească un alt copil. L-am strigat și i-am spus să se oprească. S-a tras lângă o bancă, lăsându-mi impresia că mă va aștepta. Zain însă și-a abandonat mașinuța lângă picioarele bărbatului care stătea acolo și a luat de pe bancă un baston cu care a rupt-o la fugă printre oameni. Bărbatul n-a părut deranjat de gestul fiului meu. L-am strigat din nou și imediat am fugit după el. Câteva clipe mai târziu, micul Zain s-a oprit. S-a întors cu fața la mine și râzând mi-a făcut în ciudă că nu l-am prins. Știa că uneori ne jucam de-a prinselea. Dar nu și de data asta. Gândindu-mă că ar fi putut răni pe cineva sau chiar pe el, când am ajuns în dreptul lui l-am dojenit. Apoi i-am luat bastonul din mână și abia atunci am realizat că acesta era alb. Bietul bărbat, mi-am spus, și imediat l-am luat pe Zain și m-am întors să-i înapoiez obiectul. Până

la bancă aveam ceva de mers, așa că am mărit pasul, grăbindu-l și pe fiul meu. În timp ce mă îndreptam spre omul acela ce-și ascundea suferința în spatele unor ochelari de soare, m-a cuprins un val de emoție de parcă urma să susțin un examen pentru care nu mă pregătisem. Cu cât mă apropiam mai mult, cu atât inima îmi bătea mai tare. Când am ajuns în dreptul lui, am simțit că mă prăbușesc. M-am așezat tăcută lângă el și l-am privit pentru câteva clipe. Apoi i-am șoptit cu vocea sugrumată de durere:

— Bastonul ăsta cred că-ți aparține.

Bărbatul a zâmbit. Când a întins mâna după baston, în tremurul palmei i-am citit emoția. Și atunci am dat frâu liber lacrimilor. Lângă mine, pe bancă, stătea el, parte din sufletul meu, cel dintâi Zain din viața mea.

Ca și cum ar fi intuit prin ce treceam, fiul meu încetă să se mai agite și acum se juca liniștit alături. Iar eu eram împietrită, căci nu puteam să-mi mai revin din coșmarul care-mi era dat să-l trăiesc, și de data asta nu cu ochii minții. Diabetul îi măcinase atât de mult vederea, că Zain abia dacă mai întrezărea lumina zilei. Acum nu mai putea să vadă amărăciunea ce se revărsa din ochii mei. Dar o palpa. Degetele îi alunecau încet pe chipul meu, căutând parcă să facă dig de-a lungul acestui râu al durerii. Degeaba însă, căci lacrimile se încăpățânau să curgă șir neîntrerupt. La fel și întrebările. De ce l-am blestemat? De ce l-am visat că orbise? Și de ce mi-a fost dat să revăd acum acel vis, mă întrebam. Dar Zain mi-a întrerupt gândurile.

— Eşti atât de frumoasă, Amy! Şi eşti şi mamă, habibi.

În glasul lui am simţit o urmă de nostalgie. Dacă ar fi putut să dea timpul înapoi, poate că ar fi avut tot ceea ce banii nu puteau cumpăra. Poate că ar fi avut o familie mare şi frumoasă. Discutând, am aflat că Zain nu mai avea nici măcar o soţie. Cu câţiva ani în urmă plecaseră împreună în Spania, unde se şi stabiliseră. Apoi aceasta l-a părăsit. Ea a rămas acolo şi şi-a refăcut viaţa. Zain a ales să se întoarcă în România. Revenise de numai câteva zile şi o făcuse discret. După toate câte i se întâmplase, avea nevoie să-şi adune gândurile înainte de-a se reîntâlni cu vechii prieteni. Nimeni nu ştia că Zain rămăsese singur şi fără vedere. Nici măcar Yakub, care acum era soţul Nadiei şi de la care aflase, în timp, toată povestea vieţii mele. Doar fratele lui mai ştia toate astea şi tot el se ocupase de cele necesare lui Zain. Înainte de-a pleca să-l aducă înapoi în ţară, îi angajase şofer şi-i cumpărase o casă din care avusese grijă să nu-i lipsească nimic. Destinul părea că s-a întors împotriva lui. Dar el nu se descurajase. Spunea că a orbi nu e sfârşitul lumii ci un nou început, căci asta l-a făcut să vadă viaţa altfel. Poate că avea dreptate, am gândit, aducându-mi aminte ce simţisem şi eu cândva. Poate că Zain s-a ridicat şi a înfruntat norii, iar acum vedea soarele altfel. Poate că soarele lui era mai strălucitor decât puteam eu să-l văd uitându-mă în zare.

După minute bune de povestit a venit vremea să-mi iau copilul şi să plec spre casă. Atunci Zain ne-a invitat la el. Cei doi se împrieteniseră deja. I-am

promis că vom merge, dar nu acum. Era deja târziu, iar de dimineață fiul meu trebuia să fie la grădiniță.

A doua zi am plecat mai devreme de la birou și m-am oprit la adresa pe care Zain mi-o dăduse. Un bărbat mi-a deschis porțile și am intrat într-o curte imensă. Când am coborât din mașină, am rămas uluită de frumusețea din jur. Dumnezeule, păcat că nu l-ai lăsat să vadă toate astea, mi-am spus în sinea mea. Zain avea o grădină plină de culoare și o piscină în care se oglindea cerul în toată splendoarea lui. Omul m-a condus apoi în casă, într-un salon spațios, cu pereți din sticlă, unde mă aștepta Zain. Când l-am văzut, i-am sărit în brațe și preț de câteva minute nu m-am mai dezlipit de el. Tânjisem atât de mult după căldura brațelor sale!

Zain a rugat-o pe menajeră să ne aducă ceai. După ce ne-a servit, aceasta s-a retras grăbită. Înainte să iasă pe ușă, a atins cu mâna din greșeală un mic corp de mobilier cu decorațiuni. Lovitura mi-a atras atenția. Uitându-mă într-acolo, am văzut printre altele și o fotografie. Când m-am apropiat, mi-am dat seama că era vorba despre aceeași poză cu mine și cu Zain pe care o văzusem cu ani în urmă la el în apartament. Nu-mi venea să cred că o păstrase.

— Ce-i cu amintirea asta? l-am întrebat.

— Amintirea asta e începutul a tot ce-a fost mai frumos în viața mea. N-aș fi putut să mă despart de ea.

Avea dreptate. Nu poți renunța la ceea ce te ajută să-ți înalți sufletul. Amintirea e cea care te împinge de la spate atunci când visul nu are încă forța necesară de-a te face să-l atingi. Amintirea e

cea care-ţi spune – „mai încearcă, şi eu am fost un vis cândva!"

Ne-am băut ceaiul şi apoi am ieşit în grădină.

— Zain, de ce-ai venit ieri în parc? l-am întrebat, Ai atâta verdeaţă aici!

— Îmi era dor să aud glasuri de copii. Dar minunea a fost că ţi-am auzit glasul tău, habibi, mi-a răspuns el.

Ne-am aşezat pe un balansoar şi după ce mi-a reproşat că nu l-am adus cu mine, mi-a cerut să-i povestesc despre micuţul Zain.

— Nu l-am adus pentru că nu am vrut să-i stric somnul de prânz şi pentru că se bucură să petreacă timp cu „buni", după grădiniţă.

Apoi am început să-i povestesc cum ajunsese fiul meu să se numească la fel ca el şi câte clipe de fericire îmi dăruise până atunci. În timp ce-i vorbeam, l-am văzut pe Zain trăind aceeaşi bucurie cu mine. Niciodată nu bănuisem cât de fascinat era de copii. Mai apoi, am început să retrăim bucuriile noastre. Doar atât. Pentru mine, amintirile triste nu mai existau. O suflare de vânt parcă le luase, iar inima mea era acum liberă de regrete.

Zain a strigat-o apoi pe menajeră şi i-a cerut să-i aducă ceva. Femeia a revenit cu o cutie de cadou, pe care a lăsat-o între noi şi apoi a plecat. Zain m-a rugat să o deschid.

Mi-am imaginat că voi da cu ochii de alte amintiri; dar nu am găsit decât o felicitare. Iar pe felicitare scria, cu litere de-o şchioapă:

„Vrei să te căsătoreşti cu mine?"

— *SFÂRŞIT* —

**Amalia, Jurnalul unei Iubiri, Vol. 1** / Liza Karan
Timișoara: Stylished 2018
ISBN: 978-606-9017-03-6

Editura STYLISHED
Timișoara, Județul Timiș
Calea Martirilor 1989, nr. 51/27
Tel.: (+40)727.07.49.48
www.stylishedbooks.ro

Servicii editoriale: EDITURA VIRTUALĂ
www.edituravirtuala.ro